Malgré tout

Direction éditoriale : Stéphane Chabenat
Édition : Aurélie Le Guyader
Mise en pages : Nord Compo
Conception couverture : olo.éditions

Nisha et caetera
Les éditions de l'**Opportun**
16, rue Dupetit-Thouars
75003 Paris

www.editionsopportun.com

Julie Dauge

Malgré tout

NISHA ET CAETERA
Les Éditions de l'Opportun

Prologue

L'homme est un être complexe. Il est capable d'engranger une masse d'informations assez époustouflante. Il connaît une tonne de vérités et malgré tout, il n'en prend pleinement conscience qu'une fois mis devant le fait accompli.

L'exemple le plus probant est certainement la mort. Tout le monde sait que l'on est sur Terre pour une durée déterminée (même si certains croient en la réincarnation).

Chacun est également conscient qu'un malheur peut survenir à tout moment et nous arracher un être cher. Ou nous arracher, nous, à nos proches.

Tous les jours, des personnes meurent dans un accident de voiture. Ce n'est pas pour autant que l'on réfléchit à deux fois avant de prendre la route.

Des personnes perdent la vie dans des braquages mais nous n'avons pas la boule au ventre chaque fois que nous sommes à la banque.

Des gens succombent à des indigestions alimentaires et nous prenons pourtant sereinement chacun de nos repas.

La liste d'exemples est infinie. Pour chacune de nos actions du quotidien – ou presque – il est possible de citer le cas d'une personne pour qui elle a été mortelle – même l'amour. Mais cette perspective ne nous retient pas de les vivre, pour la simple et bonne raison qu'elle nous semble abstraite. Comme notre mort.

Nous savons qu'elle arrivera un jour mais nous ignorons quand, alors nous reléguons cette idée aux tréfonds de notre esprit, lui refusant ainsi toute chance d'influer sur notre quotidien. Et quelque part, encore heureux, sinon la vie serait un véritable enfer, et nous aurions peur de tout.

En revanche, et c'est là où je voulais en venir, si l'on vous apprend qu'il vous reste moins d'un an à vivre, cela change entièrement la donne. Votre vie s'écroule du jour au lendemain. Vous reconsidérez alors tous vos projets. Cette destinée vous semble injuste, vous met en colère, vous déprime, vous ronge. Pourtant, vous pourriez très bien mourir demain en traversant la rue ou en vous fracassant la tête contre le rebord de votre baignoire. Mais ce n'est pas pareil : se voir annoncer avec certitude que l'on va mourir dans les mois à venir rend la chose beaucoup plus tangible.

Vous vous mettez alors à vivre chaque jour comme s'il était le dernier. Il arrive même que vous ayez envie de provoquer le destin pour contrecarrer cette prédiction, quitte à précipiter cette fin inéluctable. Simplement pour avoir le dernier mot ou pour lui faire un magistral doigt d'honneur.

Croyez-moi, je suis bien placée pour en parler.

Je m'appelle Cassie Johnson et voici mon histoire, notre histoire.

1
Nouvelle vie

Cassie

— Cassie, Cassiiiiiiie !

— Oui, maman.

— Descends, tu vas être en retard.

Je me retiens de lever les yeux au ciel. Parfois, ma mère a tendance à oublier que j'ai dix-sept ans et non sept. Je sais très bien l'heure qu'il est. Je sais aussi quel jour nous sommes. En même temps, difficile de l'oublier, vu qu'elle n'a pas arrêté pas de me rebattre les oreilles avec ça depuis des semaines.

— J'arrive.

Après avoir vérifié que mon sac de cours contient tout ce qu'il faut pour cette première journée, je le jette par-dessus mon épaule et descends rejoindre mes parents à la cuisine. En pénétrant dans la pièce, j'annonce :

— Je suis prête.

Ma mère me jette un rapide coup d'œil désapprobateur, avant de souffler :

— Pourquoi n'as-tu pas mis les nouveaux vêtements que je t'ai achetés ?

Parce que ce n'est pas vraiment moi, est la première réponse qui me vient à l'esprit. Afin de ne pas lancer un débat et de rester diplomate, je réponds simplement :

— J'avais envie de mettre ceux-là.

C'est plus fort que moi, je ne peux m'empêcher d'ajouter avec un petit air de défi :

— Histoire que tout ne soit pas nouveau aujourd'hui.

Ma répartie ne l'amuse pas vraiment. En revanche, elle fait son petit effet sur mon père qui déjeune. Son sourire en coin lui vaut d'ailleurs une remontrance de la part de ma mère :

— Tu pourrais me soutenir, au lieu d'entrer dans son jeu.

— Chérie, ce ne sont que des vêtements. Si Cassie préfère porter ceux-là, je ne vois pas où est le problème.

— Le problème, c'est que c'est son premier jour à Bakersfield. L'image qu'elle va donner est importante.

Elle va lui coller à la peau toute l'année. Je veux que tout se passe au mieux pour elle.

Je me dis en moi-même que ce ne sera peut-être pas pour toute l'année, mais je m'abstiens de partager mon sentiment.

Cela ne servirait à rien, si ce n'est nous déprimer tous les trois. Il y a des choses contre lesquelles on peut lutter et d'autres pas. C'est ainsi.

J'ai fait jurer à mes parents de jouer le jeu. Je leur suis reconnaissante d'avoir accepté. J'ai pleinement conscience que ce que je leur demande frôle l'impossible. En agissant comme elle le fait actuellement, ma mère essaie de se comporter comme si de rien n'était, je ne vais donc pas lui en vouloir. Comme toutes les rentrées scolaires, elle fait attention à mon image. Elle m'aime de tout son cœur, ne veut que mon bien et fait son possible pour que je n'aie pas à souffrir de la cruauté des autres.

Lors de sa scolarité, elle a été victime de harcèlement. Elle n'aime pas trop se rappeler ces moments difficiles, mais elle m'en a déjà parlé. Elle ne veut pas que je commette la même erreur qu'elle en me taisant si cela m'arrive un jour. Heureusement pour moi, les autres élèves n'ont jamais été méchants envers moi. Cependant, j'ai eu l'occasion de constater à plusieurs reprises que les enfants sont souvent beaucoup plus cruels entre eux que les adultes. Il paraît que la vérité sort toujours de leur bouche. Le problème c'est que certains n'ont aussi aucun filtre moral et il arrive que leurs paroles mesquines aient des conséquences dramatiques.

Dans une moindre mesure, c'est ce qui s'est passé avec ma mère. Ce qu'elle a vécu l'a influencée et l'influence toujours. Elle est d'ailleurs la première à reconnaître que le choix de son métier, pédiatre, n'est pas sans lien avec son vécu. Lorsqu'elle a un doute sur le bien-être d'un de ses nombreux jeunes patients, elle n'hésite pas à tirer la sonnette d'alarme. Certains lui doivent une fière chandelle, qu'ils en aient conscience ou non.

Quoi qu'il en soit, depuis le début de ma scolarité, elle redoute plus que tout que je vive la même expérience qu'elle. Elle est à l'affût du moindre indice et soucieuse de ce qui pourrait m'arriver. Je ne lui en veux pas, elle a toujours été ainsi.

Et depuis qu'elle *sait,* c'est pire. Parce que malgré la promesse de mes parents, il est impossible de faire complètement comme si de rien n'était.

Pour en revenir à cette rentrée scolaire, je mentirais en disant que je ne suis pas du tout stressée. Il faut dire qu'elle est un peu particulière. Aujourd'hui, je vais découvrir de nouveaux locaux, de nouveaux professeurs, une nouvelle organisation et tout un tas d'autres choses. Et ce n'est pas tout, mais je n'ai pas envie d'en parler maintenant, ça pourrait me donner envie de pleurer et je ne veux pas arriver en cours les yeux rougis. Qui le voudrait d'ailleurs ?

Mes parents et moi entamons une nouvelle vie. Le patron de mon père a ouvert une succursale sur la côte Ouest, il y a quelques mois. Il cherchait une personne de confiance pour diriger l'équipe locale et lui a proposé le poste. Afin de rendre sa proposition plus alléchante, il l'a accompagnée d'une augmentation conséquente, d'un logement de fonction franchement classe et de la prise en charge intégrale du déménagement.

Cette proposition est vraiment tombée à pic après ce que nous avions vécu ces derniers mois. Nous pensions tous les trois que changer d'air ne ferait pas de mal. Même si c'était reculer pour mieux sauter.

Dans mon ancien lycée, la nouvelle avait commencé à se répandre et je ne supportais plus les regards pleins de pitié que les autres me lançaient. Savoir que je n'aurai plus à les subir a été un véritable soulagement. Mes parents ont proposé que j'arrête les cours cette année – quitte à en suivre par correspondance à la maison pour m'occuper – mais j'ai refusé tout net. Je veux vivre comme une fille normale, du moins tant que je le peux.

J'étais donc heureuse de pouvoir déménager, mais quand j'ai appris que c'était pour partir en Californie, j'ai presque sauté de joie. Mes parents ont pensé – et pensent toujours – que c'était à cause du temps beaucoup plus clément qu'à Boston. En effet, il y avait de ça, mais c'était très loin d'être ma première motivation. Et si j'ai honte de la leur cacher, je suis intimement persuadée que je fais le bon choix. Je dois les protéger au maximum, même si ma marge de manœuvre est plus que limitée.

De son côté, ma mère n'a pas tardé à trouver un poste, ce qui n'est guère étonnant. Les pédiatres sont très recherchés et sa renommée a traversé les différents États. Elle s'est d'ailleurs vu offrir un poste avant même d'avoir donné son préavis. En prime, elle a négocié un emploi du temps allégé, afin d'être là pour moi en cas de besoin. Mon père ayant eu une sacrée augmentation et notre logement étant payé, elle peut se le permettre, même avec les frais à venir pour mes soins.

Quant à moi, eh bien, j'ai changé de lycée pour cette dernière année. Cela ne me perturbe pas vraiment. Au contraire, je suis soulagée. Je vais pouvoir repartir de zéro, sans subir le regard des autres. Comme je n'ai pas vraiment laissé d'amies derrière moi, je n'ai pas de regrets. Certes, il y avait Kelly, une fille avec qui j'avais sympathisé en classe, mais cette amitié n'a jamais dépassé le cadre scolaire. Nous traînions ensemble durant les cours mais ça s'arrêtait là. De toute façon, depuis qu'elle *sait,* elle aussi ne se comporte plus de la même manière avec moi.

Même avant que cette merde ne me tombe sur le coin de la figure, il n'a jamais été dans ma nature de m'attacher aux gens. Je préfère de loin passer mon temps libre avec un bon roman plutôt qu'avec une copine ou un petit ami. Au grand regret de ma mère, d'ailleurs.

La réponse de mon père me ramène à l'instant présent :

— Si elle aime cette tenue, elle n'a qu'à la mettre. Je ne vois pas où est le problème. En plus, je trouve qu'elle lui va très bien.

M'approchant de lui, je viens déposer un bisou sur sa joue.

— Merci mon petit papa.

— De rien ma beauté.

Abandonnant la partie, ma mère souffle :

— Très bien, fais comme tu veux. De toute façon, nous n'avons plus le temps. Il faut qu'on y aille, sinon tu vas être en retard et moi aussi par la même occasion.

Avec un salut militaire qui leur arrache un sourire, je réponds :

— Bien, Chef !

— Bonne rentrée, ma beauté.

— Merci papa, à toi aussi. Ne joue pas tout de suite les tyrans.

— Promis, j'attendrai au moins l'heure de la pause déjeuner !

— Tu es trop laxiste, je pensais plutôt à la pause café !

— Outch, tu n'es pas la fille de ta mère pour rien, toi ! s'amuse-t-il.

C'est sûr que ma mère est clairement la plus stricte des deux, sans qu'elle soit pour autant invivable. C'est juste que mon père est une véritable crème. Comme il excelle dans son domaine et qu'il traite tous ses collaborateurs avec égalité, il impose un certain respect sans avoir à faire preuve d'autorité. Si ce n'était pas le cas, c'est sûr qu'il serait mal barré.

Je ne suis pas experte en la matière, mais de toute manière, dans le domaine informatique, la tyrannie est souvent mal accueillie. Les geeks dans le genre de mon père ou de ses collègues peuvent trouver du boulot comme on ramasse des feuilles à l'automne. Ils peuvent donc se permettre d'exiger des conditions de travail agréables, sans quoi ils claquent la porte. Ils travaillent par passion, pas sous la contrainte. Du moins, c'est le discours de mon père et je pense qu'il est bien placé pour en parler.

Je l'envie. J'aimerais beaucoup avoir la chance de suivre son exemple.

Enfin, si c'était possible.

Mon père voue une passion aux nouvelles technologies, ma mère aux enfants, et moi aux livres. Du plus loin que je me souvienne, j'ai toujours lu. J'aime m'évader dans des histoires où tout se termine bien. Je trouve qu'un bon roman vaut largement un excellent film. Personnellement, j'y prends plus de plaisir.

Depuis quelques années, je me suis découvert un genre de prédilection : la romance. Bien sûr, mes lectures ont évolué avec le temps. Au début, il s'agissait d'histoires d'amour assez sages, comme on en trouve dans les contes de fées ou les Walt Disney. Puis, au fil du temps, la romance est devenue plus intense, en même temps que mes propres désirs pour les garçons évoluaient. Il y a deux ans environ, je suis tombée sur une romance Young Adult. Je l'ai dévorée en deux jours, puis je les ai enchaînées.

Cet été, j'ai franchi un nouveau cap, je suis passée à la « vraie » romance, celle où les scènes de sexe y sont décrites avec plus de détails – bien que cela reste poétique et pas du tout vulgaire. J'ai eu un vrai coup de cœur pour la série de Karen Marie Moning mettant en scène des Highlanders dotés de pouvoirs druidiques leur permettant de voyager à travers le temps. J'ai dévoré chaque tome en moins d'une journée. Depuis, je ne cesse de les relire encore et encore.

Au début, ma mère n'était pas très chaude pour que je m'adonne à ce type de lectures. Elle les pensait trop osées et pas du tout adaptées à mon âge. Elle affirmait que c'était de la pornographie écrite, ni plus ni moins. Pour lui démontrer qu'elle avait tort, je lui ai prêté un de mes livres – j'avoue que je l'ai choisi parmi les plus sages – afin qu'elle se rende compte que son préjugé était infondé. Elle a été obligée d'admettre que le contenu n'était pas pire que celui de certains films diffusés à la télévision. Elle a même avoué que ce n'était pas désagréable à lire et qu'elle était plutôt encline à m'emprunter un autre volume. Je lui ai répondu avec un air horrifié : « Ça va pas la tête ! »

Ce serait un peu comme regarder une scène de sexe à la télé en sa compagnie ou celle de mon père. Autrement dit, merci mais je passe mon tour.

La voix de ma mère me tire soudain de mes rêveries :

— Tu viens, Cassie ?

— Je te suis.

— Tu as tout ce qu'il te faut ?

— Yep.

— Tu en es certaine ?

— Heu, ouais !

Mon ton n'est pas assuré, mais je ne vois pas ce que j'ai pu oublier.

— Et tu comptes manger quoi ce midi ? me demande-t-elle en me tendant mon panier repas.

Je m'en saisis et lui réponds, pleine d'aplomb :

— Le bon déjeuner que m'a préparé ma maman chérie, bien sûr.

Je viens déposer un bisou sur sa joue pour la remercier.

— Mouais, tu sais que la flatterie ne fonctionnera pas toujours, jeune fille ?

— Oui, mais pour l'instant c'est le cas ! dis-je avec un clin d'œil.

— Sale gamine, rétorque ma mère avec un sourire en coin.

C'est fugace mais son regard se voile un quart de seconde et je n'ai pas besoin de lui demander à quoi elle vient de penser pour en comprendre la raison. Parfois, c'est tout simplement trop dur. Mes parents n'arrivent pas à faire semblant et je ne peux pas leur en vouloir, car je suis comme eux. C'est même de plus en plus récurrent. Chaque fois que mon corps me trahit, une série de pensées sombres me sape le moral. Mais j'essaie de les tenir éloignées le plus possible. Je suis un peu la fille qui ne voit pas la poutre qu'elle a dans l'œil, mais je n'ai pas encore trouvé de meilleure solution pour faire face à ce qu'il m'arrive.

Ma mère se reprend très vite pour que je n'aie pas le temps de la surprendre – c'est raté – et ajoute :

— Je parie, en revanche, que tu n'as pas oublié de prendre un livre pour ta pause déjeuner.

Tout sourire, je lui réponds :

— Il n'y a pas à dire, tu me connais vraiment bien, maman !

Elle secoue la tête d'un air dépité.

— Allez, en voiture !

Je lui emboîte le pas. J'enfile rapidement mes baskets près de la porte d'entrée, avant de monter dans sa berline.

Vous vous demandez sûrement pourquoi elle doit me conduire ? Après tout, j'ai l'âge requis pour avoir le permis et mes parents ont les moyens de me payer une voiture. Exact, mais dans mon cas, la conduite n'est clairement pas conseillée. Et puis, de toute façon, le travail de ma mère est sur le chemin du lycée et nos horaires sont proches. Donc autant penser à la planète et faire du covoiturage.

Durant le trajet jusqu'au lycée, nous nous laissons bercer par la radio. Ma mère doit déjà être en train de préparer sa journée de travail et moi, eh bien, je pense à celle qui m'attend. Je n'ai aucune idée de l'ambiance qui règne dans ce nouveau bahut. Il est de notoriété publique que les mentalités diffèrent entre la côte Est et la côte Ouest. Enfin, je serai bientôt fixée, même si je ne m'en fais pas trop.

Je vous l'ai déjà dit mais la sociabilité, ce n'est pas mon fort. Je ne compte pas me faire d'amis ni devenir la coqueluche du lycée. Et puis je ne me fais aucune illusion sur mes chances de réussite. Je suis lucide quant à mon physique et ma personnalité. Je ne suis pas le genre de filles qui attire les regards et les garçons.

Je ne suis pas un thon – enfin, je ne crois pas – mais je ne suis pas non plus un canon de beauté. Je suis plutôt standard, dans la moyenne. J'ai des cheveux blonds qui m'arrivent au milieu du dos. Ils ne sont pas vraiment lisses, mais ne sont pas frisés non plus. Mon mètre soixante-cinq me place dans la moyenne. De même que ma corpulence – pas question que je vous donne mon poids, cela ne se fait pas ! Mes yeux ne sont pas d'un vert ou d'un bleu saisissant comme ceux des héroïnes dans mes livres ; ils sont marron. Et pour finir, ma poitrine n'a rien d'extraordinaire. Je ne suis pas plate comme une planche à pain, mais je ne suis pas non plus taillée comme Pamela Anderson.

En résumé, je suis une fille banale qui n'attire pas les garçons. D'ailleurs, pas la peine d'en faire un mystère ou de faire durer le suspense, je peux passer aux aveux tout de suite : je n'ai jamais eu de petit copain et suis toujours vierge. Et je sais qu'il en sera ainsi jusqu'au bout.

Je ne peux pas nier que mes romans me donnent envie de connaître les mêmes émois, mais je suis assez lucide pour me rendre compte que ce n'est que de la fiction et que la réalité est bien différente. Sans parler du fait que mon cas est encore plus désespéré que celui de la plus désespérée des héroïnes des dizaines de livres que j'ai pu lire.

Entre nous, cette situation me convient. J'aspire seulement à ce que l'on me laisse tranquille. J'ai déjà suffisamment de choses à penser pour ne pas avoir à gérer en plus une histoire de cœur. J'en serais de toute façon incapable.

Après une petite demi-heure de trajet, nous arrivons à destination. Ma mère se gare sur le parking et me souhaite de passer une bonne journée avant que je descende.

— Merci maman. Toi aussi.

— Je t'aime.

— Moi aussi.

Après lui avoir envoyé un bisou du bout des doigts, je ferme la porte et me dirige vers l'établissement qui m'accueillera pour ma dernière année de lycée. Et avec une certitude quasi absolue, la dernière, tout court.

2
Rencontre renversante

Cassie

Le dépaysement n'est pas si grand qu'on pourrait le croire. Après tout, un lycée reste un lycée. Certes, les élèves me semblent légèrement moins vêtus que dans mon ancien bahut, mais la température est beaucoup plus élevée que ce à quoi je suis habituée. Moi-même je porte une tenue moins chaude que pour mes autres rentrées scolaires.

Pour le haut, j'ai choisi un tee-shirt tout simple, légèrement moulant mais pas trop. J'ai pris un gilet au cas où, mais pour l'instant, je le porte sur mon bras. Pour ce qui est du bas, c'est jean, baskets. Comme je vous le disais, simple mais confortable, donc parfait. Même si ma mère n'est pas tout à fait de cet avis. De toute façon, les talons sont à proscrire dans mon cas.

Une fois passé l'énorme panneau en bêton sur lequel il est inscrit « Bakersfield High School », je ne sais pas vraiment où me diriger, mais je me dis que suivre le flux de lycéens ne doit pas être un mauvais plan. Je me laisse donc entraîner par le mouvement, tout en découvrant le campus. Je dois bien reconnaître qu'il déchire. Il n'y a pas à dire, le cadre est mieux que l'ancien. Il y a beaucoup de verdure. Cet environnement idyllique donne vraiment envie de se poser sur une des nombreuses pelouses, à l'abri d'un arbre, pour travailler ou lire. Malheureusement, je crains que les places ne soient assez chères. Il me semble qu'il y a encore plus de lycéens que de coins d'ombre.

Alors que je suis un groupe qui se raconte, à grand renfort de gestes, leurs vacances, je manque de m'étaler de tout mon long en trébuchant. C'est un des nouveaux aspects de ma vie qui m'énerve le plus. Enfin, outre le fait que je vais bientôt mourir, bien sûr.

Depuis plusieurs mois, je me transforme en catastrophe ambulante. Je passe mon temps à me faire des croches-pattes, ce qui m'a valu une ou deux chutes mémorables. Jusque-là, j'ai eu la chance de ne pas avoir une foule de personnes qui assiste à l'étalage de mes nouveaux talents. Mais il semblerait qu'elle vienne de tourner.

Je me vois déjà affalée par terre, provoquant le rire des autres. Ma mère serait horrifiée par la scène qui risque de se produire dans la seconde qui arrive. Mon premier jour sera marqué par une belle gamelle. Pour le coup, peu importe la tenue que je porte.

Sauf qu'un miracle se produit.

Un des gars du groupe recule en même temps que je perds l'équilibre. Résultat, au lieu de venir me ramasser la tête la première sur le bitume, je finis affalée sur lui.

Plus réactif que moi, il se retourne et arrive à me rattraper avant que je ne finisse ma course vers ma destination initiale, autrement dit : le sol. Il me faut quelques secondes pour reprendre un peu mes esprits. Tout est allé si vite. Je ne sais même pas comment mon sauveur s'y est pris pour réussir cette prouesse digne d'un super héros doté de supers réflexes.

J'entends alors une voix grave annoncer :

— C'est bon, je te tiens.

Je relève la tête et découvre à quoi ressemble mon sauveur. La seule pensée qui me vient alors est : *Je confirme, c'est bon.*

J'ai aussitôt envie de me donner des claques pour avoir pensé un truc aussi niais et débile.

D'un autre côté, je ne peux pas nier qu'il y a un fond de vérité. Le garçon qui me fait face est l'archétype du héros de mes livres. Il est grand (je n'ai pas le compas dans l'œil mais je dirais au moins un bon mètre quatre-vingt-dix), je lui arrive à peine à l'épaule. Il a de beaux yeux bleu-vert qui provoquent un yo-yo dans mon ventre. Ils sont saisissants et me fixent avec une intensité qui me met presque mal à l'aise. Ses cheveux châtain clair tirent presque sur le blond. Ils sont rasés courts sur les côtés avec des mèches plus longues sur le dessus. Il les a coiffées avec du gel pour obtenir un effet coiffé/décoiffé qui lui va à ravir. Et pour finir, il arbore une barbe de deux jours qui renforce son aspect viril. Le tout forme un je-ne-sais-quoi irrésistible. Bref, un canon de beauté qui, pour ma plus grande honte, vient de me retirer toutes mes facultés de penser.

C'est la première fois de ma vie que je tombe sur un « spécimen » qui retient autant mon attention. Ne vous méprenez pas, je ne suis pas en train de dire que je viens d'avoir un coup de foudre. Seulement, il est à tomber – sans mauvais jeu de mots – et son physique ne me laisse pas indifférente.

Ce moment de flottement me paraît durer une éternité, mais j'ai le temps de reprendre mes esprits avant que mon superbe inconnu ne me regarde d'un air étrange, ce qu'il n'aurait pas manqué de faire si je l'avais fixé telle une fille lobotomisée.

Je ne tiens pas compte de mon petit cœur qui bat la chamade, je me redresse et lui dis, aussi flegmatique que possible :

— Merci.

— De rien. Ce fut un plaisir.

Il accompagne sa phrase d'un sourire en coin qui me rend toute chose. OK, en plus d'être beau gosse, c'est un tombeur. La façon qu'il a de me sourire comme si j'étais la plus belle fille au monde le trahit. Je sais bien que ce n'est pas le cas. Je suis peut-être inexpérimentée en relations amoureuses, mais je ne suis pas pour autant stupide. J'ai donc la lucidité de me rendre compte qu'il doit agir ainsi avec toutes les filles qu'il croise. Dans mon ancien lycée, ils étaient plusieurs à se comporter ainsi, mais aucun n'a jamais atteint ce niveau. Surtout, aucun ne l'a fait avec moi.

Je me répète en boucle cette vérité, histoire que le message parvienne jusqu'à mon cerveau qui est pour le moment aux abonnés absents. Ce dernier semble trop heureux de croire aux mensonges que lui débitent ce regard sublime et ce sourire irrésistible.

Au bout de quelques secondes, je prends conscience que nous n'avons pas bougé et que les autres nous regardent. Une certaine nervosité commence à me gagner. Je déteste être le centre d'attention. Je l'étais de plus en plus dans mon ancien lycée et je haïssais cette sensation. Certes, cette fois, les raisons sont différentes, mais qu'importe, le résultat est le même, je me sens franchement mal à l'aise.

Je vois bien à son regard que l'inconnu veut engager la discussion. J'en ai l'intime conviction. Vous savez du style : « Bonjour, moi c'est machin et toi ? », etc. Mais ce n'est pas ce que je souhaite. Moi, je veux seulement que cette première journée de cours se déroule comme toutes les autres, c'est-à-dire sans vague et dans la tranquillité. Or, j'ai comme dans l'idée que c'est mal barré si je reste plantée devant lui.

Alors, au risque de passer pour une fille impolie, je recule d'un bon mètre et lui dis simplement :

— Encore merci et bonne journée.

Puis, je les contourne, lui et son groupe, pour m'éloigner le plus possible de ce nid à problèmes.

Alors que je poursuis mon chemin, j'ai l'impression de sentir le regard des autres sur moi, surtout le *sien*, mais je fais comme si de rien n'était. Je suis certaine que quelqu'un se chargera sous peu de faire un truc plus spectaculaire que ma stupide chute ratée et que ce sera sur toutes les lèvres. Le petit spectacle que je viens d'offrir sera alors aussitôt mis aux oubliettes.

Sauf dans ton esprit, me souffle ma conscience.

Et de fait, quelques heures plus tard, l'inconnu occupe toujours mes pensées. Son regard sublime est venu me hanter toutes les dix minutes depuis ce matin, au point que ça en devient vraiment gênant pour moi. Heureusement, je suis la seule à le savoir.

Je pourrais vous dire que je finirai bien par l'oublier. Après tout, un lycée, c'est grand. Mais dans ce cas précis, j'ai la certitude que j'aurai l'occasion de le croiser à de nombreuses reprises lors de cette année scolaire, car il y a un détail que je n'ai pas mentionné tout à l'heure, au sujet de sa tenue vestimentaire : son blouson à l'effigie de l'équipe de foot du lycée.

J'ai lu quelques romances ne se déroulant pas aux États-Unis. Si ce qui y est écrit est correct, cette culture du sport durant les études est assez spécifique à mon pays. En tout cas, je vous confirme que c'est une vérité nous concernant. Ici, ceux qui sont sélectionnés pour être membres d'une équipe sportive sont de véritables mini-stars au sein de l'école. Même les profs (certains du moins) leur réservent un traitement de faveur. Leur statut leur assure à coup sûr un succès fou auprès des filles. J'aimerais vous dire que je ne fais pas partie du lot, mais ce serait mentir.

Attention, je ne suis pas prête à faire n'importe quelle connerie pour attirer leur attention, mais je ne peux pas non plus affirmer que j'y suis insensible. Surtout face à un spécimen comme celui croisé ce matin, avec un physique plus qu'avenant.

J'ignore quelle place il occupe dans l'équipe. Peut-être est-il le fameux quarterback chargé de faire les passes décisives à son équipe ? Peut-être est-il le capitaine ? Peut-être pas. En tout cas, avec son look, je suis prête à parier ma collection complète de romances qu'il est aussi populaire qu'un chanteur de boys band.

Enfin, stop, assez parlé de lui. Si je veux m'en tenir à ma bonne résolution et laisser cet incident malencontreux derrière moi, je dois arrêter d'y faire sans cesse allusion, sinon je n'ai vraiment aucune chance de le sortir de mon esprit.

Je m'efforce à penser que je ferais mieux de me concentrer pour mettre un pied devant l'autre, histoire de ne pas me gaufrer devant tout le monde. J'ai déjà trébuché deux fois depuis l'épisode de ce matin. J'aimerais dire que j'ai développé une certaine maladresse que je n'avais pas il y a quelques mois. C'est ce que j'ai pensé au début. Mais je ne peux plus me voiler la face, il s'agit d'autre chose. Jusqu'à présent, j'ai toujours réussi à me rattraper. Je fais attention à mes mouvements pour essayer d'anticiper ces moments de faiblesse de sorte qu'ils ne se terminent pas en catastrophe. Malheureusement, on ne peut pas vraiment dire que j'y sois parvenue tout à l'heure.

Pour en revenir à cette première matinée de cours, mon intuition était bonne. Le flot d'élèves m'a bien conduit jusqu'au bureau des admissions. Heureusement pour moi, j'avais vérifié au préalable les éléments à fournir. Je crois que je serais devenue folle si j'avais dû refaire une deuxième fois la queue.

On m'a donné mon emploi du temps, la liste de mes livres et attribué un casier.

En tant que nouvelle, j'ai eu le droit à une liste de documents supplémentaires : un plan du campus, les modalités pour acheter des tickets repas, la liste des associations existantes et tout un tas d'autres choses utiles pour une novice.

Me voilà désormais assise au pied d'un arbre (j'ai eu la chance d'en trouver un avant qu'ils ne soient tous pris d'assaut) et je m'évade dans mon bouquin. Dans ces moments-là, je suis dans ma bulle. J'adore m'immerger dans les histoires que je lis. Ce pourrait être la fin du monde, les extraterrestres pourraient débarquer, je m'en moque. Je n'ai pas conscience de ce qui m'entoure. Surtout quand la romance est addictive, ce qui est le cas du livre que je tiens entre les mains.

Enfin, c'est ce que je croyais, car je suis bel et bien tirée de ma lecture par une voix :

— Est-ce que je peux m'assoir ici ?

La première réponse qui me vient à l'esprit est : « Non. »

La deuxième est : « Tu ne vois pas que tu déranges, va t'incruster ailleurs. »

La troisième : « Fais ce que tu veux, je ne suis pas propriétaire des lieux. »

Ne sachant pas encore laquelle choisir, je lève les yeux. Le garçon qui me fait face me regarde avec la même expression que le Chat Potté dans Shrek. Impossible de refuser. J'aurais l'impression de donner un coup de pied à un chiot. Et j'adore les bébés chiens.

Je réponds donc :

— Si tu veux.

Aussitôt, le garçon me renvoie un large sourire.

— Merci. C'est gentil à toi.

— Pas de quoi.

Alors que je me replonge dans mon livre, il commente :

— Il est super. J'adore l'histoire. Je trouve qu'elle est bien construite et pas du tout cucul.

Il me faut quelques secondes pour percuter qu'il est en train de parler de mon bouquin. Je ne m'attendais pas du tout à ce qu'un garçon de mon âge lise de la romance. En fait, je ne m'attends pas à ce qu'un mec en lise, quel que soit son âge.

Devant mon air ahuri, il ajoute :

— C'est mon péché mignon, mais *chut* pas un mot à quiconque, j'ai une réputation à tenir.

Sa répartie me fait exploser de rire.

— Je ne sais pas si je dois me sentir vexé que l'idée t'amuse ou flatté que tu sois sensible à mon humour.

OK, j'adore ce gars.

Il me tend alors la main en annonçant :

— Derek.

— Cassie.

— C'est ton vrai prénom ou un surnom ?

— Non, en vrai, c'est Cassandra, mais il est rare que l'on m'appelle ainsi. En fait, c'est uniquement lorsque je fais de très grosses bêtises et je n'en fais jamais.

— C'est ce que tout le monde dit, mais on sait tous que c'est faux.

— Promis. Croix de bois croix de fer.

— Mouais. Enfin, peu importe. Comme tu m'as l'air d'être une fille sympa, je ne vais pas te spoiler en te racontant la fin de l'histoire.

— Et tu fais bien, sinon tu pourrais le regretter.

— Dis-donc, tu me ferais presque peur à jouer ainsi les méchantes.

— T'as vu ça ?

— Franchement, à côté de toi, Megan, la pétasse de l'histoire, fait office de Bisounours. Et pourtant, elle va…

Avant qu'il dévoile quoi que ce soit, je me bouche les oreilles et me mets à chanter à tue-tête, ce qui le fait exploser de rire.

Il m'attrape le poignet et me dit :

— C'est bon, je ne dirai rien, c'était simplement un test.

— T'es pas drôle.

— Humm, je ne partage pas ton avis. Écoute, je te propose un deal. Tu me racontes qui tu es et je me tais.

Réalisant que nous partageons le même humour, je lui réponds pour le taquiner :

— Tu veux dire que tu ne me racontes pas la fin ou bien que tu te tais tout court ?

— Ouch. C'est pas très gentil ça.

— Parce que me couper à un moment clé entre Abby et Travis, tu trouves que c'est sympa ?

— Humm, ça dépend duquel on parle.

— La dernière nuit avant que le pari se termine.

— En effet, c'est un peu mesquin de ma part. Ceci dit, tu noteras que ce n'est pas un acte volontaire de ma part. Je n'ai pas lu par-dessus ton épaule avant de venir te parler. J'ai simplement reconnu la couverture.

Après une pause, il ajoute :

— Bon, alors, tu te présentes ? Je suis super curieux d'en apprendre plus sur celle qui est littéralement tombée dans les bras de Cole.

Comme je ne passe pas mon temps à tomber dans les bras des garçons, je ne mets pas longtemps à comprendre de qui il s'agit. Je me retiens donc de lui demander qui est Cole. En revanche, je l'interroge d'un air horrifié :

— Tu as entendu parler de ça ?

— Ma belle, tout le monde en a entendu parler.

— QUOI ?!!!!!

Il se met alors à rire en me montrant du doigt.

— Putain, tu verrais ta tête. C'est trop drôle.

Je me contente de lui lancer un regard noir et il ajoute :

— Ne t'inquiète pas, ta piètre tentative pour attirer l'attention de notre cher quarterback n'est pas sur toutes les lèvres. Ceci dit, je dois reconnaître que tu as fait preuve d'originalité. Personne n'avait encore eu cette idée. J'irais même jusqu'à dire que ta petite mise en scène a fait son petit effet sur l'intéressé, car il t'a regardée partir.

— Arrête de dire n'importe quoi. Et tu as de la chance que je ne te connaisse pas assez, sinon tu aurais récolté une bonne paire de claques, c'est tout ce que tu mérites.

— Je me suis toujours considéré comme un grand chanceux de la vie. Plus sérieusement, si je suis au courant de ta mésaventure, c'est uniquement parce que j'étais présent sur les lieux de la « tragédie », dit-il en mimant les guillemets avec ses doigts. Et rassure-toi, je n'ai entendu personne en parler. Maintenant, c'est l'heure de tenir ta promesse. Raconte-moi tout sur toi.

— Pour que tu ailles ensuite le répéter à tout le monde ?

— Comment tu as deviné ? Tu as des supers pouvoirs qui te permettent de lire dans les pensées ?

— Non, je ne suis pas télépathe.

Non, simplement une pauvre fille condamnée.

— Oh, oh, une belle fille qui connaît des mots compliqués ? Mais de quelle planète viens-tu, jolie inconnue ?

Il est définitivement impossible d'avoir une discussion sérieuse avec ce Derek. Pourtant, son côté déjanté me plaît et je suis la première surprise de répondre à sa requête. Nous passons ainsi notre pause du midi à faire plus ample connaissance. Bien évidemment, je tais l'élément le plus important me concernant : ma maladie.

3
Cadeau de bienvenue

Cassie

Je sors de mon cours d'anglais les bras chargés de polycopiés. Mon prof est un peu barje. Il nous a donné tout le contenu de son cours en nous disant :

— Comme ça, je ne perdrai pas mon temps avec ceux que mon cours n'intéresse pas et vous n'aurez pas à embêter vos camarades pour le rattraper pour les examens. Vous êtes bientôt des adultes, vous êtes assez grands pour faire vos propres choix.

Un peu tordu comme façon de penser mais, quelque part, le raisonnement se tient. Il s'évite ainsi la présence des « indésirables » comme il les a appelés. Bien sûr, vous l'aurez deviné, je ne fais pas partie de cette catégorie. Moi, son cours m'intéresse beaucoup. Contrairement à certains, j'ai même hâte de le suivre. J'ai parcouru son programme et je l'ai trouvé plus qu'alléchant pour une fana de lecture comme moi.

Quand on connaît ma situation, on peut s'interroger sur la raison pour laquelle je suis aussi studieuse. Après tout, ce n'est pas comme si tout ce que j'allais apprendre allait me servir un jour. Certes, mais c'est un bon moyen de m'occuper l'esprit.

J'ai été inflexible sur ce point avec mes parents : je ne vais pas rester cloîtrée chez moi à attendre la fin tragique qui m'est destinée. Du moins, tant que je n'y suis pas contrainte. Le jour où je n'arriverai plus à donner le change, ce sera différent. J'aime les cours mais pas au point de subir des regards pleins de pitié. Dès que mon secret aura été éventé et commencera à circuler, je jouerai donc les lâches et irai me terrer chez moi, préparant l'étape suivante de mon plan macabre. Mais je n'y suis pas encore et je refuse de me polluer l'esprit avec ça. C'est une question de survie mentale.

Ne me voyant pas traîner ce paquet de feuilles dans mon sac jusqu'à la fin de la journée, je décide de passer par mon casier avant le prochain cours.

Jusqu'à présent, je ne l'avais pas encore repéré car je trouvais que c'était inutile : mon sac était presque vide. En voyant les grandes rangées s'étaler à perte de vue et la foule compacte massée devant, je me dis que j'ai fait une erreur stratégique. J'aurais mieux fait de faire du repérage ce midi alors que j'avais le temps, plutôt que de me plonger le nez dans mon livre, puis de discuter avec Derek. Enfin, ce qui est fait est fait. Maintenant, il faut que je trouve ce fichu casier en quelques minutes. Et laissez-moi vous dire que ce n'est pas gagné.

Ce matin, on m'a précisé qu'ils étaient tous numérotés mais que certains numéros étaient effacés. Des étiquettes portant l'initiale de notre prénom suivie de notre nom de famille ont donc été collées dessus pour que l'on s'y retrouve. Elles ne vont certainement pas faire long feu, mais une fois que chacun aura repéré son casier, ce ne sera plus un problème. Selon toute logique, il doit y avoir un ordre dans la numérotation.

Je jette un coup d'œil à la rangée sur ma droite et repère entre deux têtes le numéro 1205. On m'a attribué le 408, j'en déduis que j'ai un petit bout de chemin à parcourir dans ce couloir bondé. Je n'ai vraiment pas intérêt à traîner car il est évidemment hors de question que j'arrive en retard à mon prochain cours.

Sans perdre une seconde, je remonte la file en repérant régulièrement les numéros qui défilent.

800, 600, 550

Il me semble apercevoir le 425, je ralentis donc mon pas. Mon but est proche.

J'ai l'impression que tous les regards sont rivés sur moi. C'est sûrement me donner trop d'importance, mais c'est plus fort que moi, je n'arrive pas à me défaire de cette sensation désagréable.

Afin d'éviter de surprendre les éventuels regards curieux qui me mettront encore plus mal à l'aise, je focalise toute mon attention sur les rangées métalliques.

Soudain, je vois :

C. Johnson

Alléluia.

Je me place aussitôt devant le casier. Le numéro inscrit sur la plaque est illisible. Tout comme ceux qui l'entourent. Enfin, je ne cherche pas à en savoir plus. Je l'ai trouvé, c'est tout ce qui compte !

Je regarde le code de déverrouillage inscrit sur ma feuille : 1234. En bas de la page, il est écrit qu'il est fortement conseillé de le changer.

Tu m'étonnes !

Je me retiens de lever les yeux au ciel. Entre nous, je suis presque sûre qu'ils ont mis le même numéro d'initialisation pour tous les casiers. En gros, ça veut dire que n'importe quel abruti peut ouvrir le vôtre et changer le code à votre place !

Je ne vais pas vous mentir, je prie très fort pour que je ne fasse pas partie des malchanceux dans ce cas-là. Je n'ai vraiment pas envie de me faire remarquer de cette façon. Heureusement pour moi, quand je tape 1-2-3-4, j'entends un petit déclic indiquant que la porte vient de se déverrouiller.

Ouf.

Je jette un coup d'œil à ma montre. Il me reste trois minutes avant que la cloche sonne. J'ouvre donc la porte pour déposer mon fardeau qui commence à sérieusement peser son poids. Il ne manquerait plus qu'il provoque une faiblesse dans mon bras et que je lâche tout.

Quand je découvre le contenu de mon casier, je manque de laisser échapper toutes mes feuilles : il est rempli de préservatifs (Dieu merci, neufs), de petites culottes en dentelle (que j'espère propres) et de magazines pornos (sérieux, je ne savais même pas qu'il y avait toujours des hommes pour en acheter avec l'ère du numérique) !

J'essaie de rester stoïque devant cette découverte dégoûtante, en vain. J'ai conscience d'être entourée de plusieurs dizaines d'élèves dont les yeux me semblent rivés sur le contenu indécent de mon casier.

Quel est l'enfoiré qui a déposé ça ici ? Je viens à peine de débarquer, je n'ai même pas eu le temps de me faire des ennemis que déjà on pourrit mon casier. Franchement, on est au collège ou au lycée ? En tout cas, celui qui a fait ça doit avoir la mentalité d'un pré-ado en pleine crise. Je lui en collerais bien une, si je pouvais mettre la main dessus.

Je suis en train de réfléchir à toute vitesse pour trouver un moyen de me sortir de cette situation merdique, sans me taper un peu plus l'affiche, quand j'entends quelqu'un annoncer dans mon dos :

— Décidément, la nouvelle, tu es pleine de ressources insoupçonnées.

J'aimerais vous dire que j'ignore l'identité de la personne qui vient de me parler avant de me retourner.

Pathétique.

Eh oui, dans le mille, l'auteur de cette remarque n'est autre que le garçon qui m'a évité une chute ce matin. Le même qui ne veut pas sortir de ma tête depuis que je lui suis rentrée dedans.

Et me voilà maintenant dans une situation encore plus embarrassante que ce matin. Dire que je pensais ne pas pouvoir faire pire.

Je ne sais pas quoi lui répondre. De toute façon, il ne m'en laisse pas le temps et enchaîne :

— Je suis touché par tous ces petits cadeaux laissés dans mon casier, mais tu ne crois pas que l'on devrait d'abord se présenter avant de passer aux choses sérieuses ?

Hein ? Mais qu'est-ce qu'il raconte ?

Je ne suis pas du tout en train de mettre des trucs cochons dans son casier ! D'ailleurs, l'idée en elle-même me donne envie de vomir. Il faudrait vraiment être timbrée ou être une pauvre fille pour faire une chose pareille. Et je ne suis ni l'une ni l'autre.

Je ne devrais pas mais c'est plus fort que moi, je deviens rouge pivoine du menton à la pointe des oreilles. En même temps, je vous mets au défi de rester de marbre dans une telle situation ! C'est tout simplement impossible.

Mon rougissement pourrait constituer un aveu et je ne veux surtout pas qu'il croie que j'ai fait ce qu'il sous-entend. Il y a d'ailleurs un détail important qu'il a oublié et que je m'empresse de lui préciser :

— Ce n'est pas moi et c'est *mon* casier.

Il me semble l'entendre murmurer « *Dommage* » avant d'ajouter :

— Hum, désolé, mais jusqu'à preuve du contraire, C. Johnson, c'est moi.

Il me tourne alors le dos pour que je puisse admirer l'inscription en haut de son blouson. En effet, ce gars a le même patronyme que moi et son prénom commence par la même lettre que le mien.

Je reporte ensuite mon attention sur la rangée de casiers et me rends compte qu'il y en a en effet un deuxième qui porte l'étiquette « *C. Johnson* ». Bien sûr, j'avais une chance sur deux et il a fallu que je tombe sur le mauvais ! De toute façon, j'ai amplement prouvé ces derniers mois que les statistiques ne sont jamais de mon côté.

Heureusement pour moi, je suis sauvée par le gong de la cloche. Mes polycopiés toujours dans les bras, je conclus en lui disant :

— Désolée. Je n'avais pas fait attention. Je vais prendre l'autre.

Je referme alors la porte pour ne plus voir ces horreurs et me barre vite fait de là. J'adore les cours, mais je crois quand même que je n'ai jamais été aussi pressée de me rendre à l'un d'entre eux !

4
Curiosité piquée

Cole

Décidément, cette fille est pire que le vent, pensé-je en la regardant partir – enfin, je dois bien admettre que mes yeux sont surtout rivés sur son cul. Pour ma défense, il vaut sacrément le détour.

C'est la deuxième fois que nos routes se croisent aujourd'hui et je ne connais toujours pas son nom. C'est une première me concernant. En général, les filles sont plus qu'heureuses de se présenter, mais celle-ci se barre toujours avant que je ne puisse entamer la discussion. Sa réaction m'énerve tout autant qu'elle m'intrigue.

De toute façon, je ne mettrai pas bien longtemps à découvrir son identité. J'ai déjà un indice. Son nom de famille est le même que le mien et son prénom commence par un « C ».

Cindy ? Non pas son genre.

Cassidy ? Non.

Chelsea ? Pourquoi pas. Je trouve qu'il lui irait bien.

Une chose est certaine en tout cas, quand elle rougit, elle est trop mimi. J'ai bien conscience que c'était un peu lourd de ma part de faire cette blague foireuse sur les trucs cochons qui se trouvaient dans mon casier, mais c'était trop tentant.

Je n'arrive pas à le regretter, car le spectacle valait largement le détour. J'aime beaucoup les blondes – qui n'aime pas les blondes ? – mais celle-ci est vraiment sublime. Elle a un côté naturel que n'ont pas les autres filles du lycée. Après tout, nous sommes en Californie, ici les faux-semblants sont presque une règle d'or. Pourtant, celle-ci n'entre pas dans cette catégorie. Elle n'est pas outrageusement maquillée, ce qui lui donne une certaine fraîcheur.

Ce matin, quand elle a manqué de s'étaler de tout son long sur moi, elle a piqué ma curiosité. Enfin, pour être plus précis, quand elle a failli s'écraser par terre et que j'ai joué sans le vouloir les chevaliers servants. D'ailleurs, cette petite scène m'a valu quelques plaisanteries de la part des gars de l'équipe, mais je ne leur en veux pas. J'aurais réagi de la même manière à leur place. En revanche, je ne peux nier que le fait qu'elle ait coupé court avant que je puisse me présenter m'a intrigué. Et elle vient de recommencer à l'instant.

J'ai voulu profiter de ma pause pour voir ce que Calvin m'avait réservé cette année. C'est un petit jeu auquel on s'adonne depuis des années. Chacun s'arrange pour refaire la décoration du casier de l'autre, avant qu'il n'ait eu le temps de changer son code. Tous les ans, nous essayons d'être celui qui mettra l'autre dans le plus grand embarras, tout en faisant rire les autres élèves. Certes, c'est puéril mais admettez que le concept est plutôt drôle.

Quoi qu'il en soit, j'étais curieux de voir si la surprise de Calvin était à la hauteur de ce que j'avais imaginé de mon côté. Personnellement, je suis fier de ma trouvaille. J'ai amassé tout un tas de conneries cet été, dans le but de réussir mon coup. Mon pote a d'ailleurs avoué que j'avais fait fort lorsqu'il a ouvert son casier tout à l'heure.

Au final, même s'il n'y est pour rien, je dois admettre que je suis loin d'être déçu par ce que j'ai eu. Je dirais même que cette année, il a gagné. Enfin, mon casier a gagné.

En même temps, difficile d'égaler le fait d'y trouver la petite nouvelle en train de virer rouge brique devant des trucs cochons. Heureusement pour moi, je n'aurai pas à trouver une meilleure idée puisque que c'est notre dernière année de lycée. J'entame d'ailleurs cette rentrée avec une certaine nostalgie, même si les attraits de l'université sont loin d'être négligeables. D'ailleurs, j'ai déjà plusieurs pistes, mais je ne sais pas encore laquelle je vais suivre.

Mes très bons résultats sportifs et le fait que je ne me débrouille pas trop mal en cours m'ouvrent pas mal de portes. Plusieurs universités de l'Ivy League m'ont déjà fait savoir qu'elles seraient plus qu'enchantées de m'accueillir, mais je n'ai pas encore arrêté mon choix. Après tout, il me reste encore plusieurs mois de réflexion. Et pour l'instant, ce n'est clairement pas en haut de la liste de mes priorités. Je compte bien profiter au maximum de cette dernière année.

— Alors mec, content de ma surprise ? me demande Calvin qui vient de me rejoindre.

— Ça dépend. La fille, c'est ton idée ?

— Quelle fille ?

Répondant implicitement à ma question, je complète :

— Alors non, elle n'était pas terrible.

— De quelle fille tu parles ?

Il est arrivé après le départ de la belle inconnue au cul super agréable à regarder. Il n'a donc aucune idée de qui je parle. Sinon, il ne poserait pas la question. Un corps comme le sien ne peut pas passer inaperçu auprès de gars comme nous.

Je suis tiré de mes pensées pas très distinguées par la voix de Miguel qui répond à ma place :

— Il veut parler de celle qu'il a sauvée ce matin et qu'il vient de trouver le nez dans des petites culottes !

J'ignore pourquoi mais je ne peux m'empêcher de la défendre :

— Elle n'était pas le nez dans des petites culottes. Elle pensait que c'était son casier et l'a ouvert par erreur.

— Hum, hum, intéressant, lance Calvin.

Nous sommes coupés par le proviseur qui se dirige vers nous :

— Monsieur Johnson, Monsieur Delgado, Monsieur Handson, ravi de vous retrouver en pleine forme. Je pense que vous n'avez pas dû entendre la cloche, mais les cours ont repris. Alors, à vos classes ! Et plus vite que ça !

Mimant un salut militaire, Calvin, Miguel et moi répondons d'une seule voix :

— À vos ordres Monsieur Grithwood !

Miguel part de son côté après nous avoir salués. Calvin et moi faisons le chemin ensemble car nous avons ce cours en commun.

— Alors c'est qui exactement, cette fille ? demande soudain Calvin.

— Aucune idée, dis-je. Elle ne s'est pas présentée.

— Quoi ? Le charme du célèbre Cole Johnson n'a pas opéré ? se moque-t-il.

— Il a juste manqué de temps. La cloche a sonné avant que l'on puisse lancer la discussion.

— Mouais, j'en connais plus d'une que cela n'aurait pas arrêtées. Et je te signale que ce matin, elle s'est fait la malle comme si elle avait le feu aux trousses, alors qu'il n'y avait aucune cloche. Je te le dis, mec, nous avons enfin trouvé une fille qui résiste à ton sex-appeal.

— Pfff, est la seule chose que j'arrive à rétorquer.

— En tout cas, qu'est-ce qu'elle foutait le nez dans ton casier ?

— Elle pensait que c'était le sien parce qu'elle s'appelle aussi Johnson.

— C'est quelqu'un de ta famille ?

— T'es con ou quoi ? Je connais quand même les membres de ma famille, abruti.

— Bah, ça expliquerait peut-être pourquoi elle ne t'a pas regardé avec des étoiles dans les yeux comme elles le font toutes.

— Ma parole, on dirait que t'es jaloux de mon succès auprès des filles !

— Moi, jaloux de toi ? Elle est bien bonne celle-là. Je préfère mille fois avoir ma tête que la tienne.

Dans les faits, nous sommes tous les deux plutôt bien foutus et avons chacun du succès auprès des filles. Nous avons tellement l'embarras du choix que nous ne nous marchons jamais sur les pieds. C'est aussi vrai concernant Miguel. Son petit air latino lui attire à tous les coups des regards gourmands.

— Si ça se trouve, elle est tout simplement homo, lancé-je soudainement, alors que la salle de cours est à dix mètres devant nous.

— Nan, ça m'étonnerait. Je l'ai aperçue ce midi, en compagnie de Derek. Si tu veux mon avis, ils avaient l'air de s'amuser comme des petits fous.

— Le mec de la fanfare ? demandé-je incrédule.

— Celui-là même.

Ma réaction est complètement stupide, mais je ne peux m'empêcher de sentir une rage s'emparer de moi à l'idée qu'elle ait accepté de passer sa pause déjeuner avec ce looser, alors qu'elle ne m'adresse même pas la parole, à moi.

Fier de sa petite bombe, mon pote entre en cours avec un sourire aux lèvres. De mon côté, je viens d'ajouter une ligne à ma liste des priorités : mettre la main sur Derek et lui tirer les vers du nez !

5
Pêche aux renseignements

Cassie

— T'es grave dans la merde !

Je lève la tête en entendant la prédiction de Derek qui vient de me rejoindre au pied de l'arbre où je suis en train de lire depuis une bonne dizaine de minutes.

Plaçant un doigt dans mon livre en guise de marque-page, je lui demande :

— Pourquoi tu dis ça ?

— Cole Johnson, se contente-t-il d'annoncer.

À la mention de ce nom, mon cœur connaît un petit raté dans ma poitrine.

— Qu…uoi ? je croasse.

J'imagine déjà tout un tas de scénarios en lien avec la scène gênante au possible de la veille.

— Il m'a choppé ce matin alors que je descendais du bus, et m'a posé plein de questions sur toi.

— Quoi ? je répète bêtement.

— Tu m'as très bien compris.

— Mais pourquoi ?

— Je ne suis pas dans sa tête, mais je dirais que tu lui as tapé dans l'œil.

— C'est n'importe quoi.

Il lève la main gauche et me dit :

— Je te le jure.

Savoir que Cole a demandé des infos sur moi devrait m'être égal. Après tout, je suis certaine que tout le monde se pose des questions sur la nouvelle. C'est toujours ainsi.

Pas vrai ?

Mais dans ma tête, c'est beaucoup plus complexe. Les questions se bousculent : Pourquoi s'est-il renseigné sur moi ? A-t-il été trouver Derek exprès pour l'interroger ? Qu'a-t-il demandé exactement ? Surtout, qu'est-ce que Derek lui a dit ?

— Qu'est-ce que tu lui as raconté ? demandé-je aussitôt.

— Relax. Je ne lui ai rien dit de compromettant. Par exemple, j'ai caché le faible que tu as pour moi.

— Hein ?

— Tu devrais voir ta tête. Ça me donnerait presque envie de rire. Presque parce que bon, c'est quand même un peu vexant pour moi.

— T'es con !

— Oh, oh, attention, pas de gros mots, sinon je ne te dis rien.

— Allez, crache le morceau.

— Humm, bah en fait, y'a pas grand-chose à raconter, puisque que tu ne m'as presque rien dit hier. D'ailleurs, je t'en veux à mort. Pour une fois que Cole Johnson vient me parler, je ne suis même pas capable de me la péter plus de trois minutes, parce que mademoiselle joue les mystérieuses.

— Tu sais que t'es sacrément atteint ?

— C'est pas très gentil ça.

— Arrête de faire le pitre et raconte-moi ce que tu as dit exactement.

— Le « pitre » ? Sérieux, la dernière fois que j'ai entendu cette expression, c'était dans la bouche de ma grand-mère. J'aurais dû dire à Cole que tu es ringarde sur les bords.

— Derek ! je gronde.

Il doit se rendre compte que ma patience a atteint ses limites.

— Ok. Je lui ai simplement donné ton prénom et dit que tu venais d'arriver dans le coin.

J'attends mais il n'ajoute rien.

— C'est tout ?

— Bah quoi ? Que voulais-tu que je lui raconte d'autre ? Je te signale que tu as été avare de détails te concernant. La seule chose que je n'ai pas dite, c'est que tu adores lire de la romance.

— Tu as bien fait, car je me serais empressée de te rendre la pareille.

— À ton avis, pourquoi je me suis tu ?

— T'es vraiment un sale type !

— Tu dis ça, mais je sais bien que tu es folle de moi. Elles le sont toutes.

Je ne prends même pas la peine lui répondre.

Je vais pour me replonger dans mon livre, quand il ajoute :

— Hé, mais qu'est-ce que tu fais ?

— Je retourne à ma lecture puisque tu m'as tout dit.

— Mais non, je ne t'ai pas tout dit.

Je souffle en replaçant mon doigt entre mes deux pages.

— Vas-y, je t'écoute.

— Il m'a demandé de lui donner d'autres infos si j'arrivais à en avoir.

Je le regarde un quart de seconde, d'un air blasé, et remets le nez dans mon livre.

— Hé, mais qu'est-ce que tu fais ? répète-t-il.

— Cette fois-ci, tu as fini. Donc je peux retourner à mon bouquin qui est franchement plus intéressant que cette discussion.

— Mais non, on n'a pas fini. Tu vas tout me dire. Je dis bien TOUT.

— Tu déconnes ? Tu crois vraiment que je vais entrer dans votre petit jeu débile et puéril ? Non seulement je ne ressens pas le besoin de raconter ma vie au premier venu – sinon, je serais active sur les réseaux sociaux – mais en plus je ne tiens pas du tout à alimenter la curiosité de Cole Johnson. Ce type est répugnant.

Derek écarquille grand les yeux en entendant ma dernière phrase.

— Tu ne peux pas dire ça !

— Non seulement je le peux, mais en plus je le pense.

— Ce n'est pas l'impression que j'ai eue hier matin. Et comment peux-tu penser ça, alors que tu ne le connais même pas ? Tu lui es rentrée dedans et cela a duré à peine deux minutes, puis tu as tourné les talons. Je trouve que c'est un peu rapide pour se forger une opinion sur quelqu'un. J'avoue que tu me déçois, je te pensais moins superficielle.

— Heu ? C'est quoi ce speech ? Et d'ailleurs, pourquoi tiens-tu tant à prendre sa défense ? Après tout, ce n'est pas comme si vous étiez potes tous les deux. Il t'a payé ou quoi ?

— Non, mais grâce à toi, Célia me semble enfin accessible.

— Célia ? C'est qui ça ? je demande totalement perdue.

C'est la première fois qu'il m'en parle et, sans qu'il ait besoin d'en dire plus, je comprends tout de suite qu'il a le béguin pour cette fille. Son air amouraché le trahit immédiatement.

— Quoi, tu n'as pas encore entendu parler de la belle Célia ?

— Derek, abrège, je ne suis pas homo, les filles, ça ne m'intéresse pas.

— C'est parce que tu ne connais pas Célia.

Je lève les yeux au ciel pour lui faire comprendre ce que je pense de sa remarque.

Voyant qu'il n'arrivera pas à me rallier à sa cause, il enchaîne :

— C'est la plus belle fille que je connaisse. Et...

Je le coupe avant qu'il ait fini :

— Laisse-moi deviner, elle et Cole forment LE couple du lycée.

— Pas tout à fait. Ils sont sortis ensemble il y a longtemps. Depuis, elle est amoureuse de lui, mais la réciproque n'est pas vraie. Il se sert d'elle comme de bouche-trou – dans tous les sens du terme, si tu vois ce que je veux dire.

Charmant.

Plus j'en apprends sur lui et moins je trouve Cole à son avantage. D'abord le casier, puis ça ? Franchement, ce type m'a surtout l'air d'être un sacré connard comme on en voit dans les films ou comme je peux en croiser dans mes livres. Seulement, je n'ai pas la naïveté de croire que c'est simplement un *bad boy* qui attend de trouver « la » fille, celle qui le fera changer du tout au tout.

Contrairement à ce que pense ma mère, je fais très bien la différence entre la vraie vie et la fiction. Je ne suis pas à la recherche du prince charmant. Si je lis de la romance, c'est parce que j'aime les histoires qui finissent bien. Un point c'est tout. Ceux qui adorent la science-fiction ne s'attendent pas à se retrouver dotés de pouvoirs après s'être pris une météorite sur le coin de la figure. Enfin, j'espère pour eux. Moi, c'est pareil pour la romance. De toute façon, même si le parfait prince charmant pointait le bout de son nez, je n'en voudrais pas.

À quoi bon ?

— C'est là que tu entres en jeu, ma belle.

La phrase de Derek me tire de mes réflexions.

Hein, quoi ?

Il me regarde comme si j'étais une demeurée et reformule son idée, résumant ainsi ce qui lui passe par la tête :

— Cole n'a encore jamais eu de petite amie à part Célia, elle doit donc entretenir une pointe d'espoir le concernant. Mais s'il tombe amoureux de toi et que vous vous mettez ensemble, elle comprendra enfin qu'elle n'a plus aucune chance avec lui. Elle sera triste, mais je serai là pour la réconforter, parce qu'étant ton nouveau meilleur ami, il est normal que je traîne avec Cole et toute sa bande, donc avec Célia.

— T'as fumé la moquette ou quoi ?

— Pourquoi dis-tu ça ?

— D'une (je lève mon pouce en l'air), Cole ne m'intéresse pas.

Je ne lui laisse pas le temps de répliquer et ajoute :

— Je te dis qu'il ne m'intéresse pas. Oui, il est bien foutu mais ça s'arrête là. Parce que…

Je lève mon index.

— De deux, c'est un porc. Et de trois.

Cette fois je lève mon majeur, fière de mon petit effet scénique…

— Tu te démerdes comme un grand pour emballer qui tu veux, mais tu me laisses en dehors de tes histoires. Et tu n'es pas mon meilleur ami.

Il y a bien une quatrième raison, mais je ne veux pas la partager avec lui. Elle est trop morbide.

Loin de se sentir découragé, il rétorque :

— Si, je le suis, mais tu ne le sais pas encore. Et pourquoi dis-tu que c'est un porc ? Attention, je partage tout à fait ton opinion car il n'arrête pas de briser le petit cœur de ma chère Célia. Mais toi, qu'est-ce qui te fait dire ça ?

— Humm, une intuition.

— Cassie, ma chérie, il faut que je te dise un truc : n'essaie jamais de faire le mur et de raconter un bobard à tes parents pour t'en sortir. Pinocchio a plus de chances que toi de réussir à faire croire à ses mensonges.

Grrr, oui, je le sais bien. Depuis toute petite, je n'arrive pas à mentir. Heureusement pour moi, je n'ai jamais eu réellement besoin de le faire. Les rares fois où j'ai tenté le coup pour des broutilles, mes parents se sont bien foutus de moi. Maintenant, j'ai trouvé le subterfuge : je m'arrange pour dissimuler mon mensonge à l'aide d'une vérité. Comme lorsque j'ai manifesté ma joie de venir en Californie.

— Allez, raconte, insiste Derek. Moi je t'ai tout dit.

— En même temps, tu es venu me voir exprès pour ça. Je te ferai d'ailleurs remarquer que je n'ai rien demandé. J'étais tranquillement en train de lire quand tu es venu me casser les pieds avec cette histoire de Cole et Célia.

— Taratata, n'essaie pas de trouver un moyen de détourner la discussion et raconte-moi tout.

Je pourrais très bien l'envoyer balader, d'ailleurs j'y pense très sérieusement. Mais la scène de la veille devant les casiers tourne encore en boucle dans ma tête. Je me demande comment un truc pareil a pu se passer. Dois-je m'attendre à retrouver des trucs cochons tout au long de l'année dans mon casier par erreur ? Je ne peux en parler à personne à part Derek, tout simplement car il est le seul élève avec qui j'ai discuté pour le moment. Alors je me jette à l'eau et lui explique ce qui s'est passé devant ces fameux casiers.

Il ne met pas deux minutes à exploser de rire. Hilare, il demande :

— Tu plaisantes ?

— J'ai l'air de plaisanter ?

— Oh putain, c'est juste excellent. Je comprends mieux pourquoi tu as éveillé sa curiosité. Attention, tu es super canon et tout, mais bon j'avais du mal à comprendre comment tu avais pu lui taper dans l'œil sur la seule base de votre rencontre choc du matin.

— C'est pas drôle.

— Heu, si. Mais bon, en tant que meilleur ami, je vais me retenir de t'expliquer pourquoi. À la place, je vais te rassurer en te disant que cette mésaventure ne se reproduira plus.

— Parce qu'on sait quel est le casier de qui maintenant ?

— Non, parce que c'est un petit défi qu'ils se lancent avec Calvin à chaque rentrée. Ils se débrouillent pour pourrir celui de l'autre avant qu'il ne l'ouvre.

— T'es sérieux ?

— Yep.

— Quelle bande de gamins.

— Bah, objectivement, c'est assez drôle.

— Laisse-moi douter de ton objectivité.

— Oh toi, je sens que je vais accidentellement te raconter la fin de ton livre.

— Tu fais ça et mon genou va accidentellement venir faire la rencontre de tes bijoux de famille.

— Aïe.

— Comme tu dis.

Avisant l'heure, je m'aperçois qu'il ne me reste que quelques minutes avant la fin de ma pause déjeuner. Je remets mon livre dans mon sac, puis je tends une main à Derek :

— Tant que tu es là, rends-toi utile, aide-moi à me relever.

— C'est demandé si gentiment, comment refuser ?

— Exactement.

— Qu'est-ce que je ne ferais pas pour ma nouvelle meilleure amie ?

Je ne prends même pas la peine de répondre. Il attrape ma main tendue et exerce une traction pendant que je pousse sur mes jambes.

Une fois à l'horizontal, tout va trop vite pour que j'analyse exactement ce qu'il se produit. L'instant d'avant, je suis sur mes deux jambes, celui d'après, elles sont aux abonnés absents et je viens m'affaler dans les bras de Derek. Heureusement, ce dernier a le réflexe de les refermer autour de moi, m'évitant ainsi de m'écrouler à ses pieds.

— Ça va ma belle ? Tu as bu ou quoi ?

Il faut quelques secondes à mes jambes pour qu'elles soient à nouveau opérationnelles. Je m'écarte ensuite de lui et lui réponds contrite :

— Désolée, je ne devais pas être assise correctement et mes jambes m'ont lâchée.

Pour le coup, le mensonge sort tout seul de ma bouche. Il faut dire que je suis rôdée à ce sujet. Je me suis répétée les mêmes durant plusieurs mois, avant de voir la réalité en face. Enfin, avant que la vérité me soit dévoilée.

— T'inquiète, je ne suis pas du genre à me plaindre quand une belle fille me tombe dans les bras. En fait, le phénomène ne se produit pas assez souvent, si tu veux mon avis. Je te remercie donc d'avoir ainsi égayé ma journée.

Je m'extrais complètement de son étreinte et lui donne un coup sur l'épaule.

— T'es con.

— Tu sais, j'ai lu dans plusieurs livres que lorsque la fille passe son temps à insulter le garçon, c'est parce qu'elle est en réalité folle de lui.

— Derek, tais-toi.

— Oh, j'ai touché une corde sensible on dirait.

Je ne prends même pas la peine de lui répondre. De toute façon, je sais très bien qu'il ne pense pas un mot de ce qu'il vient de dire. Il le fait exprès pour me taquiner et je ne compte pas entrer dans son jeu.

Je me penche donc pour attraper mon sac et reprends la direction de ma salle de cours.

— À plus tard, chérie. Cette discussion n'est pas terminée.

Je lui réponds par un doigt tendu bien haut, sans prendre la peine de me retourner.

Maintenant, elle l'est !

6
Petite mise au point

Cole

Quelle est la peine encourue pour meurtre avec préméditation ? J'avoue qu'en cet instant, j'aimerais bien avoir la réponse pour savoir si tuer Derek Smith en vaut la peine.

Quand je lui ai mis la main dessus ce matin, pour en savoir un peu plus sur ma mystérieuse inconnue, ce petit merdeux a omis un léger détail. Il ne m'a pas dit qu'ils étaient plus que de simples connaissances ou même de simples amis.

Parce que, perso, je n'enlace pas ainsi les filles que je n'ai pas sautées ou que je ne compte pas sauter dans un avenir proche. Ouais, Derek ne m'a clairement pas tout dit et il va le payer. L'étreinte que je viens de surprendre m'a coupé l'herbe sous le pied et je me retrouve comme un con, ce que je n'aime pas, mais alors pas du tout.

Mon plan initial était simple, je comptais trouver Cassandra Johnson et lancer la discussion pour apprendre à mieux la connaître. Pour l'instant, je ne sais pas grand-chose d'elle car Derek n'a pas été très bavard à son sujet. Je pensais que c'était parce qu'il n'avait pas eu le temps d'en apprendre plus sur son compte (après tout, la rentrée ne date que d'hier). Désormais, j'en doute. N'aurait-il pas plutôt fait exprès de garder des infos pour lui, de peur que je m'intéresse à la fille sur laquelle il a flashé ? L'idiot aurait dû savoir que l'inconnu a toujours un goût plus attrayant. L'erreur stratégique qu'il a commise va lui être fatale.

Peut-être que s'il m'en avait appris plus au sujet de la nouvelle, je serais déjà passé à autre chose à l'heure qu'il est. Entre nous, il y a plus d'une fille partante dans ce bahut. Malheureusement, elles ont toutes un point commun : leurs attentes et les miennes diffèrent. Toutes espèrent devenir ma petite amie officielle. De mon côté, je trouve que je suis trop jeune pour me poser. J'ai fait le test une fois avec Célia et je me suis vite rendu compte que je n'étais pas fait pour m'engager dans une relation. Après tout, je n'ai que dix-huit ans, j'ai toute la vie devant moi. Peut-être que si je ne croulais pas sous les demandes, j'aurais une vision différente sur le sujet mais je doute que la situation se présente de sitôt, donc ce point restera un mystère. Ce n'est pas de la vantardise de ma part, juste un simple constat. Je n'aime pas la fausse modestie. Personnellement, je trouve que c'est aussi désagréable que la vantardise. Si on se débrouille bien dans un domaine, à quoi bon le nier ? En général, le seul résultat que l'on obtient est d'énerver encore plus les gens.

Du moins, c'est mon cas. Si un gars de l'équipe réalise une superbe action et qu'il fait style que ce n'est pas grand-chose, j'ai envie de lui mettre des beignes. C'est la même chose avec l'élève qui répète à qui veut l'entendre qu'il a loupé son devoir et qui au final récolte un A^-.

Bref, j'admets sans peine que j'ai plus de filles qui s'intéressent à moi que je ne peux en gérer. Donc, si Derek avait assouvi ma curiosité ce matin, je ne serais sûrement pas là, initialement disposé à jouer mon tour de charme et finalement prêt à secouer ce petit joueur de fanfare.

Enfin, je pense que je l'aurais oubliée. Je n'en suis pas sûr à 100 %. Cette fille, c'est quand même un morceau de choix. Et la vision qu'elle est d'ailleurs en train de m'offrir en se penchant ne fait que le confirmer…

Sans qu'elle le sache, son geste n'est pas sans conséquences. Tout d'abord, elle détourne légèrement mes pensées vengeresses de Smith, car je préfère profiter du spectacle qui m'est offert plutôt que de penser à ce Derek de mes deux.

Ensuite, en se dégageant de cette étreinte, elle a augmenté les chances de survie de ce dernier à l'issue de la petite discussion que je compte avoir avec lui dès qu'elle sera partie.

Enfin, elle provoque un certain émoi dans mon corps. Je suis suffisamment près pour admirer son magnifique cul mis en valeur par son jean et c'est un véritable régal. Contrairement à la plupart des filles du bahut, Cassandra n'est pas en jupe.

Putain mec, mais qu'est-ce que tu racontes ?

C'est vrai ça, qu'est-ce que je raconte ?

Cette fille est en train de me retourner le cerveau. D'ailleurs, je devrais partir immédiatement et lâcher l'affaire.

De toute façon, je suis certain qu'elle ne vaut pas la peine que je suis en train de me donner. J'ai tellement mieux à faire. Et puis, comme je vous le disais, des filles, je peux en avoir à la pelle. Alors, pas besoin de m'arracher les cheveux pour l'une d'elles.

Ouais, sauf que mes pieds refusent de bouger et que je reste planté là comme un con à la regarder. Heureusement pour moi, je suis en mode décontracté contre un arbre, mes écouteurs sur les oreilles. Les autres lycéens doivent me croire en pleine méditation ou une connerie dans le genre. Je suis même persuadé que certains trouvent ça cool et que certaines me trouvent trop mignon. J'ai d'ailleurs déjà surpris quelques coups d'œil révélateurs.

Une fois son sac à l'épaule, Cassandra s'éloigne de Derek. Certainement pour se rendre en cours. Elle a clairement le profil de l'élève modèle. Encore une bizarrerie la concernant. Normalement, les jeunes filles studieuses, ce n'est pas mon style. Mais Cassandra semble être l'exception qui confirme la règle.

Derek lui balance une remarque que je n'entends pas. Je suis trop loin pour capter ses paroles. En revanche, je suis aux premières loges pour voir Cassandra lui tendre son majeur bien haut. Malgré moi, je ne peux me retenir de sourire. Cette fille a du caractère. Chaque fois que je la croise, je découvre une nouvelle facette de sa personnalité qui me plaît.

Mec, tu déconnes à plein tubes.

C'est en effet fort probable et pourtant je ne suis pas plus inquiet que ça. Et je ne vais pas me faire des nœuds au cerveau pour essayer de comprendre ce qui se passe.

Maintenant que le champ est libre, je ne perds pas de temps. Je fonce droit sur ma victime qui fixe Cassandra – enfin je suis prêt à parier que c'est son cul qu'il mate, ce qui m'énerve encore un peu plus.

Cet idiot est tellement perdu dans sa contemplation qu'il ne me voit pas arriver.

— Smith, vilain petit cachotier.

Ma voix le fait tellement sursauter qu'il décolle du sol.

Quel naze !

— Cole… qu'est… je veux dire… heu… qu'est-ce que je peux faire pour toi ?

Je suis un connard car je savoure de le voir se chier dessus de la sorte.

— Tu ne m'as pas dit que tu voulais te la taper, j'attaque un brin hargneux.

— Hein ?

— La nouvelle, tu veux te la faire. Qu'est-ce que tu ne m'as pas dit d'autre à son sujet ?

— Mais… heu… non… je ne veux pas du tout…

Je le coupe dans sa logorrhée.

— Arrête de me la faire à l'envers Smith, tu crois que je n'ai pas vu comment tu la tripotais tout à l'heure, ni la façon dont tu étais en train de mater son cul à l'instant ?

Derek prend une forte inspiration et me répète de façon plus assurée cette fois :

— Mec, je te jure que Cassie ne m'intéresse pas du tout. J'étais simplement perdu dans mes pensées.

L'entendre l'appeler « Cassie » m'irrite sérieusement. Ce matin, il m'a expliqué que c'est ainsi qu'elle veut qu'on la nomme, mais je trouve que Cassandra lui va tellement mieux et fait plus femme fatale.

Je le fixe pour voir s'il est en train de me sortir un gros bobard, mais la seule chose que je perçois dans ses yeux, c'est qu'il est à deux doigts de la syncope. Je décide donc de le croire.

— Bien ! Et bah, fais en sorte que ça continue ainsi, je lui lance d'un air menaçant avant de faire demi-tour.

J'ignore pourquoi, mais je me sens tout de suite plus léger. L'idée que Cassandra puisse être intéressée par Derek me mettait franchement en rogne. Certainement une histoire d'ego mal placé. Enfin, maintenant que je n'ai plus à gérer ce problème mineur, je peux réfléchir à mon plan d'attaque pour résoudre le mystère « Cassandra Johnson ». Je pourrai ensuite reprendre le cours normal de ma vie.

7
Discussion délirante

Cassie

Les paroles de Derek ne me quittent pas de la journée. Je passe mon temps à regarder par-dessus mon épaule pour m'assurer que ma route ne croise pas celle de Cole Johnson. Ce n'est pas tant que je me sens incapable de gérer la situation, seulement je préfère éviter de me faire remarquer. Il me semble donc plus prudent de rester le plus loin possible d'un des joueurs phare de l'équipe.

Heureusement pour moi, je ne le vois pas de la journée. Le lendemain, je l'aperçois de loin et bifurque pour ne pas tenter le diable. Je me donne certainement trop d'importance. Après tout, il s'est peut-être simplement renseigné à mon sujet par curiosité. Et moi, comme une idiote, je me suis laissé influencer par les élucubrations de Derek. J'aurais dû me douter qu'il exagérait. Je ne le connais pas encore très bien, mais il m'a l'air légèrement

...ns l'excès à chaque fois qu'il parle. Pourtant, je l'aime bien. C'est d'ailleurs assez étrange me connaissant. Il n'est pas dans ma nature de nouer des relations si facilement. Comme je vous le disais, dans mon ancien lycée, avant que mon monde ne s'écroule, je n'ai eu qu'une copine : Kelly. Et encore, je ne sais pas si on peut vraiment dire que ce qui nous liait était de l'amitié.

Aussi bizarre que cela puisse paraître, je me sens plus proche de Derek que je connais depuis moins d'une semaine que je ne l'étais de Kelly que j'ai côtoyée plusieurs années. Enfin, c'est certainement à mettre sur le dos de notre passion commune : la romance. Je n'en reviens d'ailleurs toujours pas qu'un gars comme lui lise ce genre de livres. Influencée par les stéréotypes, j'ai un peu honte d'avouer que je pensais que les homosexuels étaient les seuls garçons susceptibles de lire de la romance. Or, s'il y a bien une chose dont je suis certaine, c'est que Derek est hétéro à 100 %. C'est le quatrième déjeuner que nous partageons et, dès qu'une fille en tenue légère passe près de nous, il la reluque comme un chien devant un os.

Le voilà justement en train de suivre du regard une élève en mini-jupe.

Attrapant un Cheetos dans mon paquet, je le lui lance à la figure en disant :

— Hé, le pervers de service, t'arrête oui !

Il adopte un air faussement repentant, avant de déclarer :

— Désolé. Je suis un ado en pleine force de l'âge. Il est normal que je mate les filles. Surtout quand elles sont aussi bonnes !

— T'es répugnant.

— Oh, ça va, ne joue pas les saintes nitouches. Ne me dis pas que tu ne te rinces pas l'œil quand un beau mec passe à côté de toi.

— Heu… non.

— Pfff, je suis sûr que tu mens. D'ailleurs, tu rougis.

Je ne sais pas quoi répondre à ça. Je ne « mate » pas. Cependant, je ne peux pas nier qu'il m'arrive parfois de regarder avec un peu d'insistance un garçon, s'il est canon.

Par un garçon, tu ne voudrais pas parler d'un certain footballeur ?

Je suis sauvée de cette question gênante par Derek qui enchaîne :

— Et puis, il faut bien que je regarde ailleurs, puisque tu es chasse-gardée.

En l'entendant, je manque de m'étouffer avec le Cheetos que j'ai dans la bouche.

— QUOI ?!

— Tu m'as très bien entendu.

— Pourquoi dis-tu ça ?

— Parce que ton Cole m'a très bien fait comprendre hier que j'avais intérêt à garder mes yeux loin de toi si je ne voulais pas faire connaissance avec ses poings. Or, tu as beau être super canon, tu ne mérites pas que je me fasse taper. Désolé.

— Sympa, je grogne. Et ce n'est pas « mon » Cole. D'ailleurs, je suis persuadée que tu fais encore toute une histoire de pas grand-chose.

Il secoue la tête de droite à gauche :

— Nan. Je peux t'assurer que ses yeux lançaient des éclairs quand il est venu me trouver hier, une fois que tu es partie en cours.

Ne voulant pas accorder plus d'importance à cette anecdote qu'elle n'en mérite, je décide de laisser tomber le sujet et de passer à autre chose. Toute cette histoire autour de Cole me met en rogne, ce qui explique ma remarque mesquine :

— Dis-moi, pourquoi viens-tu déjeuner avec moi tous les midis ? T'as pas de potes ?

— Ouch, ça, c'est fait, répond-il.

Une vague de remords me pousse à m'excuser.

— Ne t'inquiète pas, tu n'es pas la première à me faire des remarques sur mes relations et tu es loin d'avoir sorti la plus désagréable. En fait, j'avais un super pote jusqu'à l'année dernière. Il s'appelle Ben. Malheureusement, ses parents ont divorcé et il est parti vivre avec sa mère sur la côte Est. À part lui, je n'ai pas vraiment noué d'amitié avec qui que ce soit.

C'est plus fort que moi, je répète :

— Désolée.

— Pfff, laisse tomber. Tu n'y es pour rien si ces nazes ne se rendent pas compte de ce à côté de quoi ils passent. Je vais te dire, je ne regrette pas du tout. Primo, cela me permet de traîner avec une des filles les plus sexy du campus.

Cette remarque lui vaut un nouveau bâtonnet soufflé au fromage en pleine tête.

Il ajoute alors :

— Même si elle a de sérieux penchants pour la violence. Deuxio, et afin d'éviter tout élan de pitié de ta part, je tiens à préciser que c'est mon choix. Plusieurs gars de la fanfare m'ont déjà proposé de sortir boire un verre avec eux, mais ils sont vraiment trop craignos. Je préfère largement être seul que mal accompagné.

— En fait, t'es un sale con snobinard.

Il fait semblant de réfléchir, avant de me répondre :

— Ouais, on peut dire ça.

Me voyant plonger à nouveau ma main dans mon paquet, il ajoute rapidement :

— Arrête de jouer avec la nourriture ! Et puis, je te signale que grâce à moi, tu n'es pas toute seule le midi depuis le début de la semaine.

— Ouais, enfin quelqu'un m'a dit très récemment qu'il valait mieux être seul que mal accompagné.

— Décidément, tu t'es levée du pied gauche ce matin ? Où est passée la douce élève studieuse qui est devenue ma meilleure amie ? Allez, regarde ça. Je te parie cent billets que tu n'arrives pas à garder ton air de fille coincée après ça.

Il attrape alors son téléphone et me montre un passage d'un truc complètement loufoque. Il m'explique que c'est une parodie de BoJack Horseman, une série déjà complètement barrée et sans queue ni tête.

Dans cet extrait, les personnages ne sont pas un mélange d'humains et d'animaux comme dans la série d'origine, mais de plantes et d'animaux. J'arrête de chercher une logique à ce truc lorsque que je vois un rhododendron fille entrer dans un bar, en compagnie de sa meilleure amie, un cactus, pour une soirée entre copines. Elles reluquent toutes les deux le serveur qu'elles trouvent sexy et qui se trouve être… un ornithorynque (je vous avais prévenus, c'est du grand n'importe quoi). Soudain, le serveur repère une des amies :

— Humm, un rhododendron, s'exclame l'ornithorynque d'un ton concupiscent.

Trop fier d'avoir réussi à attirer son attention, le rhododendron en question abandonne complètement son amie pour s'offrir du bon temps dans la réserve, tandis que le cactus lance d'un air dramatique :

— Je suis dévastée, elle préfère les rongeurs à moi.

C'est plus fort que moi, je n'arrive pas à garder mon sérieux et me mets à rire, perdant de fait le pari. Derek est complètement barje et je viens d'en avoir une énième preuve. Mais je crois que c'est ce que j'aime chez lui.

Attention, ne faites pas de raccourcis trop rapides. Je ne suis pas du tout en train de dire que je suis attirée par Derek. Ce n'est clairement pas le cas. Seulement, je ne peux pas nier que j'aime beaucoup sa compagnie. En fait, il n'est pas impossible que sa prédiction se réalise et qu'il devienne sous peu mon meilleur ami. Enfin, comme je n'en ai qu'un, on peut même dire qu'il détient déjà le titre.

— Dis-moi, ça te plairait de venir me voir jouer dans la fanfare ?

Sa question me fait exploser de rire.

Voyant à son air qu'il est sérieux, je me rattrape et tente de cacher la grimace que provoque cette idée. Malheureusement c'est un échec.

— Désolée, ce n'est pas vraiment mon truc.

Bonjour l'euphémisme.

— Pfff, tu es vraiment la plus nulle des meilleures amies.

— Ouais, mais comme t'as pas d'autre ami, il va falloir t'en contenter.

Après toutes les vacheries qu'il m'a lancées, je peux bien me permettre celle-ci. D'autant que ma remarque amène un sourire sur ses lèvres, malgré l'air courroucé qu'il essaie d'arborer.

Je crois que c'est pour cette raison que Derek et moi nous entendons bien. Nous avons tous les deux un humour assez tordu.

Changeant complètement de sujet, il me demande soudain :

— Tu as Facebook ?

Mon premier réflexe est de lui mentir et de lui répondre « non ». Personne à part mes parents ne connaît l'existence de ce compte. En fait, il ne me sert que pour aller voir les liens marrants que ma mère ou mon père m'envoient. Oui, je sais, je suis un peu bizarre comme fille. Mais comme je n'ai pas d'ami, l'intérêt des réseaux sociaux est assez limité pour moi.

Avant que je n'aie décidé de la réponse exacte que je compte lui fournir, Derek me coupe l'herbe sous le pied :

— Pas la peine de me dire non, je ne te croirai pas.

— Pourquoi ça ?

— Parce que ton air t'a trahie, ma belle.

Fichue incapacité à savoir mentir !

Je ne lui réponds rien et me contente d'attendre la suite, même si je sais déjà ce qu'il va dire. En effet, il me demande aussitôt :

— C'est quoi ton identifiant ?

— Tu crois vraiment que je vais te le donner ?

— Non, mais tu es tellement prévisible ! me répond-il en attrapant son téléphone.

Il murmure ensuite en même temps qu'il tape :

— Mmmm, alors, voyons voir, « Cassie Johnson ». Oh, bizarre, je trouve un compte avec un livre en guise de photo de profil. Je me demande bien si je peux connaître cette personne.

Continuant son cirque, il ajoute :

— Oh, bizarre, nombre d'amis : deux. Karl Johnson et Elizabeth Johnson. Dis-moi, Cassie, j'ai envie de faire un autre petit pari avec toi, histoire de te donner une chance de te refaire. Je mise cent billets que tes parents s'appellent Karl et Elizabeth.

— Gnagnagna, tu te crois drôle ?

— Allez, ne fais pas la tête. Ce n'est pas grave si tu n'as que deux amis. Ce n'est pas la quantité qui compte mais la qualité. En plus, maintenant, tu en as trois.

— Je crois pas non.

— Allez, ne fais pas ta chieuse. Accepte-moi en ami.

— Pourquoi devrais-je faire ça ?

— Parce que je pourrai te transférer plein de liens sur les pages et groupes de romances.

— Tu crois vraiment que tu vas réussir à m'appâter avec une excuse pareille ?

— C'est parce que tu ignores les mines d'informations que cela représente.

— Ouais, mais je ne vois pas en quoi j'ai besoin d'être amie avec toi pour aller sur ces groupes.

— Accepte, c'est tout. En tant que meilleure amie, de toute façon, tu n'as pas le choix. C'est inclus dans le package. Et puis, sur certains groupes, il faut que quelqu'un t'invite.

Je commence à le connaître, il peut être très chiant quand il a une idée en tête. Comme j'ai envie qu'il me foute la paix, j'attrape mon téléphone, ouvre l'application que j'utilise très rarement et clique sur le bouton « Accepter ».

— Voilà, t'es content ? Tu vas arrêter de me les briser maintenant ?

— T'as tes règles ou quoi ?

Inutile de préciser que je ne lui réponds pas. À la place, je prends mon sac et me lève.

— Hé, je rigolais.

— Ouais et moi, j'ai cours. À plus.

— À plus, Miss studieuse.

Il récolte en prime mon majeur tendu, une fois de plus. Je crois que je vais bientôt me contenter de ne lui parler qu'en langage des signes. Il ne comprend que ça !

Il est vrai que je suis un peu de mauvais poil aujourd'hui. Enfin, ce n'est pas le terme exact. Ce soir, j'ai mon premier rendez-vous bilan avec mon nouveau médecin et j'ai peur de ce qu'il pourrait m'annoncer.

8
Erreur de destinataire

Cassie

Le lendemain matin, ma mère me dépose un peu plus tôt que d'habitude devant le lycée, car son premier patient est matinal. Dans la voiture, une atmosphère lourde règne. Le rendez-vous d'hier ne s'est pas super bien passé. Les résultats des examens que j'ai passés sont loin d'être encourageants. Nous sommes sortis du cabinet un peu plus déprimés qu'en y entrant. Ces rendez-vous ne sont jamais une sinécure et j'y vais toujours à reculons, car ils ne sont jamais porteurs de bonnes nouvelles. En réalité, ils n'ont pour but que d'estimer, avec plus ou moins d'exactitude, le temps qu'il me reste.

Mes parents me connaissent. Ils savent comment je réagis à chaque fois. Il me faut quelques jours pour digérer la nouvelle. En attendant, je refuse d'évoquer le sujet. D'ailleurs, dans le fond, je ne veux jamais vraiment en parler avec eux. À quoi bon ? C'est inéluctable. On ne peut rien y faire. Je préfère profiter au maximum du temps qu'il me reste à être une jeune fille comme les autres, plutôt que de m'apitoyer sur mon sort. J'aurai tout le temps de le faire dans quelques mois. Pour l'heure, je me focalise sur l'instant présent, même si ce n'est pas toujours facile.

Comme je dispose d'un peu de temps devant moi, je décide de passer par mon casier pour récupérer la partie du cours d'anglais qui va m'être utile dans quelques heures. Ce sera plus calme que si j'y vais durant l'intercours et ça m'occupera. Enfin, question manque d'occupation c'est discutable... car dans mon sac à dos, j'ai toujours mon livre du moment.

Certaines filles de mon âge ne sortent jamais sans leur trousse de maquillage de secours, moi c'est mon livre. Chacune ses priorités !

Une fois arrivée à destination, je tape mon code. Quand la porte du casier s'ouvre, mes yeux se posent immédiatement sur l'enveloppe qui n'était pas là la dernière fois que je l'ai ouvert. Je l'attrape du bout des doigts, comme si elle pouvait me brûler. L'odeur qui s'en échappe m'apprend tout de suite que l'émetteur est une fille.

Sérieux, elle a renversé son flacon de parfum dessus ou quoi ?

Je devine tout de suite à qui elle est destinée. En même temps, me direz-vous, ce n'est pas très compliqué, pas besoin d'être Sherlock Holmes.

La réaction la plus raisonnable serait de la glisser illico presto dans le bon casier, car il ne fait aucun doute qu'elle est pour Cole Johnson.

La réaction la plus logique serait de jeter cette horreur dans la poubelle la plus proche. Je ne suis pas factrice et je ne gère pas les erreurs de destinataire.

Ma réaction n'est ni raisonnable ni logique, mais la tentation est trop forte. Avant d'y penser à deux fois, je glisse mon index pour ouvrir l'enveloppe sans l'abîmer, histoire que je puisse ensuite la refermer, ni vu ni connu.

Puis je sors la lettre et la déplie pour en découvrir le contenu. Je sais, la curiosité est un vilain défaut, mais il paraît aussi que savoir c'est pouvoir. Donc…

En fait, les dictons sont toujours faits pour nous arranger. Prenez l'exemple du « qui se ressemble s'assemble » et « les opposés s'attirent ». Vous voyez, choisissez celui qui vous arrange le plus.

En l'occurrence, je ressens une très forte envie de pouvoir. J'étouffe donc cette petite voix qui me souffle que c'est une très mauvaise idée. De toute façon, je ne risque pas grand-chose et une fois ma curiosité assouvie, je pourrai retourner à ma petite vie. Enfin, c'est ce que je crois avant de découvrir les mots couchés sur le papier. Une fois que c'est fait, je me sens tout à coup beaucoup moins sûre :

Cole, mon amour

Je devrais m'arrêter là. Pourtant, une curiosité malsaine me pousse à poursuivre ma lecture.

Tu m'as trop manqué durant ces vacances. J'ai passé plus d'une nuit à me remémorer celle que nous avons vécue juste avant la fin des cours. J'ai repensé mille fois à tes mains sur mon corps, à ta bouche me faisant des merveilles et ta queue me faisant décoller au 7e ciel. Je peux même t'avouer que je me suis touchée plus d'une fois en revivant ces moments intenses.

Si tu souhaites recommencer, sache que je suis toute disposée à remettre le couvert. Je crains même qu'aucun garçon n'arrive jamais à t'égaler. Ta réputation est largement méritée. Tu sais vraiment jouer avec le corps d'une fille pour le faire vibrer.

Si jamais tu as perdu mon numéro, je te le redonne.

J'espère avoir bientôt de tes nouvelles.

Cindy

À la fin de sa lettre, la fille a inscrit son numéro de portable avec des petits cœurs en guise de séparateur.

Seigneur, je crois que je vais vomir.

Comment peut-on écrire un truc pareil ? Cette Cindy n'a clairement pas d'amour-propre pour entreprendre cette démarche. Elle serait folle amoureuse, je pourrais encore l'excuser – même si je continuerais de penser qu'elle est stupide. Là, elle n'a même pas cette excuse. Sa lettre ne laisse aucun doute sur le fait qu'elle a conscience de n'être qu'une fille parmi tant d'autres. Et pourtant, elle revient à la charge.

Entre nous, ce comportement me dépasse. Selon moi, même le gars le plus doué du monde sexuellement ne mérite pas ça. Après, il est vrai que je ne suis pas la mieux placée pour parler, puisque je suis toujours vierge. Cependant, je ne vois pas dans quelle dimension parallèle je pourrais en être réduite à écrire un truc pareil.

Enfin, cela ne me regarde pas.

Dégoûtée par ce que je viens de lire, je remets rapidement la lettre dans son enveloppe. Je me sens sale rien que d'avoir visualisé ces mots indécents. Je dois aussi reconnaître que je me sens mal à l'aise, sans pouvoir en expliquer la raison.

Souhaitant me débarrasser au plus vite de ce message répugnant, je le glisse d'un geste sec dans le casier au-dessus du mien. Je n'ai même pas envie de me déplacer pour trouver une poubelle et il est clairement hors de question que je trimballe cette lettre où que ce soit, ni que je la remette dans mon casier.

Je me sens soulagée d'un poids lorsque le coin de l'enveloppe disparaît de ma vue.

Et puis, j'entends :

— Alors, la nouvelle, on me glisse un petit mot doux ?

Seigneur Dieu !

J'ignore si l'on peut mourir d'une crise cardiaque à dix-sept ans, mais je crois bien que je suis sur le point de le découvrir. Après tout, ce serait un sacré pied de nez au destin.

Quelle poissarde ! Non mais sérieux, comment un truc pareil peut-il m'arriver ? J'ai dû faire quelque chose au Tout-Puissant pour qu'Il s'évertue à me mettre continuellement sur la route de Cole Johnson et dans des situations de plus en plus gênantes.

Cela fait déjà plusieurs mois que je suis fâchée avec Dieu. Depuis que je *sais*. Il doit se dire qu'un peu plus ou un peu moins de rancœur à son égard ne changera pas grand-chose. Quelque part, je ne peux pas lui donner tort.

Il n'empêche, c'est quoi la prochaine étape ? Croiser Cole et me rendre compte que j'ai une bande de papier toilette collée à la chaussure ? Quoique non, après réflexion, ce serait moins terrible que ce qu'il m'arrive en ce moment. En fait, je ne vois pas comment la situation pourrait être pire, sauf à ce que je me retrouve nue devant lui. Immédiatement, cette idée me rappelle les mots que je viens de lire et je sens mon rougissement s'amplifier.

Comme je refuse d'affronter mon interlocuteur, je reste face à la rangée de casiers. J'ai besoin de reprendre le contrôle de mes émotions. Je sais que mon visage reflète bien trop facilement ce que je ressens et je ne veux surtout pas que Cole comprenne que je suis perturbée par la lettre que je viens de lire.

Uniquement par la lettre ?

Mmmm, peut-être pas en effet, mais je ne vais pas m'aventurer sur cette voie. La situation est déjà assez catastrophique.

Alors que je pense avoir atteint mon objectif, je me retourne pour lui faire face. Avec un peu de chance, ce regrettable incident est déjà derrière moi. De toute façon, je ne peux pas me ridiculiser plus.

Malheureusement, j'ai tort. Mon cas s'aggrave quand Cole me lance :

— Alors, voyons voir quel cadeau tu m'as laissé, ma belle.

Mon cœur se met soudain à battre la chamade et cela n'a rien à voir avec le petit surnom dont vient de m'affubler Cole. Non, c'est simplement l'idée qu'il découvre cette lettre et la lise en ma présence qui me met dans cet état.

Heureusement pour moi, la fille l'a signée.

Soudain, je pense à un détail, elle s'appelle Cindy. Or sur mon casier, il est noté C. Johnson.

Merde !

Aussitôt, je déclare à toute vitesse :

— Ce n'est pas moi. Je m'appelle Cassie, pas Cindy.

Il me regarde avec intensité et ses prunelles azurées me retournent. Quand Cole vous fixe ainsi, il est presque impossible de rester de marbre. Ce gars dégage un je-ne-sais-quoi qui me laisse pantoise.

— Je sais, Cassandra.

Il ouvre ensuite son casier et attrape l'enveloppe que je viens d'y glisser.

Avec un temps de retard, je réalise qu'il m'a appelée par mon prénom complet. Et là, je percute. Mais bien sûr qu'il sait comment je m'appelle, puisqu'il a soutiré l'information à ce traître de Derek.

Puis, un autre détail me frappe. Il aurait de toute façon su que cette lettre n'était pas de moi puisque la fille est une de ses anciennes conquêtes.

En revanche, je viens de me trahir toute seule comme une grande. Il sait maintenant que j'ai lu son courrier.

Vite, barre-toi de là avant que la situation n'empire.

Sage conseil, en effet.

Je claque donc la porte de mon propre casier pour le fermer et lance :

— Bon, à plus.

Je commence à peine mon repli stratégique qu'une grande main m'attrape le bras.

— Attends, ne te sauve pas comme ça. Je voulais justement te parler.

Il me sort alors un sourire digne du plus expérimenté des playboys. Je me souviens immédiatement que j'ai justement affaire à un coureur de jupons. Je m'en doutais, mais je viens d'en avoir la confirmation avec cette maudite lettre. Il est donc hors de question que je reste une minute de plus avec lui. Je ne veux pas prendre le risque de venir allonger la trop longue liste des filles qui se languissent de lui.

Même si je suis dégoûtée de le reconnaître, le charme de Cole agit sur moi. Je le trouve super canon. Ce constat m'énerve un peu plus encore. Je déteste cette faiblesse qu'il provoque en moi. Je refuse de prendre le risque de bafouer mon amour-propre. Hargneuse, je lui réponds :

— Non, je préfère te laisser à ta lecture, Don Juan.

Puis, je me dégage d'un geste sec, avant de me barrer comme si j'avais le feu aux fesses. Et toute interprétation de cette phrase dans un sens détourné serait malvenue !

9
Plan d'attaque

Cole

Elle vient une nouvelle fois de me faire le coup de la fille du vent. J'étais pourtant persuadé que j'allais enfin pouvoir obtenir quelques instants en tête-à-tête avec elle, mais Cassandra vient encore de me glisser entre les doigts. Ça devient une véritable manie !

Enfin, cette fois, j'ai au moins réussi à échanger quelques mots avec elle, même si le résultat n'a pas vraiment été concluant. On pourrait d'ailleurs, plus ou moins, le résumer au fait que je l'ai taquinée et qu'elle m'a envoyé une insulte à la figure – enfin, je pense que c'en est une, si je me fie à son air dégoûté.

Ce n'est pas exactement ce que j'avais à l'esprit en me dirigeant vers elle, après l'avoir repérée seule devant son casier. Je pensais enfin avoir l'opportunité de discuter un peu avec elle, sans savoir exactement quoi lui dire.

Cassandra me sort de ma zone de confort. Habituellement, je ne réfléchis pas avant d'aborder une fille. Les mots viennent tout seul, tout comme la fille d'ailleurs. Mais avec elle, tout est différent. Loin de me décourager, ce changement me stimule, j'y vois un bon moyen de casser ma routine. L'attrait de la nouveauté en quelque sorte.

En revanche, je commence à me lasser de stagner ainsi. Un peu de résistance ne me fait pas peur, bien au contraire, je dirais qu'elle m'exalte. Mais dans ce cas précis, j'ai l'impression d'essuyer les échecs les uns après les autres. Dans la vie, de manière générale, je suis un gagnant. Je ne suis pas habitué à perdre et je n'aime pas du tout quand mes défaites me sautent ainsi au visage.

Bref, quand je l'ai vue tout à l'heure, je me suis dit que c'était ma dernière tentative la concernant. Je ne compte pas m'acharner inutilement, j'ai des choses plus intéressantes à faire. Finalement, Calvin a certainement tort. Elle doit jouer dans l'autre camp, ce qui explique qu'elle soit insensible à mon charme.

Cependant, je n'arrête pas de repenser à l'échange de regards que nous avons eu le premier jour, lorsque je lui ai évité cette chute. Ai-je inventé ce coup d'œil intense qu'elle m'a lancé ? À ce moment-là, j'aurais été prêt à parier n'importe quoi que je la troublais. Mais j'en viens à me dire que j'ai peut-être fait fausse route. Mon plan d'attaque pour en avoir le cœur net était prêt et imparable. Du moins le pensais-je.

Comme chaque fois que nos routes se croisent, Cassandra l'a balayé d'un revers de main. La voir glisser quelque chose dans mon casier a complètement chamboulé mes projets. Mon intriguomètre en a repris un coup. Oublié le plan de la dernière tentative. Je n'avais qu'une idée en tête : découvrir ce qu'elle venait d'y déposer.

Sa réaction lorsqu'elle a compris que j'étais derrière elle et que je l'avais grillée a piqué ma curiosité. Le mot « coupable » s'est dessiné sur son front et la rougeur de ses joues m'a conforté dans cette idée.

Lors de notre première rencontre, Cassandra n'avait pas l'air super à l'aise en ma présence, mais je suis habitué à ce genre de réactions. Ma popularité impressionne certains et mon physique est plutôt avantageux. Mais cette fois, j'ai eu l'intuition qu'il y avait plus et que c'était directement lié à ce qui m'attendait dans mon casier.

J'aurais peut-être dû la laisser partir et attendre qu'elle ne soit plus là pour lever ce mystère, mais j'avoue que j'ai eu envie de la taquiner. Mon ego malmené m'a poussé dans cette voie. Avec le recul, je ne suis pas certain d'avoir fait le bon choix. Enfin, c'est trop tard, ce qui est fait est fait. J'aurai ainsi eu l'occasion de prononcer son prénom à voix haute. Au passage, il lui va à ravir et j'aime beaucoup la façon dont il roule sur ma langue.

Après qu'elle ait fui comme si elle avait le diable aux trousses, je reporte mon attention sur la lettre que je tiens, de plus en plus intrigué. Sa réaction m'a appris plusieurs choses.

Petit un, elle n'est pas l'auteure du message, ce qui, je dois bien le reconnaître me déçoit un peu.

Petit deux, en avouant à toute vitesse qu'elle ne s'appelait pas Cindy, Cassandra s'est trahie et m'a prouvé qu'elle avait lu la lettre, puisque l'enveloppe est vierge de toute inscription.

Petit trois, le rouge qui a envahi ses joues me laisse penser que le contenu du message doit être plus qu'intéressant.

Fébrile, j'ouvre donc l'enveloppe pour assouvir ma curiosité. Une odeur infecte s'en dégage et me donne presque envie de vomir. Sérieux, quand les filles vont-elles comprendre que le parfum qui cocotte, c'est tout sauf sexy ?

Mes yeux parcourent rapidement les lignes et un phénomène étrange se produit. Pour une fois, une lettre coquine me fait réellement de l'effet mais son auteure n'y est pour rien.

C'est sa messagère qui en est responsable.

J'imagine Cassandra lire ces mots osés et se sentir troublée.

S'est-elle mise à la place de Cindy ? S'est-elle vue jouir de mes caresses et profiter de mes « talents » ? Cette idée enflamme mes reins. Je m'imagine la scène et cette vision est loin de me laisser indifférent.

Je suis tiré de ma rêverie érotique par Calvin qui me lance :

— Salut mec, ça va ?

Nickel, sauf que je bande à l'idée qu'une fille ait lu cette lettre écrite par une autre.

— Ouais, je réponds d'un ton laconique.

— C'est quoi ?

Associant le geste à la parole, il m'arrache la lettre des mains.

Je dois me retenir pour ne pas la lui reprendre ni lui casser la figure pour lui signifier de se mêler de ce qui le regarde. Bien sûr, je n'en fais rien. D'une part, cette réaction ne me ressemble pas. D'autre part, je me rappelle avec un temps de retard que cette lettre est de Cindy, pas de Cassandra. Dans le cas contraire, je crois que je me serais battu bec et ongles pour la récupérer. Enfin, je doute que ce soit le style de Cassandra de faire ce genre de choses.

Mon pote ne met pas longtemps à la lire. Il me la rend en sifflant :

— Putain, elle a vraiment chaud au cul, cette Cindy. C'était un bon coup au fait ?

— Ça peut aller.

Habituellement, parler de mes histoires de sexe avec Calvin ne me dérange pas, et la réciproque est vraie. Mais aujourd'hui, je n'ai pas envie de m'étaler sur le sujet. J'ai l'impression d'être un sale type en agissant ainsi, alors que cela ne me pose aucun problème en temps normal. J'aimerais dire que l'air dégoûté et la réflexion de Cassandra sont étrangers à cette sensation, mais ce serait mentir. Pourtant, son opinion ne devrait pas avoir d'importance. Après tout, je ne la connais même pas cette fille. Elle peut bien penser ce qu'elle veut de moi !

— Tu comptes donner suite ? me demande Calvin, me tirant du magma de mes pensées.

— Non.

Je ne suis pas particulièrement fan des démarches de cette nature. Elles donnent l'impression que la fille est désespérée et je ne donne pas dans les désespérées. Cette fois ne fait pas exception, je dirais même que c'est pire.

— Donc, c'est bon pour toi si je garde le mot et l'appelle de ta part ?

— Non, vas-y, fais-toi plaisir.

— Tu gères mec, je te rendrai la pareille.

Histoire de le charrier, je lui réponds :

— Pas la peine. Contrairement à toi, je n'ai pas besoin que l'on m'arrange des coups pour pouvoir baiser.

Ma remarque le fait sourire. Pour la forme, il me répond par un doigt d'honneur.

Je suis sur le point de lui renvoyer la politesse quand j'aperçois Derek. Il ne pouvait pas tomber mieux.

— Je te laisse, j'ai un truc à faire. À plus tard.

Sans lui laisser le temps d'ajouter quoi que ce soit, je fonce droit sur ma proie et lui pose une main sur l'épaule, le faisant sursauter.

— Derek, mon ami…

10
Discussions virtuelles

Cassie

Je suis en train de m'arracher les cheveux sur mon devoir de maths, quand mon téléphone m'alerte de l'arrivée d'un message Facebook. Je suis tellement surprise que je sursaute.

Jusqu'à peu, les seuls que je recevais étaient envoyés par mes parents, mais jamais à cette heure-ci. Maintenant, il y a aussi Derek. Nous sommes amis sur les réseaux sociaux depuis peu, mais il m'a déjà contactée plusieurs fois pour échanger quelques paroles déjantées. Malgré tout, je ne m'y suis pas encore habituée et suis à chaque fois surprise.

J'attrape donc mon téléphone et le déverrouille pour voir quelle nouvelle connerie il a bien pu partager avec moi. J'espère que ce n'est pas un nouvel épisode de son pseudo BoJack Horseman.

Quand l'identité de la personne qui m'écrit s'affiche sur mon écran, je manque de lâcher mon portable sous le coup de la surprise.

Cole J – BHS

Putain de bordel de merde. Je veux bien me faire nonne si ce n'est pas qui je pense, BHS étant l'acronyme de Bakersfield High School. Quand j'aperçois le message en dessous de la fenêtre me demandant si j'accepte de discuter avec cette personne, mes doutes sont confirmés.

Cole J – BHS

Coucou Cassandra. Cmt vas-tu ?

Il n'y a que Cole Johnson qui m'appelle Cassandra.

Je suis envahie par le doute. Dois-je lui répondre ? Dois-je faire la sourde oreille ? Après tout, il n'a pour l'instant aucun moyen de savoir que j'ai vu son message. Tant que je n'ai pas autorisé l'application à me mettre en contact avec lui, il ignorera si j'en ai pris connaissance.

Je ne sais quoi faire ni comment réagir à ce message. En revanche, il y a une chose que je vais faire. Et de ce pas !

J'ouvre une nouvelle fenêtre de discussion et tape :

Cassie Johnson

T'es un homme mort !!!!

Derek PHAT[1]

Il y a une raison particulière à ce que tu veuilles me renvoyer aussi vite auprès du Créateur ou bien est-ce simplement que tu as tes règles ?

Oui, oui, vous avez bien lu son pseudo. Ce type a un ego terrible. En l'occurrence, sa remarque répugnante me met un peu plus en rogne. Il vient d'aggraver son cas.

Cassie Johnson

OMG. Tu ne viens pas de faire cette remarque sexiste ? Si c'est le cas, j'ai doublement envie de te tuer.

Derek PHAT

Désolé, c'est impossible.

---

1. Pour Pretty, Hot, And Tempering : Beau, chaud et tentant…

Cassie Johnson

Au fait, si je devais te trucider, tu finirais auprès de Lucifer, pas du Seigneur.

Derek PHAT

Ah, je remarque le changement de temps dans ton verbe. C'est bon signe pour moi.

Grrrrr, ce qu'il peut m'énerver quand il joue ainsi au benêt de service !

Derek PHAT

Bon, qu'est-ce qui se passe ?

Je me contente de lâcher un nom :

Cassie Johnson

Cole Johnson.

Derek PHAT

Désolé ma belle, il va falloir être plus explicite, je ne lis pas encore dans tes pensées coquines.

Cassie Johnson

Grrrrr

Derek PHAT

MDR, c'est tellement facile de te faire monter sur tes grands chevaux. Alors, qu'a fait notre cher quarterback pour te mettre ainsi en rogne ?

Cassie Johnson

Tu lui as filé mon compte Facebook et il vient de m'écrire !!!!!

Derek PHAT

Qu'est-ce qui te fait dire que c'est moi ? On ne peut pas dire que tu aies fait preuve de créativité en choisissant ton pseudo. Si tu te souviens bien, j'ai même réussi à le trouver tout seul comme un grand.

Cassie Johnson

C'est sûr que le tien, on ne risque pas de le trouver par accident !

Derek PHAT

Méchante !!!

Cassie Johnson

Et je sais que c'est toi qui lui as refilé l'info, car tu n'as pas nié !

Derek PHAT

…

Cassie Johnson

Tu es le pire meilleur ami que je connaisse !

Derek PHAT

Ah, ah, ah, ça y est ? J'ai enfin le droit à ce privilège ?

En guise de réponse, je lui envoie un smiley qui fait un doigt d'honneur.

Derek PHAT

Toi, tu sais parler à un homme.

Cassie Johnson

Tu n'es pas un homme, juste un ado pré-pubère !

Derek PHAT

C'est définitif, tu dois avoir tes règles !

Derek PHAT

Bon maintenant, arrête de me faire perdre mon précieux temps et surtout, arrête d'essayer d'en gagner. Va lui parler.

Cassie Johnson

Mais j'ai rien à lui dire !!

Derek PHAT

Oh ça, j'en doute.

Derek PHAT

Et n'oublie pas que Célia et moi comptons sur toi !

Cassie Johnson

À mon avis, Célia prie surtout pour que sa route ne croise jamais la tienne. Tu es trop insupportable !

Derek PHAT

Ouch, ça c'était vraiment méchant. Bon maintenant, je ne réponds plus. Je ne veux pas servir d'excuse à ta lâcheté !

Quoi ? Mais ce n'est pas vrai ! Il se trompe sur toute la ligne. D'ailleurs, je n'ai pas besoin de lui pour gagner du temps, si c'est vraiment ce que je voulais faire.

Au bout d'une minute, il ne m'a toujours pas répondu.

Cassie Johnson

Derek ?

Cassie Johnson

Hé ?

Je n'en reviens pas, il m'ignore !

Le salaud !

Même si les mots suivants m'arrachent une grimace, je me force à les écrire :

Cassie Johnson

Je m'excuse.

Toujours rien.

Cassie Johnson

Je ne le pensais pas.

Oh, il commence à sérieusement m'énerver.

Cassie Johnson

Pfff, t'es plus mon meilleur ami.

La petite vignette à côté de mes messages m'indique qu'il les a lus. Pourtant, il ne me répond toujours pas. Fâchée contre lui, je tape un dernier message :

Cassie Johnson

Salaud !

Je ferme ensuite rageusement la fenêtre de discussion. Enfin, façon de parler. Ce n'est pas comme une porte que l'on peut claquer et c'est bien dommage, parce que c'est très frustrant dans un cas comme celui-ci.

Le reconnaître me fait chier, mais il y a peut-être un fond de vérité dans les paroles de Derek. Il est vrai que tant que je lui parle, je n'ai pas besoin de penser à cette autre petite bulle qui me fait de l'œil.

Que dois-je faire ?

Je ne m'attends pas à recevoir de réponse à cette question, mais le nouveau message de Cole y ressemble étrangement.

Sans écouter ma raison qui me souffle que c'est une très mauvaise idée, mon doigt clique sur la fenêtre pour autoriser l'échange :

Cole J – BHS

Je sais que tu es en ligne, donc que tu as vu mon message…

C'est plus fort que moi, mes doigts tapent une réponse :

Cassie Johnson

N'est-ce pas un peu présomptueux de ta part de croire que tout message venant de toi est impossible à ignorer ?

En retour, il m'envoie un smiley avec un grand sourire sadique.

Cole J – BHS

Ose dire que j'ai tort ?

Cassie Johnson

Tu as tort !

Cole J – BHS

Ainsi donc, voici une nouvelle facette que je découvre chez la mystérieuse nouvelle : elle n'a pas honte de mentir.

Cassie Johnson

Ce n'est pas un mensonge.

Cole J – BHS

Et elle est bornée.

Cassie Johnson

Tu as pris la peine de m'écrire simplement pour m'insulter ?!!!!

Cole J – BHS

Désolé. Je n'en suis pas fier, mais je crois bien que tu fais ressortir le pire en moi, belle Cassandra.

Je ne devrais pas me laisser attendrir par ses paroles à deux balles de charmeur du dimanche, mais mon stupide cœur ne partage pas mon avis. Il s'emballe en lisant ce surnom.

À sa décharge, on ne m'a pas souvent prêté pareille attention. En fait, c'est la première fois. Je ne suis pas du tout armée pour résister au stratagème rodé de Cole. Une raison de plus de mettre fin à notre échange sur le champ. Rien de bon ne peut en sortir.

Oui, je devrais, pourtant je ne le fais pas.

Quand une nouvelle bulle apparaît sur mon téléphone, je la lis aussitôt :

Cole J – BHS

Alors, tu fais quoi ?

Cassie Johnson

Mes devoirs.

Cole J – BHS

Bizarre, je ne suis pas étonné.

Cassie Johnson

Pourquoi dis-tu ça ?

Cole J – BHS

Tu m'as l'air d'être une élève sérieuse.

Cassie Johnson

Et toi, tu as l'air d'être un garçon qui drague tout ce qui bouge !

Dès que mon doigt appuie sur le bouton d'envoi, je ressens l'envie de retirer ce que je viens de dire. Malheureusement, je n'ai pas le temps de supprimer le message qu'il en prend aussitôt connaissance.

Quelle poisse !

Les trois petits points indiquant qu'il est en train de taper une réponse me mettent les nerfs en pelote. Que va-t-il rétorquer à ça ?

En l'occurrence, un simple smiley d'un bonhomme se tordant de rire, mais les trois petits points reprennent leur danse effrénée.

Cole J – BHS

Humm, peut-être pas sur tout ce qui bouge. J'ai un minimum d'exigences.

Je ne devrais pas lui répondre ni entrer dans son jeu, mais c'est plus fort que moi.

Cassie Johnson

Laisse-moi deviner, elle doit avoir de gros seins et de belles fesses.

Cole J – BHS

Cassandra !!! Voyons, quelle piètre opinion tu as de moi !

Sa réponse de garçon outré me faire sourire. Sans l'avoir prémédité, je me prête un peu trop facilement à cette discussion.

Cole J – BHS

J'aimerais beaucoup continuer d'échanger avec toi sur mes goûts en matière de filles, mais je dois filer à l'entraînement.

Cole J – BHS

J'espère que nous aurons très rapidement l'occasion d'échanger à nouveau.

Sa proposition est extrêmement tentante et dangereuse. Sur mon épaule gauche, un petit ange me dit que je ne dois pas l'accepter. Sur la droite, un petit diable me souffle au contraire que c'est une excellente idée. Afin de ne fâcher aucun des deux, je me contente de répondre simplement :

Cassie Johnson

Bon entraînement.

Cole J – BHS

À bientôt, belle Cassandra.

Et voilà, mon cœur s'emballe à nouveau. Heureusement que cette discussion ne s'est pas éternisée, sinon dans quel état aurais-je fini ?

La logique voudrait que je me remette au travail. Après tout, mon devoir de maths ne va pas se faire tout seul. D'un autre côté, il n'est à rendre que dans trois semaines. En plus, l'enjeu est limité dans mon cas. Si je le rate, que se passera-t-il ? Mon avenir sera foutu ? La belle affaire, il l'est déjà ! Si je continue à aller en cours, c'est uniquement dans le but de vivre une vie « normale », comme toute jeune femme de mon âge.

Je pourrais également m'offrir un moment détente. Mon livre est vraiment addictif et il me tarde de connaître la fin. Derek avait raison, c'est une tuerie. Il est bien parti pour faire partie de mon top 3 de l'année.

Je pourrais aussi ranger ma chambre. Elle en a grand besoin. Surtout ma pile de livres qui semble sur le point de se casser la figure à côté de mon lit. Sans parler de la bannette de linge propre que ma mère a déposée dans la journée et que je dois ranger dans mon armoire.

Malgré tous ces plans – certains plus tentants que d'autres –, mes yeux restent rivés sur l'écran de mon téléphone et je me surprends à cliquer sur le nom de Cole pour accéder à son profil.

Comme nous ne sommes pas amis, je ne verrai que ses publications publiques. Mais j'ai comme dans l'idée qu'il n'en est pas avare. Je ne tarde pas à me rendre compte que j'ai raison. Il en poste plusieurs par jour. Il y en a tellement que j'en viens même à me demander s'il en poste aussi avec un statut privé.

Sur la majorité d'entre elles, on le voit en compagnie d'autres gars de l'équipe de foot, sur le terrain ou ailleurs. Deux garçons surtout reviennent souvent. Il y aussi une tonne de publications qui ne sont pas de lui mais sur lesquelles il est tagué. Il suffit de passer cinq minutes sur son profil pour se rendre compte de sa popularité. En fait, un monde semble séparer sa vie de la mienne. Il est la lumière que tout le monde recherche. Moi, je ne suis que ténèbres.

Sur de nombreuses photos, de jolies filles sont pendues à son cou pour des selfies. Certaines poussent l'audace jusqu'à poser leurs lèvres sur sa joue, parfois bien trop près des siennes. De son côté, il se contente de sourire à l'objectif avec son air canaille et sexy. Cole a du charme, on ne peut pas le nier.

Sur les premières photos de « couple », je me contente de lever les yeux au ciel. Au bout de la dixième, je suis prodigieusement énervée.

Sérieux, ces filles n'ont-elles aucun amour-propre ?

Toi, t'es jalouse, me souffle une petite voix.

Moi ? Jalouse de ces pouffes ? Elle est bien bonne ! Non, je trouve simplement pitoyable leurs tentatives pour attirer son attention. Si un jour, j'en suis rendue à faire un tel truc, pitié, faites-moi interner. Heureusement – ou malheureusement – il y a peu de chances que ce scénario se produise.

— Cassiiiiiiie, on mange.

La voix de ma mère me tire de mes pensées, ce qui est une bonne chose car elles commençaient à prendre un tournant dangereusement sombre. En regardant ma montre, je réalise que j'ai presque passé une heure à parcourir son profil.

En fait, c'est moi la pauvre fille !

Cet échange de messages avec Cole m'a vraiment mis la tête à l'envers. Heureusement, il n'y en aura pas d'autres, contrairement à ce qu'il a dit un peu plus tôt. Il va vite se lasser de l'attrait de la nouveauté. Après avoir vu toutes les bimbos qui se pendent à son cou, j'en suis convaincue. Il est clair qu'elles et moi ne jouons pas dans la même catégorie.

Et non, je ne regrette pas cet état de fait. De toute façon, je reste persuadée que Cole ne peut rien m'apporter de bon, surtout dans ma situation. J'ai mieux à faire que perdre mon temps à me prendre la tête pour un garçon. Dans mon cas, les jours sont trop précieux pour que je les gâche.

C'est donc une bonne chose que l'on n'ait plus de contact.

11
Moments gênants

Cassie

Quelques semaines plus tard

Cole J – BHS

Bah alors Cassandra, on refuse mes demandes d'ami, mais on m'offre sa petite culotte ?

Aussitôt après ce message, une photo de Cole – que je ne trouve pas du tout sexy, non, non et non ! – apparaît sur mon écran. Il tient au bout de son index un string rose fuchsia en dentelle.

Quelle horreur !!!!

La tête qu'il tire sur la photo me fait exploser de rire. Il est tout simplement impossible de garder mon sérieux en la voyant. Il semble à la fois étonné, choqué, excité et indécent. Autrement dit, un mélange explosif.

— Qu'est-ce qui te fait rire ainsi ? demande ma mère en essayant de se pencher par-dessus mon épaule pour voir mon téléphone.

Immédiatement, je le mets contre ma poitrine. Hors de question que ma mère voie ça ! D'ailleurs, je m'en veux d'avoir regardé mon téléphone en présence de mes parents. C'était une erreur stratégique que je risque de payer cher. Mais c'est plus fort que moi, en voyant le nom de Cole s'afficher sur mon téléphone, je n'ai pas su résister.

— Karl, je crois que ta fille a un petit ami.

— Enfin, je commençais à me poser des questions, répond mon père d'un air taquin.

— Papa !!! je m'offusque.

— C'est normal, ma puce. À ton âge, on découvre plein de choses. Je me rappelle que moi, j'avais déjà…

— STOP !! hurlé-je en mettant ma main devant moi. Je ne veux pas en savoir plus.

Seigneur, rien que l'idée de ce qu'il comptait dire me file la nausée !

Ma réaction l'amuse et il décide de me taquiner un peu plus :

— T'es sûre, parce que je pourrais te raconter…

— Rien du tout, OK ? Je ne veux rien savoir.

— Alors c'est qui ? demande ma mère, en revenant à la charge.

— Mais personne ! Vous délirez !

— À ta façon de rougir, je ne dirais pas que c'est « personne », renchérit-elle en mimant des guillemets. Vous n'avez pas encore conclu, c'est ça ?

— Maman !!

Décidément, ils sont déchaînés aujourd'hui !

— Il est normal que ton père et moi nous intéressions à ta vie amoureuse, non ? Si tu veux, je pourrais même te donner des conseils. Après tout, regarde le beau morceau que j'ai réussi à avoir, ajoute-t-elle en enlaçant mon père.

— Pitié ! Bon, je vais dans ma chambre et faire comme si toute cette discussion gênante n'avait jamais eu lieu.

Ils explosent tous les deux de rire pendant que je me sauve aussi vite que possible pour ne plus entendre leurs remarques traumatisantes. Malheureusement, je ne suis pas assez preste et ma mère trouve le moyen d'ajouter :

— Surtout, pense à te protéger. La vie est une maladie mortelle sexuellement transmissible.

C'est son expression favorite pour dire tomber enceinte et elle me traumatise toujours autant à chaque fois qu'elle la sort. Je continue l'ascension des marches en me bouchant les oreilles, histoire de me prémunir contre tout nouveau conseil malvenu. Avec ce que je viens d'entendre, je suis bonne pour une thérapie à vie !

Aussitôt cette réflexion faite, mon humeur s'assombrit. Je n'aurai jamais l'occasion d'en suivre une, car je ne serai bientôt plus de ce monde. En revanche, je suis reconnaissante à mes parents de faire comme si la situation était normale et non comme si j'approchais à grand pas de ma « date de péremption ».

Les rapports sexuels ne sont pas une contre-indication à ma maladie, mais nous savons tous les trois que je n'en aurai pas. Aucune chance que je rencontre quelqu'un d'ici la fin. De toute façon, ce serait égoïste de ma part d'envisager quoi que ce soit avec un garçon.

La semaine dernière, je suis allée passer une nouvelle série d'électromyogrammes (EMG pour les intimes). Ces derniers mois, on m'en a tellement fait que je suis maintenant experte en la matière. Les résultats ne m'ont pas surprise, mais je n'aurais pas été contre une bonne nouvelle pour une fois. Enfin, je refuse de m'y attarder.

J'ignore si dans ma situation on peut réellement s'y faire et encore moins accepter avec sérénité son sort, mais je m'efforce de profiter au maximum du temps qu'il me reste. Ruminer ne changera rien à l'inéluctable. Je veux simplement apprécier l'instant présent.

Il n'y aura pas de *happy end* pour moi. C'est ainsi. Mon cas est réellement désespéré, mais je ne veux pas baisser les bras et laisser ma maladie me prendre plus qu'elle ne va déjà le faire.

C'est pour cette raison que je continue à répondre à Cole lorsqu'il m'écrit. Depuis nos tous premiers échanges, je me suis demandé si je devais le faire. Ce n'est pas comme si je pouvais espérer une jolie histoire entre nous – en partant de l'hypothèse folle où je lui plairais bien sûr.

J'ai failli tout laisser tomber à maintes reprises, avant de me dire : « Où est le mal ? » Certes, rien n'est possible entre nous, mais j'apprécie les échanges que nous avons, alors pourquoi m'en priver ? La vie s'en chargera bien assez tôt. Au pire, mon petit cœur en souffrira un peu mais, entre nous, il va subir bien pire dans les mois à venir.

J'ai donc décidé de suivre le fameux *carpe diem* dont tout le monde parle. Fidèle à ce mantra, je laisse mes sombres pensées de côté pour me focaliser sur la conversation en ligne qui a déclenché cette discussion folle avec mes parents et cette petite introspection déprimante.

Cassie Johnson

T'es bête de m'envoyer des trucs pareils, mes parents étaient juste derrière moi !!

Cole J – BHS

MDR

Cassie Johnson

Je te déteste.

Cole J – BHS

Hummm, je ne pense pas que ce soit exactement les sentiments que je t'inspire, mais je ne vais pas lancer le débat.

Encore heureux. De toute façon, je ne sais même pas ce que je pourrais dire sur le sujet. Ou du moins, je n'ai pas envie de me pencher sur la question. Et je ne veux en aucun cas savoir ce que Cole pense de moi ni ce qu'il croit savoir me concernant.

La relation qui s'est construite entre lui et moi ces dernières semaines est assez étrange. Nous nous croisons très peu sur le campus, et lorsque cela arrive, nous nous contentons d'un bref bonjour. En revanche, virtuellement, nous passons notre temps à nous envoyer des messages. Enfin, pour être plus précise, Cole m'en envoie et je lui réponds. Je lui laisse toujours l'initiative de nos discussions car je refuse de devenir une de ses groupies. Mon ego n'y survivrait pas. Et puis, je ne veux pas qu'il s'imagine que j'ai le béguin pour lui, parce que ce n'est pas du tout le cas !

Il y a quelques jours, il m'a demandé s'il y avait une raison particulière à ce que je ne sois jamais la première à lancer la discussion. Je lui ai donné cette explication (l'histoire de l'ego en moins). Il a simplement commenté d'un « Dommage » accompagné d'une émoticône, mais je n'ai pas voulu m'interroger sur le sens de cette remarque.

Ne tenant pas compte de son dernier message, bien trop dangereux, je lui écris :

Cassie Johnson

J'espère que tu t'es lavé les mains ? D'ailleurs, je dois reconnaître que c'est assez courageux de ta part d'avoir osé attraper ça sans gant !

Cole J – BHS

MDR.

Cole J – BHS

Tu crois que l'on peut contracter une MST simplement en attrapant une petite culotte ?

Il accompagne sa question d'un smiley horrifié qui me fait sourire.

Cassie Johnson

Je ne pense pas, mais une mycose pourquoi pas.

Cole J – BHS

Cassandra !!!!! #JeSuisChoqué

Sa réponse me fait exploser de rire.

Ce n'est pas la première fois que nos échanges provoquent cette réaction chez moi. En vérité, j'apprécie beaucoup les discussions que nous avons ensemble. J'aime aussi qu'il s'obstine à m'appeler Cassandra au lieu de Cassie (pourtant ce n'est pas faute de le lui avoir demandé à plusieurs reprises). Parfois, j'ai même droit à « belle Cassandra », ce qui me rend toujours toute chose, mais *chut*, c'est un secret.

Il ne m'a fallu que quelques jours pour me rendre compte que mes préjugés sur Cole étaient en grande partie infondés. Certes, la notoriété dont il bénéficie ne l'aide pas à maîtriser son ego, mais il n'a pas mauvais fond. Par exemple, il n'a jamais médit sur une personne du lycée (pourtant il y aurait matière…). Il ne joue pas non plus les stars imbues d'elles-mêmes, alors qu'il pourrait. Après tout, il a à peine dix-huit ans et passe déjà à la télé. Il y a de quoi prendre la grosse tête, surtout que son équipe est la mieux placée de Californie avec un historique de palmarès assez impressionnant.

Attention, je ne dis pas qu'il est parfait, simplement que ce n'est pas un connard fini, comme je l'ai cru au premier abord. Je suis même prête à reconnaître qu'il n'est pas dénué de charme et que je suis loin d'y être aussi insensible que je le voudrais.

La vibration de mon téléphone m'empêche d'aller plus loin dans ma réflexion. Et ce n'est pas plus mal.

Cole J – BHS

À ta réaction, j'en déduis que ce n'est pas à toi ?

Cassie Johnson

Il gèlera en enfer avant que je fasse un truc comme ça !

Cole J – BHS

Dommage ☹

Sentant la discussion partir sur un chemin que je ne veux pas emprunter, je balance la première chose qui me vient à l'esprit :

Cassie Johnson

Entre nous, je trouve cette couleur Barbie franchement hideuse.

Cole J – BHS

J'en prends note (et je partage ton avis). Et pour les strings, tu aimes ou pas ?

OK, je retire ce que je viens de dire à l'instant : Cole peut être un connard fini quand il veut !

Cassie Johnson

Tu penses sérieusement que je vais répondre à cette question de pervers ?

Cole J – BHS

Bah quoi ? Où est le mal, on parle vêtements. Ce n'est pas ce que les filles aiment faire habituellement ?

Cassie Johnson

Tu crois pouvoir te rattraper avec une remarque pareille ?

Cole J – BHS

Tu préfèrerais que je te dise que je meure d'envie d'avoir un aperçu de ton tiroir à sous-vêtements, ou mieux de les voir directement sur toi, pour être fixé sur tes goûts en la matière ?

Alors que je lis sa phrase, mon cœur perd sa cadence. Il saute une ou deux pulsations avant de s'emballer comme si je venais de courir un marathon. Est-ce une blague de sa part ? Il ne peut pas être sérieux !

Ce qui me fait douter, c'est qu'il n'a pas accompagné sa remarque d'un petit smiley, comme il le fait habituellement lorsqu'il dit une connerie. Peut-être a-t-il oublié ?

Justement, je vois les trois petits points s'afficher sur l'écran. Sauf que le message n'est pas une icône humoristique :

Cole J – BHS

Alors ?

OMG, il est vraiment sérieux ?

Non, il me fait une blague, c'est obligé. Sauf qu'il n'ajoute rien.

Mon cœur s'emballe un peu plus. Que répondre à ça ?

12
Premier essai

Cole

Durant de longues secondes, je fixe mon téléphone sans cligner des yeux. Mon cœur bat la chamade avec la même force que lorsque je m'élance sur le terrain pour marquer un touchdown.

Je viens de franchir la ligne rouge, mais la tentation était trop forte. J'ai envoyé la question avant de réellement comprendre ce que j'étais en train de faire. Une part de moi regrette mon geste. Une autre non.

D'un côté, j'ai peur de briser ce qu'il y a entre nous. J'aime beaucoup les moments que je partage avec Cassandra, même si je serais bien infoutu de mettre un nom dessus. De l'autre, je n'en peux plus de cette situation. Je ne suis pas habitué à vivre une relation comme celle-ci avec une fille. Pour un peu, je dirais que nous sommes devenus amis. Sauf que je n'ai jamais eu d'érection en échangeant des messages avec Calvin ou en pensant à Miguel ! Pourtant nos discussions ressemblent plus à celles que j'ai avec mes potes qu'à celles que je peux avoir avec les autres filles du lycée.

Et là encore, nos « discussions » sont quelque peu inhabituelles car elles ne sont que virtuelles. C'est la première personne du bahut avec qui je discute quotidiennement via Facebook sans échanger plus d'un « bonjour » quand on se croise sur le campus.

Même sur les réseaux sociaux, nous ne faisons pas les choses comme les autres. Après des semaines à s'échanger des messages à longueur de journée, à discuter de tout et de rien – au passage je reconnais que j'aime ça – Cassandra s'obstine toujours à refuser mes demandes d'ami. C'est même devenu une sorte de jeu entre nous. Une fois par jour, je lui lance une invitation qu'elle rejette systématiquement. Je n'en suis pas vexé, c'est simplement une bizarrerie de plus la concernant.

De toute façon, elle n'a que trois amis dont deux qui sont de sa famille et que je soupçonne d'être ses parents. Pour ce qui est de la troisième personne, en revanche, ça m'a fait grincer des dents quand j'ai découvert son identité. Qu'elle ait accepté la demande de Derek et pas la mienne a froissé mon ego, je le reconnais. J'ai dû me mordre la langue pour ne pas le lui faire remarquer. Je ne voulais pas paraître jaloux et pitoyable. Malheureusement, les faits sont là, je le suis.

Je ne me suis donc pas gêné pour discuter en tête-à-tête avec Derek, histoire de m'assurer qu'il n'avait pas des vues sur Cassandra. Quand je lui ai demandé ce qu'il y avait exactement entre eux, il m'a répondu :

— T'inquiète, mec, c'est juste une amie. Je ne l'intéresse pas et je ne tiens pas à marcher sur tes platebandes. De toute façon, elle a beau être super canon, mon cœur est déjà pris.

J'ai eu envie de lui en coller une, ne serait-ce que pour cette simple remarque sur le physique de Cassandra. En même temps, c'est indéniable, c'est une très belle fille. Il est donc normal qu'il l'ait noté. Malgré tout, je n'ai pas apprécié. Sans en avoir conscience, j'ai serré mes poings, prêt à le frapper. C'est à ce moment-là que j'ai compris que j'étais grave dans la merde. Afin de ne pas aggraver mon cas, je me suis donc simplement contenté de prendre mon air le plus menaçant, avant de lui lancer :

— C'est très bien. Tâche de continuer ainsi. Et cette discussion doit rester entre toi et moi. Si Cassandra y fait la moindre allusion, t'es un homme mort.

— Cette discussion ? Quelle discussion ? Je ne vois pas de quelle discussion tu veux parler.

— Parfait.

Je me suis ensuite barré avant de sortir une autre énormité. Mon intention première était de m'assurer qu'il n'était pas intéressé par elle. Au final, j'en ai dévoilé plus que je ne l'escomptais. Heureusement, Derek a tenu parole. S'il avait mouchardé, je l'aurais su.

Objectivement, Cassandra et moi n'avons rien à faire ensemble. Nous avons très peu de choses en commun. Pour ainsi dire, aucune. Malgré tout, je n'arrive pas à l'oublier et à passer à autre chose. Mes pensées s'obstinent à revenir continuellement vers elle et, quelque part, j'aime ça.

Le hic, c'est que je commence à souhaiter que notre relation évolue, tout en ayant peur de tout gâcher et de la faire fuir. En l'occurrence, j'espère de tout cœur que cette discussion ne sera pas la dernière.

Il n'y a toujours aucune trace d'activité de son côté. Je sais seulement qu'elle a pris connaissance de ma question, grâce à sa photo de profil affichée à côté de mon texte.

Va-t-elle répondre ?

J'en doute, mais il paraît que « qui ne tente rien n'a rien ».

Après plusieurs minutes de silence inquiétantes, je remarque qu'elle tape enfin une réponse. Mon cœur se remet à pulser sous le coup de l'adrénaline. J'imagine déjà tout un tas de réponses possibles. Certaines font naître une excitation en moi. À commencer par celle consistant à envoyer une photo d'elle pour répondre à ma question en image. Cependant, ce scénario me semble peu probable.

D'autres, au contraire, me filent la chair de poule. M'écrit-elle qu'elle ne veut plus rien avoir affaire avec un pervers comme moi ? Si c'est le cas, je m'en voudrais à mort.

Quand son message apparaît enfin sur mon écran, il provoque à la fois une vague de soulagement et de déception. Elle ne m'a pas banni, mais elle n'a pas non plus répondu. En fait, elle a seulement écrit :

Cassie Johnson

Faut que je te laisse, mes parents m'attendent pour manger.

Je n'ai aucun moyen de savoir si elle me raconte un bobard ou pas, mais je décide de la croire. En tout cas, je me garde bien de lui faire remarquer qu'elle n'a pas répondu à ma question coquine. Je ne vais pas tenter le diable. Elle ne veut clairement pas le faire, je ne vais donc pas la pousser dans ses retranchements. Ce serait une erreur stratégique. Je me contente plutôt de lui souhaiter un bon appétit et elle me remercie.

Une fois notre discussion terminée, je tente de passer à autre chose car j'ai tout un tas de trucs qui m'attendent, mais je n'y arrive pas. Combien de temps vais-je encore supporter cette situation inconfortable ?

En réalité, ma question n'était pas anodine. La réponse en elle-même ne m'intéressait pas tant que ça. Enfin, ça ne me déplairait pas de connaître ses goûts en matière de lingerie, mais c'était avant tout un moyen de tâter le terrain pour savoir si elle était prête à me suivre sur une voie moins sage que celle que nous avons empruntée jusque-là.

Les amitiés filles/garçons, je n'y crois pas une seconde, sauf si les deux jouent dans la même équipe. Sinon, il y a toujours un moment où ça dérape. En l'occurrence, nous concernant, le dérapage s'est produit dès le premier jour de notre rencontre. Depuis lors, mon corps réagit vivement à celui de Cassandra. Il ne l'a jamais considérée comme une amie. En même temps, il faudrait être de marbre pour ne pas craquer pour son physique.

Je suis presque certain que la réciproque est vraie. Elle non plus n'est pas insensible à ma présence, mais difficile de juger dans la mesure où nos face-à-face sont assez rares. J'ai même l'impression qu'elle s'arrange pour éviter de croiser ma route. Plutôt mauvais signe, me direz-vous ? Certes, mais il y a nos discussions. J'en viens à penser que si elle m'évite dans la vraie vie, c'est par peur de succomber à mon charme, même si dit ainsi je passe pour un connard prétentieux.

Quoi qu'il en soit, cette ambiguïté est en train de me rendre fou et je ne peux pas me permettre d'avoir la tête ailleurs. Les championnats viennent tout juste de débuter. Pour moi, l'enjeu est de taille. Si je me débrouille bien et que je continue sur la lancée des années précédentes, les portes de l'Ivy League me seront ouvertes. J'ai déjà reçu quelques propositions qui sous-entendaient que tout dépendait de mes résultats sportifs de l'année.

Je sais que je suis bon au football. D'ailleurs, j'adore ce sport. Je le pratique depuis que je suis en âge de tenir un ballon. Normalement, je n'ai aucun souci à me faire. Cependant, je ne veux pas partir trop confiant, c'est le meilleur moyen de faire une connerie. Et avoir l'esprit ailleurs entre clairement dans cette catégorie.

Durant la demi-heure qui suit, je ressasse le sujet « Cassandra ». Plus j'y pense et plus je me dis que je dois faire quelque chose si je ne veux pas devenir complètement dingue. La grande question, c'est : « Quoi ? »

Je ne vois que deux options. La première, je laisse tomber, j'arrête de lui écrire et notre relation cessera d'elle-même. Comme je le lui ai fait remarquer l'autre jour, c'est toujours moi qui initie nos discussions. Elle a d'ailleurs confirmé que c'était volontaire de sa part. En tout état de cause, si je ne lui écris plus, ce sera la fin de nos échanges. À cette idée, mon cœur se serre et une boule se forme dans mon ventre. Je n'ai pas envie que tout ceci s'arrête. Aucun doute là-dessus.

Il ne reste donc que la deuxième option : lui demander de sortir avec moi. Cette idée me fait un peu flipper. Les relations amoureuses, ce n'est pas mon truc. Depuis le début du lycée, je n'ai eu qu'une petite amie : Célia. Trois ans après notre rupture, elle espère toujours que quelque chose soit à nouveau possible entre nous. Pourtant, ce n'est pas faute de lui avoir clairement expliqué qu'il n'y avait aucune chance que cela se produise. L'erreur que j'ai commise, c'est de remettre le couvert avec elle durant une ou deux soirées. J'aurais dû me méfier quand elle affirmait ne pas chercher un truc sérieux. Comme nous deux dans un lit ça valait vraiment le coup, je me suis laissé tenter. Malheureusement, je me suis rendu compte après coup qu'elle attendait « plus » en réalité. Depuis, j'ai pris mes distances et je me garde bien de l'approcher, quoi qu'elle puisse dire. Je sais apprendre de mes erreurs.

Donc, ouais, on peut dire que mon unique relation amoureuse m'a légèrement échaudé. Et puis, le sexe sans prise de tête me convient tout à fait. Je suis jeune, j'ai autre chose à faire que passer mon temps à gérer une copine. Je vois suffisamment de gars de l'équipe dans cette situation pour tenter à nouveau l'aventure.

Les crises de jalousie dans notre sport sont très courantes. C'est un fait, les footballeurs jouissent d'une certaine réputation – en partie justifiée – qui leur colle à la peau. Forcément, avoir toute une nuée de filles pendues à votre cou crée des tensions dans un couple. Je comprends au demeurant la réaction des petites amies de mes coéquipiers. Je me mets à leur place, moi non plus je n'apprécierais pas. Surtout que certaines ont réellement du souci à se faire.

Quoi qu'il en soit, pour toutes ces raisons et bien d'autres encore, j'ai décidé de rester célibataire.

Jusqu'à Cassandra.

Soyons claire, je n'ai pas envisagé une seule seconde la possibilité d'un coup d'un soir avec elle. Primo, elle n'entre pas dans la catégorie des filles qui agissent ainsi, aucun doute à ce sujet. Je pense même qu'il gèlera en enfer avant qu'elle se comporte de la sorte. Deuxio, je sais d'ores et déjà que je veux plus qu'une partie de jambes en l'air avec elle – aussi exceptionnelle soit-elle.

J'en suis convaincu, le seul moyen d'avoir Cassandra, c'est de sortir le grand jeu et d'en faire ma petite amie. Étrangement, l'idée de nous deux sortant ensemble me semble très attrayante, j'irais même jusqu'à dire qu'elle me plaît.

Et si ma tentative échoue, je pourrai ainsi passer à autre chose et arrêter de me retourner le cerveau avec toute cette histoire.

Oui, la solution à mon problème est de sortir avec Cassandra.

Il ne reste qu'un détail mineur à régler : je dois convaincre la principale intéressée !

13
Souvenirs désagréables
Cassie

Après avoir éteint la sonnerie de mon réveil, je me lève lentement et douloureusement. Les matins sont de plus en plus compliqués. Je passe des nuits affreuses. Il y a une éternité que je n'ai pas fait une nuit complète, au point que je serais prête à payer cher pour dormir d'une traite. Jusqu'à récemment, ce manque de sommeil était sans conséquence. Désormais, je commence à me sentir réellement fatiguée. Malheureusement, c'est un signe de l'évolution de ma maladie, tout comme le fait que mes jambes me font de plus en plus défaut.

D'ailleurs, alors que je tente de sortir de mon lit, ces dernières se rebellent une fois de plus et je manque de m'étaler la tête la première sur la moquette. Par chance, j'ai le réflexe de me pencher en arrière. Résultat, je me retrouve affalée sur mon lit. Piètre consolation.

J'essaie d'être forte, mais les larmes commencent à pointer le bout de leur nez. J'emploie toute mon énergie à essayer de ne pas pleurer. Mais j'ai beau me dire que c'est inutile et que cela ne changera pas la donne, il m'arrive de craquer. Parfois, même avec la meilleure volonté, je ne parviens pas à chasser de mon esprit mes pensées morbides.

Dire qu'il y a sept mois, j'étais une fille comme les autres. Et puis, les crampes et les trébuchements sont apparus. Au début, j'ai pensé que c'était normal, que je devenais simplement maladroite avec l'adolescence. Vous savez, un peu comme les autres filles qui se retrouvent subitement avec une forte poitrine, sauf que dans mon cas c'était un deuxième pied gauche.

Je n'ai pas parlé de tous ces petits soucis à mes parents. L'idée ne m'a même pas traversé l'esprit. Je pensais qu'avec le temps, ils allaient disparaître. Jusqu'à ce que je me torde la cheville et me fasse une entorse.

Lorsque le médecin m'a auscultée, il a appuyé sur ma malléole et mon pied s'est mis à bouger tout seul. Il a réitéré son geste à plusieurs reprises et sur différents points d'appui, obtenant toujours le même résultat. Il a ensuite effectué le même test au niveau des tendons de mes genoux, faisant ainsi bouger toute ma jambe.

En le voyant froncer les sourcils, je me suis doutée que ce n'était pas bon signe. Une fois de retour derrière son bureau, ce pli soucieux barrait toujours son front. Au début, j'ai pensé que c'était le fruit de mon imagination débordante, jusqu'à ce que ma mère lui demande :

— Que se passe-t-il, docteur ?

— J'aimerais revoir votre fille pour des examens complémentaires.

— Pour quelle raison ?

— Ce n'est sûrement rien, mais je suspecte une exagération des réflexes ostéo-tendineux.

Hein ? Et en langage normal, ça veut dire quoi ?

Comprenant à ma tête que je n'avais aucune idée de ce dont il parlait, il m'a expliqué :

— Quand je stimule tes tendons, ils réagissent avec une vivacité anormale et entraînent la réaction d'autres réflexes qui ne devraient pas se produire, en plus de ceux que j'obtiens.

Comme toute personne normale, j'ai posé la question à mille dollars :

— C'est grave docteur ?

— Je ne pense pas. Toutefois, je préfère m'en assurer en faisant des examens complémentaires.

Afin de me rassurer, il a ajouté :

— Ne t'inquiète pas Cassie, je veux simplement écarter toutes les possibilités.

Malheureusement, il y avait matière à s'inquiéter, comme l'ont révélé les examens que l'on m'a fait subir peu de temps après.

Je chasse ce souvenir douloureux de mon esprit, essuie mes larmes traîtresses qui ont profité de mon flash-back pour apparaître et prends une inspiration avant de faire une nouvelle tentative. Cette fois, mes jambes sont parfaitement opérationnelles. Ce côté imprévisible et aléatoire de ma maladie m'énerve énormément. Je ne sais jamais quand une crise va se produire, ce qui m'oblige à être toujours sur le qui-vive. C'est épuisant et stressant.

J'essaie, autant que faire se peut, d'être toujours proche d'un mur ou d'un arbre pour éviter les chutes spectaculaires et attirer ainsi l'attention des autres élèves. C'est aussi une des raisons pour lesquelles je m'arrange pour ne pas croiser Cole. Je ne veux pas prendre le risque qu'il se rende compte que quelque chose cloche chez moi. Je serais blessée que son regard sur moi change.

Je fais aussi attention avec Derek, mais c'est différent car il ne m'inspire pas les mêmes sentiments. Je n'aurais jamais cru que je nouerais une amitié aussi rapidement, et encore moins avec un garçon. Pourtant, les faits sont là, je considère vraiment Derek comme mon meilleur ami désormais.

J'aime son côté déjanté. J'adore le remettre à sa place quand il se comporte comme un pervers, ce qu'il fait souvent. J'ignore s'il est réellement ainsi ou s'il le fait exprès dans le seul but de m'offrir la possibilité de lui apprendre les bonnes manières. Car je suis persuadée qu'il aime mes réparties. D'un autre côté, les remarques cochonnes lui viennent tellement facilement que j'ai des difficultés à croire qu'il se force.

J'apprécie notre relation. C'est pour cette raison que je ne lui ai rien dit au sujet de ma maladie. Si je le fais, il changera inévitablement sa façon de se comporter avec moi. J'en ai déjà fait l'expérience, je ne veux pas recommencer.

Une fois habillée, je prends mon petit-déjeuner en compagnie de mes parents. Mon père choisit ce moment pour me taquiner au sujet de mon petit ami imaginaire :

— Tu as bien dormi ? J'espère que tu n'as pas fait des rêves cochons impliquant ton Don Juan !

— Arrête avec ça, papa ! Je n'ai pas de petit ami. C'était simplement un pote du lycée qui m'envoyait un truc marrant.

Je sais, mon excuse est bancale. Si c'était aussi innocent, pourquoi ne pas l'avoir expliqué hier, sur le coup ? Maintenant que j'y pense, je m'en veux de ne pas y avoir pensé plus tôt. Cela m'aurait évité toutes ces remarques déplacées !

— C'est qui ce pote ? me demande-t-il aussitôt.

— Derek.

J'ignore pourquoi je leur mens. Après tout, je pourrais dire que c'est Cole. Lui aussi est un ami. En quelque sorte. Sauf que s'ils connaissent l'existence de Derek, je ne leur ai jamais parlé de Cole.

Comme ma mère s'inquiétait que je ne me fasse aucun ami dans ce nouveau lycée, je leur ai raconté que j'avais fait la rencontre d'un gars cool – je ne leur ai pas précisé qu'il était un brin pervers sur les bords, sinon ils auraient flippé. Au début, mon père pensait qu'il était mon petit ami (je ne sais pas d'où vient cette obsession de vouloir me caser avec tous les garçons qui passent à moins de dix mètres !). L'expression qu'il a lue sur mon visage a dû le convaincre que ce n'était pas le cas. Franchement ? Derek et moi ? Juste beurk !

Depuis, je leur parle régulièrement de nos discussions – enfin celles qui sont racontables. Lorsqu'ils m'ont demandé s'il était *au courant,* je leur ai jeté un regard horrifié pour toute réponse. Je sais qu'ils désapprouvent mon choix. Pour eux, si Derek est réellement mon ami, je dois lui dire. Moi, je préfère faire l'autruche. Quand je suis avec lui, il ne me regarde pas comme si j'étais sur le point de mourir. Il n'a pas non plus l'air inquiet de celui qui guette l'instant où mon corps va dérailler.

Alors, pourquoi ne pas leur parler de Cole ?

En fait, je ne voulais pas lui donner encore plus d'importance qu'il en a pris pour moi ces derniers temps. Il chamboule déjà bien assez ma vie, pas la peine de rajouter une couche en en parlant à mes parents.

Mon père n'a pas l'air franchement convaincu par ma réponse, mais il lâche l'affaire et c'est tout ce qui compte. Je peux ainsi finir mon petit-déjeuner en paix.

L'heure tournant, je me dépêche de retourner dans ma chambre pour me brosser les dents et finir de me préparer.

Une fois prête, je rejoins ma mère pour qu'elle me conduise au lycée. Comme tous les jours, elle me dépose devant le panneau « Bakersfield High School », me souhaite une bonne journée et ajoute qu'elle m'aime. Je fais de même avant de fermer la portière.

Je me dirige ensuite vers mon casier pour prendre la partie de mon cours d'anglais qui me sera utile. Dès qu'il m'aperçoit, Derek vient dans ma direction.

— Comment va la plus belle fille du lycée aujourd'hui ?

— Oh, toi, tu as quelque chose à me demander.

— Pfff, même pas. Tu devrais te faire soigner, tu es vraiment parano.

— Non, c'est simplement que je commence à te connaître.

— Eh bien, tu vois, je peux te surprendre. En l'occurrence, je n'ai rien à te demander.

Je doute un peu de sa sincérité, mais je décide d'entrer dans son jeu :

— Je vais bien et toi ?

— Ça peut aller. Quoi de neuf ?

— Pas grand-chose.

Ce n'est pas tout à fait exact. Il y a quand même eu l'épisode avec Cole hier soir, mais je ne sais pas encore si j'ai envie de lui en parler. Malheureusement, je dois me trahir d'une manière ou d'une autre, car il me lance aussitôt :

— Je ne te crois pas un quart de seconde. Vas-y, raconte. Je veux tout savoir.

Je doute de pouvoir m'en tirer à si bon compte, mais je tente la carte de l'ignorance :

— J'ignore de quoi tu veux parler.

— Tsss, pas de ça avec moi, ma belle. Je lis en toi comme dans un livre ouvert. Et je te rappelle que la lecture, ça me connaît !

— Si tu es si doué pour lire en moi, comme tu dis, alors je n'ai pas besoin de te raconter quoi que ce soit, tu peux deviner tout seul comme un grand.

— Non, je suis simplement capable de deviner que ça relève de la catégorie « romance croustillante ».

— T'es vraiment timbré.

— Peut-être, mais je veux savoir. Crache le morceau, Johnson. Qui sait, je pourrais peut-être te donner des conseils.

Cette idée me fait sourire.

— Parfois, tu es vraiment vexante, Cassie, bougonne-t-il.

Il est trop chou quand il boude. Je le soupçonne de surjouer, vous savez comme le Chat Potté de Shrek. D'ailleurs, ce n'est pas la première fois que je me fais cette réflexion. Après coup, je suis bien obligée d'admettre que je me suis bien fait avoir le premier jour avec son air de chiot malheureux.

Après avoir hésité quelques secondes, je décide de partager avec lui un bout de notre discussion. Bien sûr, je ne compte lui rapporter que le début. Pas question que j'évoque le moment où Cole me demande si j'aime porter des strings. Le connaissant, ce serait une catastrophe. D'autant que la discrétion n'est pas son fort. De toute manière, je ne compte partager ça avec personne, car rien ne mérite de s'y attarder. Point !

J'attrape mon téléphone, je vais sur la fenêtre de discussion, je clique sur la photo avant d'orienter l'écran vers lui :

— Cole m'a envoyé ça hier, alors que j'étais dans la cuisine avec mes parents.

Bien évidemment, sa réaction ne se fait pas attendre. Il explose de rire, attirant les regards sur nous. En retour, je lui lance mon coup d'œil le plus sombre, celui qui annonce qu'il a intérêt à baisser d'un ton s'il ne veut pas qu'il lui arrive malheur.

— Désolé Cassie, mais tu dois avouer qu'elle est super bonne. J'aurais tellement aimé voir ta tête quand tu as vu la photo.

Avant que je n'aie pu anticiper son geste, il m'arrache le portable des mains et commence à faire glisser son doigt sur l'écran pour faire défiler la discussion.

— Hé, rends-moi ça, immédiatement.

— Attends, je veux voir la suite.

— Non, cela ne te regarde pas, c'est privé.

— Oh, oh, je savais bien qu'il y avait quelque chose d'intéressant à voir.

Je n'arrête pas de lui tourner autour pour récupérer mon téléphone. Au moins, il est trop occupé à m'en empêcher pour lire la discussion, mais ce n'est qu'une question de secondes avant qu'il n'y parvienne et après il sera insupportable. En plus, je risque de finir par me casser la figure.

Soudain, j'ai une idée. C'est mesquin de ma part, mais je lance à toute vitesse :

— Célia vient vers nous.

Sa réaction ne se fait pas attendre. Il relève aussitôt les yeux et tourne la tête dans tous les sens comme une girouette.

— Où ça ? Je ne la vois pas.

Profitant de son inattention, je lui reprends mon téléphone des mains et m'empresse de le mettre dans la poche avant de mon jean.

— Oups, j'ai dû confondre.

Il me lance un regard assassin :

— Cassie, tu es une fille mesquine et manipulatrice.

— Que veux-tu, j'ai appris du meilleur, lui dis-je en le regardant de manière suggestive.

Comprenant mon allusion, il s'offusque :

— Tu veux rire ? Je me débrouille bien mieux que toi à ce petit jeu.

Il affiche alors un petit air supérieur, tandis que j'entends dans mon dos :

— Bonjour, belle Cassandra.

Oh, le salaud ! Il savait que Cole venait dans notre direction et il ne m'en a rien dit ! Et maintenant, je suis baisée.

Jusqu'à présent, j'ai réussi à m'arranger pour que ma route ne croise pas celle de Cole ou alors très brièvement. Il me trouble beaucoup trop et je ne veux pas qu'il s'en rende compte. Et ma situation ne va pas s'arranger compte tenu de notre dernière discussion !

Je ne me suis toujours pas retournée. Je supplie Derek du regard de me sauver de cette impasse, mais ce traître affiche une expression vengeresse signifiant : « Tu n'avais qu'à pas me faire le coup de Célia et me cacher votre discussion. » Puis, il annonce :

— Je te laisse Cassie, je dois voir les membres de mon groupe de travail. Cole, bonne journée.

— À toi aussi, répond une voix grave.

Je n'ai plus le choix. Je dois me retourner, sinon je vais passer pour une débile. Je me prépare mentalement à ce qui va suivre. Je refuse de devenir une pauvre fille lobotomisée en sa présence, mais je doute de mes capacités. Je prends une profonde inspiration, avant de lui faire enfin face. Malheureusement, quand mon regard plonge dans le sien, mes neurones se font tous la malle ! Il a un effet sur mon corps encore plus dévastateur que ma maladie.

14
Essai transformé

Cole

— Bonjour, belle Cassandra.

Ce n'est pas la première fois que je l'appelle ainsi, mais jusqu'à présent, je ne l'ai fait que par écrit. Cela me fait tout bizarre d'entendre ces mots sortir de ma bouche, mais j'aime ça.

Habituellement, je n'utilise pas de petit surnom affectueux pour les filles avec qui je parle mais Cassandra est un spécimen à part, il me semble vous l'avoir déjà dit. Je ne me formalise donc pas de ce changement. Je ne suis plus à ça près.

En revanche, je m'étonne d'avoir les mains moites. C'est une première pour moi. Pour une fois, je ne suis pas sûr de moi et de mon succès. C'est très perturbant et je n'aime pas cette sensation. Et dire que Cassandra ne me regarde pas encore ! Pour l'instant, elle me tourne le dos. La tension qui l'habite est visible à ses épaules crispées et sa nuque raide. Derek me regarde avec un grand sourire. Il semble s'amuser de la situation et je suis prêt à parier que la dispute qu'ils viennent d'avoir et qui m'a hérissé le poil n'y est pas étrangère.

Je n'aurais jamais cru que je serais un jour jaloux de ce type ! En tout cas, si j'avais besoin d'une preuve supplémentaire que je dois prendre les choses en main, la voilà.

L'idée que Cassandra et moi puissions devenir « plus » qu'amis ne me quitte plus. Mieux, elle me séduit de plus en plus. À tel point que je suis prêt à briser ma sacro-sainte règle concernant les petites amies et que je suis en train de faire le premier pas, chose que je n'ai encore jamais faite.

Pour le coup, je ressens de la compassion pour toutes les filles qui ont tenté leur chance avec moi. Je comprends mieux pourquoi certaines pouvaient avoir l'air aussi mal à l'aise. En fait, j'en viens à penser que celles qui paraissaient sûres d'elles méritent une médaille, parce que c'est tout simplement horrible comme expérience.

Quand Cassandra se tourne enfin vers moi et vient river son regard chocolat dans le mien, c'est un véritable uppercut. Je me rends compte que c'est la première fois que l'on se fixe ainsi. Jusqu'à présent, nos échanges en face-à-face ont été tellement brefs que l'occasion ne s'est pas présentée.

Durant quelques instants, il ne se passe rien. On se fixe mutuellement dans le blanc des yeux et l'expérience est inédite. Troublante. Perturbante. Agréable. J'ai l'impression que nous sommes dans une bulle de laquelle les autres sont exclus. Ressent-elle la même chose ? Est-ce simplement le fruit de mon imagination ? Une chose est certaine, je dois me bouger le cul parce que je dois avoir l'air d'un con à bugger ainsi.

Cette idée me sort de ma transe.

Je lui sors alors la première chose qui me vient à l'esprit :

— Ça va ?

Sérieux mec, c'est tout ce que tu as en réserve ?

J'avoue, je ne suis pas spécialement fier de ma prestation. Je ne pensais pas être capable de perdre aussi facilement mes moyens face à une fille. Comme quoi, il ne faut jamais dire jamais.

Elle semble un peu déroutée par ma question et me répond timidement :

— Heu ouais. Je te remercie.

Aussitôt, je cherche comment tourner au mieux la question pour laquelle je suis venu l'aborder, afin d'augmenter mes chances d'obtenir la réponse espérée. Je n'y avais pas réfléchi avant et je le regrette amèrement.

Malheureusement ou heureusement pour moi, la cloche se met à sonner. Nous semblons tous deux soulagés, mais pour des raisons différentes.

— Bon. Je te laisse. À plus.

Avant que je n'aie pu lui répondre, elle prend la poudre d'escampette, jouant à nouveau la fille du vent. Cette fille ferait fureur sur le terrain, elle passerait son temps à mettre des touchdowns en déjouant la ligne adverse. C'est la reine de l'esquive.

Habituellement, cette manie m'agace. Dans le cas présent, je lui en suis reconnaissant. Sans le savoir, elle vient de m'offrir la possibilité de faire une nouvelle tentative sans m'y prendre comme un manche. De toute façon, entre nous, je ne vois pas comment je pourrais faire pire.

Lors de mon premier cours, je repasse en boucle ma pitoyable prestation. J'en arrive à me dire que ce n'est peut-être pas une bonne idée de la cueillir ainsi par surprise. Elle ne semble pas super à l'aise en ma présence. Tout ce que je risque de récolter, c'est une fin de non-recevoir. Je devrais poursuivre en utilisant une méthode qui fonctionne avec elle : les discussions virtuelles.

J'y pense durant les deux heures suivantes, pas vraiment attentif au cours. Après avoir pesé le pour et le contre, j'attrape mon téléphone et me lance :

Cole J – BHS

Re.

Je guette l'écran quelques instants. Pour mon plus grand soulagement, Cassandra ne met pas longtemps à prendre connaissance de mon message et commence à taper une réponse. Je suis un peu surpris car Cassandra est une élève studieuse. Je ne m'attendais donc pas à ce qu'elle ait son portable sous les yeux.

Cassie Johnson

Re

Cole J – BHS

Je ne pensais pas que tu allais répondre.

Cassie Johnson

Tu m'écris, mais tu ne t'attends pas à obtenir une réponse ??

Cole J – BHS

Je voulais dire, maintenant. Je pensais que tu ne regardais pas ton tel en cours.

Cassie Johnson

Je peux le poser et l'ignorer, s'il n'y a que ça pour te faire plaisir !

Cole J – BHS

Surtout pas !!

Cassie Johnson

En fait, je n'ai pas cours. Mon prof est malade, donc je suis allée bosser à la bibliothèque.

Cole J – BHS

Ha ! Je le savais.

Cassie Johnson

😜

Cassie Johnson

Toi, en revanche, tu es en cours !!!

Cole J – BHS

Il n'y a pas à dire, tu commences à bien me connaître…

Cassie Johnson

Bon, tu m'écrivais juste pour voir si j'allais répondre ou tu as un truc à me dire ?

Son franc-parler me fait sourire. J'adore cette fille. Enfin… je veux dire que j'adore sa façon de parler.

Cole J – BHS

En fait, je voulais te demander quelque chose.

Cassie Johnson

?

Cole J – BHS

Tu es libre ce midi ?

Cette fois, elle ne répond pas immédiatement. Pendant une bonne minute, je désespère, mais sa réponse me parvient enfin. Fébrile, je lis :

Cassie Johnson

Pourquoi ?

Cole J – BHS

À ton avis ?

Au lieu de répondre à ma question, elle revient sur celle d'avant.

Cassie Johnson

J'avais prévu de manger avec Derek. Pourquoi ?

J'essaie d'étouffer le sentiment de jalousie que fait naître cette réponse, mais en vain. Pourtant, ce n'est pas une surprise. Je sais très bien qu'ils passent leur temps libre fourrés ensemble. Je les ai aperçus plus d'une fois. Je m'oblige à faire abstraction de ce point et place mon prochain pion.

Cole J – BHS

Et si je te proposais autre chose ?

Là encore, il lui faut quelques minutes pour taper sa réponse.

Cassie Johnson

C'est-à-dire ?

Cole J – BHS

Et si on déjeunait ensemble, tous les deux ?

Je précise bien le dernier point pour qu'elle comprenne que Smith ne fait pas partie du plan ! J'en suis le premier surpris, pourtant mes mains tremblent quand je tape ce message et cet état s'amplifie avec l'attente. Et c'est encore pire lorsque je vois qu'elle est en train de répondre.

Cassie Johnson

Je sais pas.

La déception s'empare de moi, mais je garde espoir. Ce n'est pas un non ferme et définitif.

Cole J – BHS

Allez, accepte.

Cassie Johnson

Pourquoi ?

Cole J – BHS

Parce que je te le demande ☺

Cassie Johnson

Non, je veux dire, pourquoi veux-tu qu'on mange ensemble ?

Je me jette à l'eau, tout en essayant de ne pas lui faire peur.

Cole J – BHS

J'aimerais apprendre à mieux te connaître. Je veux dire en dehors de Messenger ☺

Cassie Johnson

J'ai pas trop envie qu'on me voie avec toi.

Celle-là, on ne me l'avait encore jamais faite ! En général, c'est tout le contraire.

Cole J – BHS

Et si je te propose d'aller manger ailleurs que sur le campus, loin des curieux ?

Comme sa réponse ne vient pas, je tente le tout pour le tout.

Cole J – BHS

Alors, Cassandra ? Dis oui, stp.

Pour la forme, j'ajoute un smiley tout mignon pour essayer de la faire craquer.

Enfin, elle me répond :

Cassie Johnson

OK.

Si je n'étais pas en plein cours, je ferais une danse de la victoire. En l'occurrence, je me contente de lui envoyer un GIF pour exprimer ma joie.

Putain, je n'en reviens pas. Elle a dit oui.

Ouais, enfin elle a dit oui pour déjeuner avec toi, pas pour devenir ta petite amie.

Certes, mais je veux y voir un bon présage.

15
Vastes débats

Cassie

Oh Mon Dieu

Mais qu'ai-je fait !

Au moment où mes doigts m'ont trahie et ont cliqué sur « Envoyer », j'ai senti mon cœur s'arrêter. Pourquoi ai-je accepté de déjeuner avec lui ? En fait, il me faut de longues minutes pour que les conséquences de mon geste parviennent jusqu'à mon cerveau embrouillé.

En parallèle, je ne cesse de me poser des tas de questions, la principale étant : pourquoi a-t-il fait cette proposition ? La première réponse qui me vient à l'esprit est qu'il est intéressé par moi. Derek me l'a dit plus d'une fois, mais je n'ai jamais voulu le croire. D'ailleurs, je m'y refuse toujours. Pourtant, cette explication semble la plus logique.

Pour quelle autre raison un garçon invite-t-il une fille à déjeuner ?

En parlant de Derek, il faut que je le prévienne. Avec un temps de retard, je me dis que j'aurais d'ailleurs dû attendre avant de répondre à Cole, histoire de lui en toucher un mot. J'ai un peu l'impression de le laisser tomber comme une vieille chaussette et j'ai mauvaise conscience.

J'attrape mon téléphone et lui écris :

Cassie Johnson

Re.

Derek PHAT

Re.

Cassie Johnson

Désolée mais ce midi, je ne mange pas avec toi.

Derek PHAT

☹

Derek PHAT

Rien de grave j'espère ?

Cassie Johnson

Non, tkt.

Derek PHAT

Alors, pk me poses-tu un lapin ?

Cassie Johnson

Un lapin ? T'es sérieux ?

Derek PHAT

Ouiiii. Je ne vais pas pouvoir manger avec une des plus belles filles du campus et rendre tous les gars jaloux de moi, alors il me semble que je mérite de savoir.

Cassie Johnson

T'as pas l'impression de verser dans le mélo ?

Derek PHAT

Non, sinon, j'aurais dit : Quoi ! Mais ma journée est gâchée si tu n'es pas là pour illuminer mon repas.

Cassie Johnson

Tu sais, parfois, je me demande si tu n'es pas un gay refoulé.

Derek PHAT

C'est un peu homophobe comme remarque, non ?

Cassie Johnson

Non. Je dis juste que tu ressembles beaucoup aux mecs gays des livres que je lis.

Derek PHAT

☺

Derek PHAT

N'essaie pas de détourner mon attention, réponds à ma question.

Cassie Johnson

Qui ne tente rien n'a rien ☺

Derek PHAT

Tu sais que tu m'intrigues de plus en plus. Je sais déjà que ton excuse va être géniale.

Il n'a pas idée à quel point !

Derek PHAT

Allez, crache le morceau, Johnson.

Cassie Johnson

Je mange avec Cole.

Derek PHAT

Hein ! Quoi ? Attends, j'ai mal lu.

Il accompagne sa réponse d'un GIF qui me fait mourir de rire.

Derek PHAT

JE VEUX TOUT SAVOIR !!!!

Cassie Johnson

Et tu ne sauras rien du tout.

Derek PHAT

Alors, ça, c'est ce qu'on va voir, ma vieille ! Si tu ne veux pas que je lâche des dossiers sur toi, tu as intérêt à me donner des détails.

Cassie Johnson

Je te rappelle que tu es mon meilleur ami, il y a donc une règle stipulant que tu n'as pas le droit de divulguer des infos gênantes à mon sujet.

Derek PHAT

Tu veux parler de la règle au-dessous de celle qui indique que les meilleurs amis doivent se raconter les détails de leurs vies amoureuses, surtout s'ils sont croustillants ?

Cassie Johnson

Qui te dit qu'ils sont croustillants ?

Derek PHAT

Toi + Cole + un repas ensemble = détails croustillants

Derek PHAT

CQFD

Cassie Johnson

C'est n'importe quoi !

Derek PHAT

Arrête de tourner autour du pot et crache le morceau, sinon je quitte mon cours et je viens te harceler en direct. Je sais très bien où tu es !!

Il m'envoie ensuite un petit diable, suivi d'une pile de livres. Évidemment, il sait que je suis à la bibliothèque. J'aimerais dire qu'il bluffe, mais je commence à bien le connaître. Il en est tout à fait capable. Avant qu'il ne me foute la honte, je lui raconte donc dans les grandes lignes l'invitation de Cole.

Il répond par l'image animée d'une fille hystérique.

Derek PHAT

Je le savais ! JE LE SAVAIS !!!!!

Cassie Johnson

T'emballe pas, c'est juste un repas. On mange bien ensemble tous les midis et pourtant il n'y a rien entre nous !

Derek PHAT

Parce que Cole m'a dit qu'il me tuerait si je m'intéressais à toi !

Cassie Johnson

Tu mens. Il ne t'a pas dit ça.

Derek PHAT

Si, il me l'a dit. Enfin, ce ne sont pas ses mots exacts, mais ça résume bien ses menaces.

Cassie Johnson

Je ne te crois pas. Si c'était vrai, tu me l'aurais dit depuis longtemps, tu es incapable de garder un secret !

Derek PHAT

Ça fait plaisir de voir la haute opinion que tu as de moi ! Et si je n'ai rien dit jusqu'à présent, c'est parce qu'il m'a menacé de me faire la misère si je te le disais.

Cassie Johnson

Si c'est la vérité, pourquoi me le dire maintenant ?

Derek PHAT

Bah, ça n'a plus d'importance puisque vous sortez ensemble !

Cassie Johnson

QUOI ?!! Mais non. Je n'ai jamais dit qu'on sortait ensemble !

À cette idée, une nuée de papillons s'éveille dans mon estomac.

Derek PHAT

Toi + Cole + un repas ensemble = vous sortez ensemble

Derek PHAT

CQFD

Cassie Johnson

Tu m'énerves avec tes vieilles équations qui ne veulent rien dire du tout.

Derek PHAT

Blablabla. Tu peux dire tout ce que tu veux ma vieille, ce n'est qu'une question d'heures avant que lui et toi soyez en couple. À ton avis, pourquoi il t'a demandé de déjeuner avec lui ?

Cassie Johnson

Il a dit qu'il voulait simplement apprendre à me connaître.

Derek PHAT

…

OK, même à mes oreilles, cette excuse semble minable.

Derek PHAT

En tout cas, compte sur moi pour te faire un compte rendu détaillé de ses réactions ce midi.

Cassie Johnson

Ça va être compliqué, on ne mange pas sur le campus.

Derek PHAT

QUOI !!! Alors là, c'est sûr, il t'a roulé une pelle avant le dessert !

Cassie Johnson

T'es répugnant !

Derek PHAT

On en reparlera quand sa langue aura fait connaissance avec la tienne. À mon avis, tu ne tiendras plus du tout le même discours !

À ma plus grande honte, je me surprends à imaginer la scène et elle est loin de me laisser indifférente.

Seigneur, je suis en train de m'exciter sur des propos de Derek ! Je suis vraiment un cas désespéré ! Malgré tout, impossible de chasser cette idée. Je me demande ce que je ressentirais si Cole m'embrassait. Cela ne m'est jamais arrivé et je mentirais si je disais que je ne suis pas curieuse.

Il n'empêche que je suis persuadée que Derek se monte la tête pour rien. Tout ce qu'il va réussir à faire, c'est me faire stresser encore plus.

Cassie Johnson

Tu ne dis que des bêtises. C'est moi qui ai exigé que l'on mange à l'extérieur, pas lui. Et je ne veux plus en parler !

Derek PHAT

Comme tu veux mais on en reparlera cet aprèm. Et je pourrai te lancer un beau : « Je te l'avais bien dit ! »

Plutôt que de lui répondre, je pose mon téléphone. Il vibre aussitôt.

Derek PHAT

Qui ne dit mot consent !

Je le repose immédiatement. Je ne veux pas alimenter sa folie. En fait, je n'aurais pas dû lui raconter tout ça. À cause de lui, j'ai l'esprit encore plus embrouillé.

Au bout de dix minutes, mon téléphone vibre à nouveau. J'hésite à le regarder. Je suis encore énervée après Derek et je n'ai pas envie de remettre ça.

Après une autre vibration, je cède à la tentation. Sauf que ce n'est pas Derek mais Cole.

Au moment de déverrouiller mon téléphone, mes mains me jouent un nouveau tour et se crispent, refusant durant un instant de m'obéir. Je manque même de laisser échapper mon portable sur la table. Je déteste quand j'ai des crampes dans les jambes ou les mains. En général, ce sont surtout mes membres inférieurs qui me posent problème, mais il arrive désormais que le haut s'y mette aussi, signe que ma maladie progresse de jour en jour.

Je me suis renseignée sur Internet quand le diagnostic est tombé – même si j'ai vite arrêté car c'était trop déprimant. J'ai lu que dans les premiers temps, certains symptômes peuvent être provoqués par de forts stress. Or, je suis dans tous mes états. Je devrais annuler, rien de bon ne peut sortir de tout ça, que ce soit sur le court ou le moyen terme – sans même évoquer le long terme évidemment, car dans mon cas il n'y en a pas.

Oui, je devrais mais je ne le fais pas. À la place, je me jette sur les messages de Cole. *Carpe diem !*

Cole J – BHS

Trop hâte d'être à ce midi, belle Cassandra.

Cole J – BHS

On se retrouve en bas des escaliers du bâtiment principal ?

J'ignore comment réagir à sa première phrase, alors je fais comme s'il ne l'avait pas envoyée. Je me contente simplement de lui répondre :

Cassie Johnson

OK.

Cole J – BHS

On pourra prendre ma voiture.

Je répète bêtement :

Cassie Johnson

OK.

Cole J – BHS

Tu as une envie particulière pour ce déjeuner ?

Cassie Johnson

Pas vraiment.

Entre nous, je doute d'être en mesure d'avaler quoi que ce soit. Mon ventre est noué au point que je ne suis pas certaine qu'il puisse supporter le moindre aliment. Je crains aussi de ne pas réussir à utiliser normalement des couverts. Sans parler de ma gorge nouée.

En fait, chaque fois que j'y pense, un seul mot me vient à l'esprit : catastrophe. Je ne vois pas comment je pourrais m'en sortir autrement qu'en me tapant l'affiche.

Un nouveau message de Cole m'empêche de poursuivre ma réflexion :

Cole J – BHS

Tu n'as pas d'allergie particulière ?

Cassie Johnson

Pas à ma connaissance.

Cole J – BHS

Bon, on va quand même faire dans le standard. J'ai pas envie de te voir gonfler.

Sa remarque me fait sourire et me détend légèrement. J'ignore comment il a réussi cet exploit.

Cassie Johnson

Je suis tout à fait d'accord avec toi.

La sonnerie met fin à ce creux dans mon emploi du temps. On ne peut pas dire que j'ai bien avancé dans mes devoirs !

Je décide de lui envoyer un dernier message :

Cassie Johnson

À toute, je vais en cours.

Cole J – BHS

Ah, le retour de l'élève studieuse. ☺

Cole J – BHS

À tout à l'heure, belle Cassandra.

Qu'est-ce que j'aime quand il m'appelle ainsi !

Sur une impulsion que je ne manque pas de regretter aussitôt, j'ajoute :

Cassie Johnson

Moi aussi, j'ai hâte.

Cole J – BHS

☺

Je sens que l'attente jusqu'à ce midi va être longue, très très longue !

16
Tic tac

Cassie

Plus l'heure fatidique approche, plus le stress s'empare de moi. Mon corps n'arrête pas de me trahir. J'ai déjà laissé échapper deux fois mon stylo sans le vouloir et failli m'étaler en me relevant de ma chaise. Si cela continue, je n'aurais plus à m'en faire pour mon « rendez-vous » avec Cole, car je serai sur un lit d'hôpital !

Je n'arrête pas de me repasser en boucle ma discussion avec Derek. Je m'efforce de me convaincre que l'invitation de Cole ne cache pas une autre proposition, mais pour l'instant c'est un échec. J'ai eu beau tenir tête à Derek, je suis bien obligée de reconnaître que je pense comme lui. Cole a une idée derrière la tête.

C'est la première fois qu'un garçon m'invite. D'ailleurs, c'est aussi la première fois que l'un d'eux retient mon attention. J'en ai déjà trouvé certains attirants, mais aucun n'a eu autant de pouvoir sur mon corps. Je n'ai qu'à apercevoir Cole pour que les battements de mon cœur se fassent erratiques, que mon estomac se mette à jouer du yo-yo et que mes mains deviennent moites. Les rares fois où nous avons échangé quelques mots, cela a été pire.

En même temps, il faut bien reconnaître que chacune de ces occasions était loin d'être banale. Je suis littéralement tombée dans ses bras. J'ai ouvert par erreur son casier rempli de sous-vêtements et trucs cochons. Je me suis fait surprendre à glisser une lettre perverse dans son casier. Et il m'a invitée à sortir avec lui. Enfin, je veux dire, à manger avec lui !

Et puis, il y a nos discussions quasi quotidiennes sur la messagerie instantanée. Celles que j'attends avec impatience, redoutant le moment où il décidera de passer à autre chose. Je pensais que cela arriverait rapidement. Pourtant, les faits sont là. Cela dure depuis plusieurs semaines, et il continue à lancer cet échange où nous parlons de tout et de rien.

Lors de nos premières discussions, j'avais une boule au ventre à chaque fois que je voyais qu'il m'écrivait, je relisais plusieurs fois mes réponses pour être certaine qu'elles soient parfaites et ne puissent être mal interprétées. Petit à petit, j'ai été plus à l'aise pour lui répondre. Désormais, je ne fais plus de tachycardie à chaque message reçu. Cependant, il y a toujours cette petite pointe d'adrénaline à laquelle je suis devenue accro.

De vous à moi, je crois bien que ce n'est pas la seule chose à laquelle je suis devenue accro. Et je ne suis pas fière de l'avouer. Je m'étais promis de ne pas faire partie des groupies de Cole mais les faits sont là : j'ai un faible pour lui. En même temps, il est quasiment impossible de lui résister. Il est tellement craquant. Et cela va au-delà de son physique de mannequin.

Je ne dis pas qu'il a le profil type du prince charmant mais il est loin d'être insupportable. J'aime beaucoup son humour. Quand il veut, il peut manier l'ironie avec brio et j'adore ça.

Bref, vous l'aurez compris, je suis dans la mouise !

Je ne cesse de me répéter que je ne dois rien attendre de ce déjeuner. Ce n'est qu'un simple repas. Malgré tout, un espoir fou m'anime. Plusieurs scénarios se dessinent dans ma tête. Mon préféré est celui où il me déclare, les yeux dans les yeux, en plein milieu du repas, que je le trouble, qu'il ne cesse de penser à moi depuis des semaines. Il m'avoue ensuite qu'il attend avec impatience chacune de nos discussions et qu'il se les remémore quand il est seul. Puis, il me dit qu'il ne peut plus se voiler la face, qu'il est attiré par moi et qu'il veut que je devienne sa petite amie.

Dans un scénario plus coquin – clairement influencé par mes lectures – il m'avoue que je monopolise ses pensées, notamment quand il se retrouve seul dans son lit, la main sur son sexe. Inutile de vous préciser dans quel état me met celui-ci.

Pourtant, je sais que l'un comme l'autre sont stupides et improbables. Cole n'est pas du genre à vouloir d'une petite amie. Derek me l'a assez répété, même s'il m'a tenu un discours complètement opposé tout à l'heure.

De toute façon, Derek n'est pas objectif. Il n'en démord pas : selon lui, si Cole sort avec moi, il aura une chance avec Célia. À partir de là, il est prêt à dire n'importe quoi.

Sa « relation » avec Célia me fait sourire et d'un côté elle me touche aussi. Il n'a jamais vraiment eu l'occasion de discuter plus de cinq minutes avec elle (il me l'a avoué), et pourtant, il semble tellement épris d'elle. Il est sous le charme de cette fille sans la connaître réellement. Quand je le lui ai fait remarquer, il m'a répondu, horrifié :

— Bien sûr que je la connais ! Je sais tout ce qu'elle aime. Je connais chacune de ses expressions. Je sais par exemple quand ce salaud de Cole lui brise le cœur. Je connais ses passions, ses goûts en matière de musique, de nourriture. Je sais aussi que c'est une fille au grand cœur. Elle a beau avoir un physique de rêve, elle est super et pas du tout prétentieuse.

Il m'a ensuite déroulé toute la liste de ses qualités, me confirmant deux choses : il est vraiment accro à elle et il est un peu flippant.

Quant au scénario coquin, je me contenterai de dire que j'ai eu l'occasion d'observer de loin Cole en compagnie de filles. Je suis loin de tenir la comparaison. Elles et moi ne jouons pas dans la même catégorie. Derek a beau passer son temps à dire que je suis la fille la plus belle du lycée, je sais que c'est une plaisanterie. Je ne lui en veux pas, je suis simplement lucide.

Malgré tous ces bons arguments, je n'arrive pas à tuer cet espoir débile que Cole souhaite en effet me demander de sortir avec lui. En fait, je crois que ce soir, une fois seule dans ma chambre, je lâcherai quelques larmes parce qu'il ne l'aura pas fait.

J'essaie d'interrompre le fil de mes pensées mais je n'arrête pas de me demander ce que cela ferait d'être sa petite amie.

Il n'y a qu'un chemin que je m'interdis d'emprunter lors de mes divagations, celui qui a trait à ma maladie. Je me refuse à lister toutes les bonnes raisons pour lesquelles, de toute façon, Cole et moi c'est impossible. Il y en a tellement !

Je regarde ma montre pour la millième fois depuis le début de mon dernier cours de la matinée.

Mince ! il ne reste que cinq minutes avant la fin, donc avant que je parte rejoindre Cole. Maintenant que j'y pense, je n'aurais pas dû accepter que l'on se rejoigne devant les marches du bâtiment principal. Il y aura plein de monde. Je vais me ridiculiser, c'est certain.

Seigneur, c'est la première et dernière fois que j'accepte pareille invitation, c'est bien trop stressant. J'en viens même à regretter que ma route ait croisé celle de Cole. Mais ce regret ne fait pas long feu parce que j'adore toutes les sensations intenses qui s'emparent de moi, même si elles ne sont pas toutes agréables. Je me sens vivante comme jamais.

Alors que je repars pour une séance masochiste de torture intellectuelle, je suis sauvée par la cloche qui met fin au capharnaüm de mes pensées. J'en viens même à souffler de soulagement. Soudain, mon corps entre en ébullition. Ça y est, l'heure est arrivée. Je vais rejoindre Cole Johnson, putain ! Je répète, je vais retrouver Cole Johnson car il m'a invitée.

Par je ne sais quel miracle, je parviens à ranger mes affaires sans provoquer une catastrophe, ce qui est un exploit en soi. Je décide d'y voir un bon présage. Peut-être que je vais réussir à prendre ce repas sans me ridiculiser en laissant tomber la nourriture de ma fourchette !

Je sors de la salle de cours, les jambes un peu instables, mais j'ai connu pire. Le sang pulse dans mes oreilles, alors que mes pas me conduisent à notre point de rendez-vous. Le hasard (ou pas) fait que j'ai justement cours dans le bâtiment principal. Je vais donc faire mon apparition en haut des marches, comme dans les films romantiques que j'ai pu regarder. Enfin, avec ma chance, Cole ne sera pas encore arrivé, ce qui ne serait pas plus mal, j'aurai ainsi moins la pression.

La porte est maintenant dans ma ligne de mire. Le sang se met à battre tellement fort dans mes veines que je l'entends jusque dans mes oreilles. Je n'ai jamais été dans un tel état. Même pour mes EMG. Cette fébrilité, je l'aime et je la déteste tout à la fois. En revanche, je serai incapable d'y survivre dix minutes de plus !

Suivant le flot des élèves, je me retrouve enfin dehors, en haut des marches. Sans perdre une seconde, mes yeux viennent immédiatement se fixer plus bas.

Il est là.

Un gars est en train de lui parler mais il se retrouve rapidement seul et se retourne pour regarder les escaliers. Je ne suis plus qu'à quelques marches de lui quand nos regards se croisent.

Et soudain, c'est le drame.

17
La chute

Cole

Cette fille est une sorcière, j'en suis persuadé. Elle m'a jeté un sort pour envahir mes pensées et ne jamais les quitter !

Je ne suis pas un élève super studieux mais je ne suis pas non plus un cancre. Pourtant, je serais bien infoutu de répéter une seule des informations que je suis censé avoir apprises ce matin. Mon esprit a été accaparé par une seule chose, ou plutôt une seule personne : Cassandra Johnson.

Elle n'est pas la première à retenir mon attention, mais elle est la seule à m'obnubiler de la sorte. Le pire étant que le phénomène semble s'amplifier avec le temps, au lieu de s'atténuer comme je le pensais.

Toute la matinée, je peaufine ma stratégie. Je tente de trouver la meilleure façon d'amener Cassandra à accepter de sortir avec moi. D'ailleurs, rien que ce fait est à graver dans les annales. Moi, Cole Johnson, je me suis fait des nœuds au cerveau pour déterminer comment demander à une fille de devenir ma petite amie. Si quelqu'un m'avait dit ça le premier jour de la rentrée, je lui aurais ri au nez.

Je me suis toujours retrouvé dans une position où l'on me propose et où je dispose.

Sauf avec elle.

Cassandra n'a jamais rien tenté avec moi. Elle n'a fait aucune allusion à la subtilité discutable pour me faire comprendre qu'elle n'attendait qu'un geste de ma part. C'est certainement pour cette raison que je suis un brin stressé, alors que midi approche à grand pas. Je suis également vachement excité. J'ai hâte d'y être, tout en redoutant le moment. C'est très étrange comme sensation.

Après ces quelques semaines à discuter ensemble, j'ai appris à la cerner. Je sais que mon numéro habituel ne fonctionnera pas avec elle. Je ne peux pas compter sur ma popularité pour faire pencher la balance de mon côté. Au contraire, j'ai bien peur que ce ne soit un sacré handicap cette fois. Il n'y a qu'à voir sa réaction lorsque je lui ai demandé de déjeuner avec moi. À croire qu'elle a honte d'être vue avec moi ! C'est bien une première me concernant.

Alors que retentit la cloche annonçant la fin des cours, j'en suis encore à m'interroger : est-ce une bonne chose de profiter de ce repas pour faire ma demande ?

Peut-être que je parviendrai à lui faire baisser sa garde si je m'en tiens au programme annoncé : faire plus ample connaissance.

D'un autre côté, elle est loin d'être idiote. Elle a dû comprendre ce que sous-entendait mon invitation. Et pourtant, elle a accepté de venir. Donc, si je ne le fais pas, elle risque d'être déçue. Cela pourrait même griller toutes mes chances.

Je suis en plein dilemme et je n'ai pas encore fait mon choix. J'aviserai le moment venu, en fonction de la tournure que prendra le début de notre repas.

Je lui ai donné rendez-vous aux pieds des marches du bâtiment principal car mon cours est dans la salle la plus proche des escaliers. Je suis ainsi certain de ne pas la louper. D'ailleurs, je suis le premier sorti de la salle.

Il me semble l'avoir déjà aperçue dans les parages à cette heure-ci, je suis donc presque certain qu'elle a également cours dans ce bâtiment. Après tout, le lycée n'est pas si grand. Il m'arrive d'ailleurs souvent de la voir de loin, mais j'essaie de ne pas trop la chercher des yeux, je suis déjà suffisamment accro à mon goût.

Je viens de me poser en bas de l'escalier, lorsque Calvin vient me rejoindre.

— Qu'est-ce tu fous, Cole ? Viens manger.

Mince, j'ai été tellement pris par cette histoire de rendez-vous que j'ai oublié de prévenir Calvin.

— Je ne mange pas avec vous ce midi.

— Ah bon ?

— Ouais, je sors.

— Tu m'en diras tant.

Calvin et moi, on est potes depuis le bac à sable. On se connaît très bien. Je ne suis donc pas vraiment surpris quand il me demande :

— Je la connais ?

Bien évidemment, il sait que si je ne déjeune pas sur le campus et que je ne lui ai pas proposé de se joindre à moi, c'est qu'il y a une fille derrière tout ça, même s'il est assez rare que je le fasse.

Ma première réaction est de nier en bloc, non pas que j'aie honte de ce que je vais faire, mais j'ai juste envie de garder Cassandra pour moi seul. Sauf que c'est stupide car dans moins de dix minutes, la moitié du campus l'aura vue monter dans ma voiture. D'ailleurs, je me demande si elle en a conscience. Enfin, je me garderai bien de le lui faire remarquer. En d'autres termes, il serait stupide de ma part de cacher à Calvin ce que j'ai prévu de faire ce midi et avec qui.

Je lui réponds donc d'un air détaché :

— La fille qui traîne toujours avec Smith.

Je ne peux manquer la lueur taquine qui vient illuminer ses pupilles, ni la pointe d'humour dans sa voix lorsqu'il me répond :

— Ah, cette fille-là.

Histoire d'enfoncer le clou et de me montrer à quel point je suis dans la merde, il ajoute :

— Celle que tu as secourue le premier jour ? Celle qui porte ton nom ? Celle qui semble *a priori* insensible à ton charme de Casanova ?

Cette dernière remarque me fait grincer des dents.

— Ouais, cette fille-là, je siffle. Et elle n'est pas insensible à mon charme, comme tu dis. Elle est simplement plus réservée que les filles qui nous tournent autour et qui ont le feu au cul.

— Si tu le dis. En tout cas, j'espère que tu arriveras à conclure. C'est la première fois que je te vois aussi mordu.

Et moi donc ! Le pire étant que je n'arrive même pas à savoir si j'aime ça ou si je déteste.

— Bon, je te souhaite bonne chance, alors.

Je vais en avoir besoin en effet.

— Merci.

— On se tient au jus ?

— OK.

— Il va de soi que je veux avoir la primeur de la rencontre avec ta première petite amie depuis des lustres.

Il me lance un clin d'œil avant de se barrer, me laissant comme un con. L'expression me paraît encore plus étrange venant de sa bouche que lorsque c'est moi qui la pense. Pourtant, elle ne me semble pas ridicule. Simplement inhabituelle.

Désormais seul, je me retourne vers les escaliers. C'est alors que je la vois.

Malgré la nuée d'élèves, mes yeux se posent immédiatement sur elle, comme s'ils étaient dotés d'un super radar capable de la trouver dans une foule.

Nos regards se croisent et je vous jure que je sens un courant électrique me traverser tout le corps. Jusqu'à présent, j'ai réussi à garder la mainmise sur mon corps. Sans le savoir, Cassandra vient de me la piquer. Elle est désormais aux commandes et fout un sacré bazar.

Mec, t'es foutu !

Je crois bien.

Ce contact visuel ne dure qu'une nanoseconde, mais elle m'ébranle tout entier. À toute vitesse, j'essaie de trouver comment l'aborder. Rien de ce que j'ai l'habitude de dire aux filles ne fonctionnera avec elle et c'est ce qui me plaît.

Malheureusement, à peine ai-je le temps d'y penser que je la vois trébucher et s'effondrer dans les escaliers.

Je m'élance immédiatement dans une vaine tentative pour la rattraper, mais cette fois, je ne suis pas assez rapide. Quand j'arrive à son niveau, Cassandra a déjà dégringolé pour finir à genoux en bas des marches.

Avant que quiconque réalise ce qui vient de se passer, je suis à terre, à côté d'elle, affolé comme je ne l'ai jamais été.

— Cassandra, ça va ?

Elle est toujours à genoux, la tête baissée et ma panique monte d'un cran. Sans vraiment y réfléchir, j'attrape son visage à deux mains pour le lever vers moi. Dès que nos peaux entrent en contact, un courant me traverse.

Quand je peux enfin croiser son regard, je répète :

— Est-ce que ça va ?

Dans ses yeux, je vois briller quelques larmes de douleur et de honte. Ce mélange me fait l'effet d'un véritable coup de poing dans les tripes. Le spectacle est insoutenable. J'ai envie de chasser toutes ces émotions pour ne plus jamais les revoir dans son regard ambré.

Après quelques secondes, elle prend une profonde inspiration, comme pour retrouver la maîtrise de ses émotions. Elle me répond alors d'une voix légèrement tremblotante :

— Ouais.

— Est-ce que tu es blessée ?

Au lieu de me répondre, elle tente de se relever et je suis le mouvement pour me tenir prêt, au cas où.

Je fais bien. Dès qu'elle pose son pied droit au sol, elle pousse un cri de douleur et repart en direction du bitume. Cette fois, je suis là et assez prompt pour lui éviter une nouvelle chute.

Je me serre de mon corps pour que le sien ne soit pas à nouveau meurtri.

— Ma cheville, se plaint-elle.

Je comprends alors qu'elle a certainement dû se la tordre dans sa chute ou, pire, se la casser. Rien d'étonnant, elle a même de la chance de ne pas s'être rompu le cou.

— Attends, ne bouge pas, je vais te porter jusqu'à l'infirmerie.

Il me semble l'entendre pousser un petit gémissement avant qu'elle réponde :

— T'en fais pas. Je vais me débrouiller.

— Tu rigoles ? Je ne vais pas te laisser poser le pied au sol. Il ne faut pas que tu sollicites ta cheville, tant que l'on ne sait pas si c'est grave.

Avant qu'elle ne proteste inutilement, je prends les choses en main. Je modifie légèrement mes appuis et parviens à la faire basculer pour qu'elle atterrisse dans mes bras, à la façon d'une jeune mariée. Son poids ne me fait pas du tout chanceler. Je n'ai jamais été aussi heureux d'être doté d'une musculature puissante. Je me relève ensuite et me voilà debout portant le plus beau des colis. Le plus bandant, aussi, même si j'essaie d'en faire abstraction. Je n'ai pas besoin de me retrouver avec une trique d'enfer en ce moment.

Craignant de basculer tête la première, Cassandra vient agripper ma nuque de ses doigts graciles et se blottit un peu plus contre mon buste. C'est la première fois que je porte une fille ainsi et je suis frappé par l'intimité de cette position.

Durant quelques instants, je bugge. Je la fixe et elle en fait de même. Plus rien n'existe que nous. Ce moment est particulier. J'ai l'impression que rien ne sera plus pareil après, sans pouvoir l'expliquer.

Elle est la première à détourner les yeux et je lui en veux un peu. Elle regarde autour de nous et je la sens se raidir. Je prends alors conscience que beaucoup d'élèves ont les yeux rivés sur nous. Je comprends son malaise. Elle a déjà prouvé par le passé qu'elle n'appréciait pas d'être le centre de l'attention. De toute façon, dans ces circonstances, personne n'aimerait ça.

Un brin hargneux, je grogne :

— Circulez, y a rien à voir !

Immédiatement la foule se disperse. Il n'y a pas à dire, bénéficier d'une certaine notoriété peut avoir du bon. Chacun passe son chemin. Certes, les regards curieux dans notre direction persistent mais ils se font plus discrets.

Plus ou moins satisfait du résultat obtenu, je m'apprête à prendre la direction de l'infirmerie lorsque j'entends :

— Cassie !!

Je me retourne et vois Smith arriver à notre niveau en courant, l'air paniqué.

— Eh, ma belle, ça va ?

En l'entendant l'appeler ainsi, je me tends et lui lance un regard assassin. Il est sans effet car Derek est entièrement focalisé sur Cassandra.

— Ouais, ça peut aller, marmonne-t-elle.

Elle a les joues rouges et je la trouve adorable. C'est certainement le résultat de la honte qu'elle ressent, mais je me plais à croire que c'est le fait d'être dans mes bras qui la trouble ainsi.

— Tu veux que je te conduise à l'infirmerie ? demande Derek.

Il commence à me les gonfler sérieusement celui-là.

— C'est bon, Smith, tu ne vois pas que je m'en charge déjà ? j'aboie à moitié.

Prenant la défense de son ami, Cassandra répond :

— Derek peut s'en charger, je suis sûre que tu as mieux à faire de ta pause déjeuner.

Est-ce si désagréable d'être dans mes bras ? Préférerait-elle être dans ceux de Derek ?

Cette idée me fait grincer des dents. Ai-je été suffisamment aveugle et imbu de moi pour ne pas me rendre compte que Cassandra n'est pas intéressée par moi, mais par Derek ? Cette hypothèse me hérisse le poil, mais elle n'est pas complètement dénuée de sens.

Je ne veux surtout pas qu'elle ou Derek remarquent que sa réponse m'a blessé. Je prends donc sur moi pour rétorquer le plus naturellement possible :

— Je te rappelle que je suis censé la passer avec toi, donc le seul changement de programme, c'est que nous n'irons pas là où j'avais prévu. Mais si tu préfères que Smith t'y conduise, pas de problème.

En réalité, si, il y en a un gros, mais je ne veux pas qu'elle le découvre et exerce encore plus de pouvoir sur moi. Elle en a déjà trop à mon goût.

Heureusement pour moi, elle répond les joues brulantes :

— Non, si cela ne te dérange pas, je veux bien que tu m'y conduises.

Sa réponse a le mérite de calmer immédiatement mon ressentiment, tout en rallumant le brasier qui avait commencé à naître un peu plus tôt dans mon corps. Elle vient ouvertement de me choisir, moi.

Je dois me retenir de lancer un regard triomphant à Derek. J'y parviens au prix d'un grand effort. Il me semble en revanche entendre ce dernier marmonner : « Tu m'étonnes. » Mais je n'y prête pas attention. Elle m'a choisi, c'est l'essentiel.

— Alors, c'est parti.

Suis-je le seul à avoir remarqué que ma voix est remplie de trémolos ? Je l'espère.

18
Souvenirs douloureux

Cassie

Je suis assaillie par mille émotions. Dans ma tête, le présent se télescope avec le passé. La douleur à ma cheville ravive des souvenirs pénibles que je m'efforce continuellement de chasser mais qui s'échinent à venir me hanter. En général, ils refont surface la nuit, lorsque je suis prise de crampes qui m'empêchent de dormir.

Cole m'emmène à l'infirmerie mais je sais déjà ce que j'ai. Je me suis à nouveau tordue la cheville, la même que la dernière fois. Est-ce un signe du destin pour me dire que je dois mettre un terme à cette relation naissante entre Cole et moi ? Peut-il être aussi cruel ? Malheureusement, je le sais d'expérience, il me suffit de me souvenir de ce moment horrible où ma vie a basculé.

La porte du médecin s'ouvre et le patient précédent en sort. Mes parents et moi nous levons de nos sièges en plastique franchement inconfortables et nous dirigeons pour prendre sa place.

— M. Johnson, Mme Johnson, Cassie, nous salue-t-il.

Je trouve qu'il a une drôle d'expression. Il semble grave. Peut-être a-t-il eu une mauvaise journée ? Cela peut arriver à tout le monde. Je suis mal placée pour lui jeter la pierre. Après tout, j'ai fait une sacrée chute ce matin en cours de sport parce que j'ai lâché la corde sans raison apparente. Un instant, je la tenais fermement, le suivant, mes mains se sont crispées et elle m'a glissé entre les doigts. Ma chute devait être sacrément impressionnante parce que le prof était aussi blanc que de la craie, tout comme quelques élèves. Le fait que je me sois évanouie sous le choc n'a pas dû aider. Quand je suis revenue à moi quelques secondes plus tard, on m'a interdit de me lever. J'ai dû attendre les secours, allongée sur le matelas de protection.

Bonjour la honte !

Une fois à l'hôpital, on m'a fait passer une IRM et un scanner. Après ça, j'ai enfin eu l'autorisation de retirer la minerve de malheur dont on m'avait affublée par mesure de précaution.

C'est là que les choses ont pris une tournure assez étranges. Le médecin qui s'occupait de moi a demandé d'autres examens. J'ignore pourquoi puisque je n'ai pas vraiment mal. Certes, la chute était un peu impressionnante, mais cela fait des heures que je répète que je me sens bien. Sur le coup, j'ai été un peu choquée mais c'est normal. Depuis, tout va bien.

Ne tenant pas compte de mes déclarations, on m'a collé des trucs bizarres sur les bras et les jambes pour faire des tests sans que j'en comprenne l'intérêt. Ma mère a demandé pourquoi on me faisait passer des électromyogrammes, mais on lui a répondu que le médecin allait tout nous expliquer prochainement.

Nous devrions donc être fixés sous peu. Nous nous installons à son bureau et il vient nous rejoindre. Il fouille ensuite dans les papiers entassés devant lui et en tire un dossier que je suppose être le mien. Il doit contenir le résultat de mes analyses. Il le feuillette mais j'ai l'impression étrange qu'il fait surtout ça pour gagner du temps.

Après une interminable minute de silence, il pousse un soupir, se redresse dans son siège, pose ses deux index sur sa bouche – comme s'il cherchait par où commencer – puis il se décide enfin à parler :

— Comme vous le savez, j'ai demandé des analyses complémentaires en plus de l'IRM que Cassie a passée.

Sa phrase n'est pas vraiment une question et il ne s'adresse pas vraiment à moi en particulier, il n'empêche que je hoche tout de même la tête.

Cette fois, il se tourne vers moi :

— Dans ton dossier, il est inscrit que tu t'es fait une entorse il y a quelques semaines. Lors de l'examen, ton médecin a décelé des réflexes anormaux.

Nouveau hochement de tête de ma part. De toute façon, que pourrais-je dire ? Son air grave et sérieux commence réellement à me faire flipper. Je ne sais pas où il veut en venir.

— Je l'ai contacté pour échanger avec lui. Il m'a dit qu'il comptait justement te revoir pour faire des examens complémentaires afin de comprendre d'où pouvait venir le problème. Ce sont ceux que je t'ai fait passer.

C'est imperceptible, mais ma mère vient de se tendre sur sa chaise.

Tout le monde est conscient qu'un malaise gros comme un éléphant plane dans cette pièce. Cette sensation est franchement inconfortable. Cet entretien commence à m'énerver prodigieusement. Habituellement, je suis une fille polie, mais ce brave docteur joue avec mes nerfs. Je lui ordonne donc :

— Arrêtez de tourner autour du pot, Docteur. Dites-nous ce qu'il en est.

Il me lance un regard triste en réponse à mon effronterie, avant de cracher enfin le morceau :

— Ton IRM a révélé des anomalies de signal représentées par un hypersignal du faisceau pyramidal visible sur les séquences pondérées en T2 et sur les séquences en inversion récupération T2 au niveau cérébral[1].

---

1. H. Megdiche Bazarbacha, R. Jeribi, R. Sebai, M. Zidi, S. Touibi, « Aspect en IRM de la sclérose latérale amyotrophique », *La Presse médicale*, Vol 34, N° 20-C1, novembre 2005, p. 1556, www.em-consulte.com/en/article/102540

Inutile de vous préciser que je ne comprends pas un traître mot de ce qu'il vient de dire. Je sais qu'il en va de même pour mon père. Seule ma mère a compris, vu qu'elle est médecin. Je me tourne donc vers elle. Elle est livide.

Merde !

Je ne sais pas ce que le médecin est en train de dire, mais je devine que ce n'est pas une super bonne nouvelle, du genre : « Votre IRM a montré que vous êtes surdouée » ou bien « Elle a montré que vous avez des supers pouvoirs. » Il semblerait plutôt que ce soit du style « Votre IRM a révélé que vous avez une putain de tare au cerveau. »

Maintenant qu'il est lancé, ce cher docteur n'arrête plus son explication. J'ai un peu l'impression qu'il s'y accroche comme un naufragé à sa bouée.

— À cause de ces résultats et de l'exagération de tes réflexes ostéo-tendineux, je t'ai fait passer un électromyogramme afin de n'écarter aucune piste. Malheureusement, ils vont tous dans le même sens.

Il prend une respiration avant de conclure son petit discours :

— Même si les cas juvéniles sont extrêmement rares, Cassie, tu es atteinte d'une sclérose latérale amyotrophique.

Encore un terme que je ne comprends pas, mais ça n'a pas l'air super cool. Soudain, ma mère se met à éclater en sanglots et je comprends que c'est du genre vraiment mais alors vraiment pas cool.

Mon père et moi nous tournons d'un même mouvement vers elle. Je porte ensuite mon attention sur mon père. On se regarde avec plus ou moins la même expression mêlant incompréhension et peur.

En dix-sept ans, c'est la première fois que je vois ma mère pleurer et cela me fait tout bizarre. Je ne sais pas ce qu'est la sclérose machin-chose mais visiblement, ce n'est pas une super bonne nouvelle.

Cette fois, c'est mon père qui s'énerve après le médecin.

— Docteur, cela vous ennuierait d'être plus clair ? Au cas où vous ne l'auriez pas remarqué, ma fille et moi ne comprenons rien à votre charabia.

Si l'instant n'était pas aussi grave, je sourirais à cette remarque cinglante de mon paternel.

— Désolé, Mr Johnson. La sclérose latérale amyotrophique, ou SLA, est aussi connue sous le nom de maladie de Charcot.

Cette fois, c'est au tour de mon père de devenir livide. Il sert ses mains jusqu'à s'en faire blanchir les jointures.

Moi, je suis toujours dans le flou le plus total. Je n'ai jamais entendu parler de cette maladie, donc cette précision ne suffit pas à éclairer ma lanterne. Heureusement, le médecin poursuit son explication :

— C'est une maladie neurologique qui atteint certaines cellules nerveuses responsables de la motricité volontaire, autrement dit la contraction des muscles sous l'influence

de notre volonté. Dans un premier temps, elle se manifeste sous deux formes. La première, dite spinale, impacte les muscles volontaires de la marche et de la respiration. Cela se traduit généralement par des crampes, une tendance accrue à trébucher, des faiblesses passagères des muscles qui font lâcher des objets ou des contractions involontaires. La deuxième forme est appelée bulbaire. Elle se manifeste par une diminution des capacités d'élocution et de déglutition avec parfois une salivation abondante.

C'est actuellement mon cas. Je sens une boule m'obstruer la gorge, mais cela n'a rien à voir avec cette forme bulbaire, comme il l'a appelée. Non, c'est simplement que la description des symptômes de la première forme me semble bien trop familière.

Toujours l'air grave, il me demande :

— Est-ce qu'un de ces symptômes te parle ?

J'ai l'impression que son regard me supplie de le détromper en affirmant que je n'ai jamais été la proie d'aucune de ces défaillances. Malheureusement, je ne peux pas.

Je fais une première tentative, mais les mots refusent de sortir. Je me racle la gorge et parviens enfin à lui répondre d'une voix incertaine :

— Cela fait quelques mois que je trébuche de plus en plus souvent et que je souffre de crampes.

Ma mère tourne son visage ravagé vers moi et me demande entre deux sanglots :

— Pourquoi ne nous en as-tu pas parlé, ma chérie ?

Démunie, je bredouille :

— Je pensais que j'étais maladroite et que je ne buvais pas assez. Tu m'as toujours dit que c'était souvent pour cette raison que l'on a des crampes.

Le regard de ma mère se fait encore plus torturé.

Je sens qu'un détail m'échappe mais j'ignore lequel. Les trois autres personnes dans cette pièce ont l'air vraiment mal et je n'en saisis pas la raison exacte. Le médecin vient de me dire que j'avais le cerveau défaillant mais en quoi est-ce si catastrophique ? Il faut que je sache.

— Vous êtes certain que je suis atteinte de cette maladie ?

— Oui, me répond le médecin.

— Ok. Quel est le traitement ?

Dans ma tête, je me vois déjà perdre tous mes cheveux. J'avoue que cette idée me terrifie. Je suis à deux doigts de me mettre à pleurer.

— Il n'y en a pas, répond alors le médecin.

Pardon ?

— Il existe seulement des médicaments pour essayer d'atténuer les effets néfastes de la maladie durant sa progression, enchaîne-t-il.

Je sens que la question suivante est capitale et déterminante. Je mentirais si je disais que je n'ai pas les mains moites et une boule au ventre lorsque je demande d'une petite voix :

— Et vers quoi évolue-t-elle ?

Le médecin plante son regard désolé dans le mien :

— La mort.

Les sanglots de ma mère déchirent le silence pesant, bientôt rejoints par ceux de mon père, ce qui m'ébranle un peu plus. Mon monde s'écroule sous mes yeux et j'ignore quoi faire. Je suis totalement impuissante.

Je voudrais consoler mes parents, leur dire que tout ira bien, mais visiblement ce serait un gros mensonge. Ou leur annoncer que ce n'est pas grave, sauf que la mort l'est toujours.

Une partie de moi est surprise de ma réaction. Contrairement à mes parents, je ne pleure pas. En fait, dans cette pièce, je semble être la moins dévastée par cette nouvelle alors que je suis la principale concernée. Pour être honnête, je ne réalise pas vraiment ce que l'on vient de m'annoncer. J'ai compris les explications du médecin sans pour autant me rendre compte de leur signification.

Je me doute que cet état de détachement total n'est que temporaire. Quand la réalité va me tomber dessus, elle va le faire avec la violence d'un bus lancé à toute vitesse. Mais en attendant, je dois en profiter pour récolter le plus d'informations possible. Je m'oblige donc à poursuivre mon interrogatoire et à poser cette terrible question :

— Il me reste combien de temps ?

Le médecin retire ses lunettes et se frotte les yeux. À cet instant, j'ai l'impression que tout le poids du monde pèse sur ses épaules. Après les avoir remises, il tente de me répondre d'une voix assurée, mais en vain. J'entends les trémolos qu'il essaie de masquer.

— C'est difficile à dire. Généralement, la SLA se développe chez des personnes ayant dépassé la cinquantaine. Comme je le disais tout à l'heure, les formes juvéniles sont rares, nous n'avons donc pas assez de recul pour avoir des statistiques fiables.

OK, donc je suis comme le pauvre malchanceux qui se prend la foudre sur la tête. J'ai l'impression que le médecin tourne autour du pot et ça m'énerve. Hargneuse, je lui ordonne :

— Docteur, venez-en au fait !

Et là, le couperet tombe :

— Entre six mois et cinq ans.

Le sang se met à pulser furieusement dans mes veines, m'assourdissant. La voix du médecin me semble soudain très lointaine.

Six mois ?

Six putain de petits mois ?

Je sens que je suis sur le point de partager le désespoir de mes parents, mais je m'y refuse. Je ne veux pas m'écrouler maintenant car je ne me relèverai pas de sitôt.

Je me force donc à reporter mon attention sur le médecin pour écouter la suite de sa réponse :

— Tout va dépendre de la vitesse à laquelle la maladie évolue. Nous allons prévoir des examens réguliers.

Dans ma tête, je ne peux m'empêcher de penser que je suis de plus en plus « maladroite » et que mes crampes sont de plus en plus fréquentes. Je suis persuadée que c'est mauvais signe. Très mauvais signe.

La fin de la consultation de déroule dans un brouillard de tristesse et de désespoir. Après s'être excusé pour la mauvaise nouvelle dont il est porteur, le médecin promet de faire tout ce qui est en son pouvoir pour nous accompagner au mieux dans cette terrible épreuve, autrement dit jusqu'à ma mort programmée.

Nous convenons ensuite d'un prochain rendez-vous, puis il insiste pour appeler un taxi car mes parents sont trop bouleversés pour conduire.

Dans un moment d'humour cynique, je lance :

— Vous avez peur de quoi ? Que je meure dans un accident de voiture ?

Et là, j'éclate en sanglots.

19
Douleurs passées et présentes
Cassie

Je frissonne en repensant aux jours qui ont suivi cette terrible annonce. Il nous a fallu de longues semaines à mes parents et moi pour nous en remettre. Enfin, plutôt pour accepter mon sort, car il est impossible de se remettre de ces choses-là. Cela fait maintenant plus de six mois que l'on m'a prédit ma mort prochaine et je ne peux vous décrire la rage qui s'empare de moi chaque fois que j'y pense.

Le point positif, c'est que j'ai déjà dépassé l'estimation basse.

Oui, je sais, maigre consolation mais on fait comme on peut pour se remonter le moral. Je vous l'ai dit, je veux m'attarder le moins possible sur ce qui m'attend parce que c'est tout simplement horrible. Donc, je me concentre sur le présent.

Et justement, celui-ci se rappelle à moi quand j'entends la voix de Cole me demander :

— Est-ce que ça va ?

Nickel, j'étais simplement en train de penser à ma mort qui devrait arriver dans les mois à venir.

Je m'en veux aussitôt pour cette pensée cynique. Je refuse de devenir amère.

— Ça va, j'ai simplement mal à la cheville.

— Ne t'inquiète pas. Nous sommes bientôt arrivés.

En effet, j'étais tellement perdue dans mes pensées que je n'ai pas vu le chemin parcouru et l'infirmerie est déjà à cent mètres devant nous.

Maintenant que je ne suis plus plongée dans mes sombres souvenirs, je réalise que je suis toujours pendue à son cou. Je l'ai fait de manière instinctive lorsqu'il s'est relevé, de peur de basculer la tête la première, mais je ne l'ai pas lâché depuis. J'hésite à le faire. Comme il n'a pas l'air de s'en plaindre, qu'il n'a fait aucune remarque à ce sujet et que je suis déraisonnable quand il s'agit de Cole, je ne bouge pas et reste dans cette position qui me plaque contre son torse à chacun de ses pas.

Une partie de moi savoure l'instant présent. Je n'ai jamais eu de contact aussi rapproché avec un garçon. C'est certainement pour cette raison que je me sens aussi troublée par notre position. Du moins, j'essaie de m'en convaincre. Ceci dit, je doute que j'aurais ressenti la même chose dans les bras de Derek ! Et pourtant, j'aurais pu. Cole m'a laissé le choix. Je prends surement mes rêves pour la réalité mais j'ai eu l'impression qu'il lui en coûtait de me faire cette proposition.

Ouais, pas de doute, tu prends tes rêves pour la réalité.

Je n'arrive pas encore à réaliser la scène qui vient de se dérouler et ses conséquences. En revanche, j'ai bien remarqué les nombreux regards curieux que nous ont lancés les autres élèves. Je ne peux pas leur en vouloir, j'aurais certainement agi de la même façon à leur place. Cependant, je suis reconnaissante à Cole d'y avoir mis un holà. Pour la première fois, je vois un avantage à sa notoriété.

Alors que je suis tout contre lui, je ne peux m'empêcher de remarquer à quel point il est canon, musclé, galant et sent super bon.

Quand je prends conscience que je suis en train de le renifler discrètement, je me trouve franchement ridicule. Pour le coup, je comprends enfin le pauvre papillon qui s'approche trop près de la lampe. Je me suis toujours demandé s'il ignorait le risque encouru (alors qu'il voit ses petits copains se faire griller à côté de lui). Maintenant, je connais la réponse. Il le sait, mais il s'en fout parce que c'est trop tentant. Littéralement irrésistible.

Avant de me faire surprendre à jouer les chiens renifleurs, je stoppe à regret mon manège. J'ignore la marque de son parfum mais je valide à 100 %. Il exerce un pouvoir d'attraction surpuissant. À moins que ce ne soit le garçon qui le porte.

Il n'y a pas à dire, je suis sérieusement atteinte.

Mes pensées dérivent ensuite vers le regard échangé quand il m'a prise dans ses bras. Il m'arrive très rarement de regarder les gens dans les yeux. Il paraît que c'est le trait des gens malhonnêtes. Personnellement, c'est simplement que cela me met mal à l'aise.

Seuls mes parents y avaient le droit, mais ce n'est plus le cas. Maintenant, je ne supporte pas ce que j'y vois. Leur souffrance me déchire le cœur.

En revanche, l'échange avec Cole m'a tout simplement excitée. Durant un bref instant qui m'a semblé durer une éternité, je me suis noyée dans ses prunelles azurées et elles m'ont retournée. Je me suis toujours demandé si les auteurs des livres que je lis inventaient toutes ces sensations ressenties par les héroïnes.

Un simple regard ne peut pas provoquer une telle excitation ? Eh bien si.

Le fait d'être aussi proche d'un garçon ne peut pas faire naître une nuée de papillons dans le ventre ? Eh bien si.

Une étreinte, somme toute assez banale, ne peut pas paraître aussi torride ? Eh bien si.

Maintenant, j'en suis persuadée, les auteurs de romance couchent une partie de la réalité sur le papier.

Du coup, je me demande ce qu'il en est de l'après. Je veux bien sûr parler du sexe.

Heureusement, l'arrivée à l'infirmerie interrompt mes réflexions. Le plus délicatement possible, Cole me dépose sur le lit au matelas inconfortable pour que l'infirmière puisse m'examiner.

Dès que je quitte ses bras, la douleur refait surface, comme si le fait d'être blottie contre lui l'avait tenue éloignée. J'ai envie d'y retourner pour la faire disparaître à nouveau.

Uniquement pour cette raison ?

Peut-être pas.

Je m'attends à ce que Cole tourne les talons à peine débarrassé de son fardeau, mais il reste là, à mes côtés. Il explique à l'infirmière ce qui m'est arrivé pendant que je rassemble le peu de neurones encore opérationnels qu'il me reste – et ils ne sont pas nombreux.

J'ai l'impression qu'il se produit le même phénomène que lorsque vous regardez le Soleil ou une lumière vive. Vous êtes aveuglés. Quand vous détournez les yeux, la lumière persiste mais, petit à petit, la vue vous est rendue, faisant disparaître un à un les points lumineux. C'est ce qui se passe actuellement avec mes fonctions cognitives : dans les bras de Cole, elles sont KO. Quand je m'éloigne, elles reviennent peu à peu.

— On va commencer par désinfecter ça, annonce l'infirmière, me tirant ainsi de mes réflexions loufoques.

Au début, je ne comprends pas de quoi elle veut parler. Je suis alors son regard et comprends la raison de la douleur qui irradie au niveau de mes genoux. Je me les suis sacrément écorchés ! De toutes les chutes que j'ai pu faire ces derniers mois, celle-ci est de loin la plus spectaculaire. Et bien sûr, il a fallu qu'elle se déroule sous les yeux de Cole ! Je suis vraiment en passe de devenir la fille la plus poisseuse de Californie !

Cole n'a toujours pas quitté la pièce. Il alterne entre mon visage et mes plaies. L'intensité de son regard me réchauffe en même temps qu'elle me déstabilise. C'est la première fois qu'un garçon me fixe ainsi. Il semble inquiet. On dirait qu'il a envie de me tenir la main pour me soutenir dans cette épreuve douloureuse. Mais ça, c'est simplement le fruit de mon imagination qui se télescope avec mes envies.

Les premières gouttes de désinfectant versées sur mes genoux me tirent de mes réflexions. C'est plus fort que moi, je ne peux retenir un sifflement de douleur.

— Désolée, s'excuse l'infirmière, je sais que ça pique mais il faut nettoyer les plaies, sinon elles risquent de s'infecter.

— C'est rien, j'ai simplement été surprise.

Tu parles ! Ça fait un mal de chien, oui !

Je ne veux pas passer pour une chochotte devant Cole, alors je prends sur moi pour ne pas faire la grimace pendant qu'elle termine de me torturer. Enfin, j'essaie. Elle pose ensuite un pansement sur mes deux genoux et je ne peux retenir un soupir de soulagement à l'idée que cette expérience désagréable est derrière moi.

— Elle a mal aussi à la cheville droite, commente Cole.

Portant son attention sur la cheville en question, l'infirmière commente :

— Eh bien, regardons cela d'un peu plus près.

Elle commence à attraper mon pied. Cette fois, c'est un hurlement qui s'échappe de ma gorge. L'élancement qui me saisit est presque insoutenable. À côté, le désinfectant, c'est une balade à Disneyland.

Cole vient se placer immédiatement à mon niveau, il saisit ma main dans un geste de réconfort qui m'émeut. En parallèle, il siffle à l'infirmière :

— Faites doucement !

— Je l'ai à peine touchée, se défend-elle.

— Eh bien, faites encore plus attention.

Je n'en reviens pas de voir comment il prend ma défense ! J'ai l'impression d'avoir un chevalier servant prêt à terrasser le dragon pour moi. Et j'adore ça !

L'infirmière reporte son attention sur moi et m'explique :

— Désolée, Cassie, mais il faut retirer ta chaussure avant que ta cheville ne soit trop gonflée. Plus on attendra, pire ce sera.

Je prends une inspiration pour que ma voix ne tremble pas trop.

— Je comprends. Je ne m'attendais pas à ce qu'elle me fasse aussi mal. Allez-y.

Elle commence à délacer ma basket. Cette simple opération me fait grincer des dents, mais je fais en sorte de rester stoïque. Sans grand succès.

J'essaie de les retenir, mais quelques larmes perlent au coin de mes yeux. J'ai honte de paraître si faible, mais ça fait trop mal. Et elle n'a pas encore tiré sur la chaussure pour me l'enlever. Aucun doute, je vais douiller.

Soudain, Cole me surprend. Il se rapproche et se colle contre moi pour m'emprisonner dans une étreinte réconfortante.

— Ça va aller, Cassandra, m'encourage-t-il.

Et c'est vrai. Maintenant que je suis dans ses bras, je sais que je supporterai mieux la douleur.

Quand la chaussure quitte mon pied, je m'agrippe furieusement à lui. De son côté, il renforce son étreinte, comme pour absorber une partie de ma douleur. Ses mains passent dans mon dos en un geste apaisant. Je ne me suis jamais sentie aussi bien, ce qui est un sacré paradoxe.

— Voilà, c'est fini, annonce l'infirmière à mon plus grand soulagement.

La sensation de ma cheville à l'air libre est très différente de celle que j'éprouvais lorsqu'elle était comprimée dans ma chaussure. En revanche, la douleur vive est toujours présente.

Sachant le moment le plus difficile derrière moi, Cole s'éloigne un peu et j'ai presque envie de dire à l'infirmière de remettre cette fichue godasse pour retrouver cette délicieuse étreinte.

Elle regarde rapidement l'aspect de ma cheville avant de me dire :

— La bonne nouvelle, c'est qu'elle n'est *a priori* pas cassée. En revanche, tu as une belle entorse. Il faudrait que tu ailles voir le médecin pour qu'il l'ausculte mieux et qu'il te prescrive des médicaments et une attelle. En attendant, je te conseille de ne pas poser le pied au sol pour ne pas aggraver la situation. Rentre chez toi, reste allongée et mets ta cheville en légère surélévation, par exemple en la posant sur un coussin. Je vais te faire un mot d'excuse. On peut venir te chercher ?

Avant que je ne puisse répondre, Cole déclare :

— Je vais la reconduire chez elle.

Une partie de moi a envie de refuser. Je ne veux pas abuser. Mais l'autre, qui prend le dessus, veut passer ces minutes supplémentaires en sa compagnie. En plus, je n'ai pas envie d'inquiéter mes parents et de les obliger à quitter leur travail pour venir me chercher, même si je sais qu'ils le feraient sans hésiter. Ils s'attendent à tout moment à recevoir ce genre d'appels. C'est pour cette raison qu'ils ne voulaient pas que je vienne au lycée et préféraient que je reste étudier à la maison, sous leur surveillance, mais cela m'aurait rendue dingue.

J'accepte donc sa proposition.

— Je vais te faire un mot également, ajoute l'infirmière à l'intention de Cole.

Puis elle reporte son attention sur moi.

— Je t'aurais bien prêté des béquilles pour que tu ne poses pas ton pied, mais je viens de donner la dernière paire que j'avais en stock, à croire que vous vous êtes tous passé le mot, plaisante-t-elle.

— Ne vous en faites pas, je vais la porter, intervient Cole.

En l'entendant, l'organe dans ma poitrine reprend un rythme frénétique.

Au final, même si je souffre le martyr, cette chute m'a permis de me retrouver dans les bras de Cole non pas une mais deux fois !

Alors que je suis en pleine divagation, l'infirmière se dirige vers son bureau, tire deux feuilles d'un tiroir, gribouille dessus et revient nous les donner.

— Voilà vos justificatifs.

Je la remercie en attrapant les feuilles.

— Surtout, évite de solliciter ta cheville, me conseille-t-elle. Si elle est mal soignée, une entorse peut ensuite revenir de façon chronique.

— Je vous le promets.

De toute façon, entre nous, elle me fait tellement souffrir que je serais bien incapable de poser mon pied au sol.

— Je vous remercie pour votre aide.

— Mais de rien.

Cole la remercie à son tour, puis il se tourne vers moi.

— Prête ?

Au lieu de lui répondre, je me contente de hocher la tête. Notre promiscuité me trouble. Je me sens intimidée et excitée à la fois. Je suis impressionnée par la présence de Cole si près de moi, tout en l'adorant. L'idée de me retrouver à nouveau dans ses bras d'ici quelques secondes provoque une puissante montée d'adrénaline. Quand il se penche vers moi, le phénomène s'amplifie et c'est délicieux.

— Alors accroche-toi, ma belle.

Ma chaussure en main, je m'exécute sans rechigner. Au contraire, je ne suis que trop heureuse de le faire !

20
Petit changement de programme

Cassie

Je suis une nouvelle fois accrochée au cou de Cole et loin de moi l'idée de m'en plaindre ! En fait, je pourrais même devenir très vite accro à l'expérience, tant elle est agréable.

Mes bras s'enroulent à nouveau autour de son cou, sans pour autant que je craigne une chute. La tentation était simplement trop forte et j'en avais envie, alors je l'ai fait ! Je dois d'ailleurs me retenir de ne pas faire glisser mes doigts le long de sa nuque, même si ça me démange.

Seigneur ! je me transforme en une vraie chienne en chaleur lorsque je suis près de lui ! Dire que j'ai méprisé toutes ces filles suspendues à son cou sur les nombreuses photos de son profil Facebook. Au final, je ne vaux pas mieux qu'elles. En fait, je suis pire car je suis en plus hypocrite.

Soudain, la voix grave de Cole résonne contre moi :

— Tu es bien installée ? Tu n'as pas mal à ta cheville ainsi ?

Tu parles, je me sens comme une reine !

Bien sûr, pas question de lui dire ça. À la place, je lui réponds un simple :

— Ça va.

Une fois sur le parking, il nous conduit jusqu'à un 4x4 flambant neuf. Il s'arrête à côté de la portière côté passager et me dit :

— Mes clés sont dans la poche avant-gauche de mon jean.

Euh... je suis ravie de le savoir, mais pourquoi me dire ça ?

— Tu peux les attraper, s'il te plaît ?

QUOI ???

— Euh, tu peux me poser. Je suis capable de tenir sur une jambe, ne t'inquiète pas.

Hors de question que je mette ma main dans sa poche ! C'est juste impossible. Il y a des limites à ce que notre promiscuité peut me pousser à faire et on vient de les atteindre.

— Tu as peur de te faire mordre ? me taquine-t-il.

— Non, mais je n'ai pas envie de le faire, c'est tout.

Heureusement pour moi, il n'insiste pas. D'ailleurs, je me demande s'il n'a pas fait cette proposition scandaleuse uniquement dans le but de se moquer de moi.

Il me fait délicatement basculer jusqu'à ce que je me retrouve à la verticale, tout en me tenant toujours fermement contre lui. J'ignore comment il a réussi l'exploit de me porter sans faiblir depuis l'infirmerie, mais je ne vais pas m'en plaindre.

Alors qu'il me fait lentement glisser au sol, il me met en garde :

— Attention à ta cheville.

Quand mon pied gauche reprend contact avec la terre ferme, je replie aussitôt ma jambe droite pour ne pas risquer de fouler le sol et de souffrir le martyr.

Une fois en appui contre la voiture, je lui dis :

— C'est bon.

Est-ce une simple impression ou bien met-il quelques secondes de plus que nécessaire avant de me libérer enfin de son étreinte accueillante ? Non que je m'en plaigne, hein ?

J'ouvre la portière et m'installe en faisant attention à ne pas choquer ma cheville. Durant tout ce temps, Cole reste près de moi, prêt à intervenir au moindre souci. Une fois que je suis assise, il ferme ma portière puis contourne sa voiture pour s'installer au volant.

En mettant le contact, il me propose :

— Cela te dit que l'on passe au *drive* pour manger quelque chose ? On pourra rester dans la voiture, comme ça, tu n'auras pas besoin de sortir.

— On va saloper ta voiture.

— T'inquiète, je la laverai. Elle a vu bien pire !

C'est complètement hors propos, mais une image me vient immédiatement à l'esprit : Cole se faisant chevaucher par une fille à moitié dénudée sur le siège avant de sa voiture. Alors que je m'efforce à chasser cette vision de mon esprit, une autre s'impose à moi : cette fois la fille est allongée sur la banquette arrière. Le corps massif de Cole la recouvre. Il s'active au-dessus d'elle pour lui donner du plaisir. Je n'en reviens pas d'imaginer ça. Mais le plus troublant dans ces scènes hot, c'est que la fille a des airs qui me semblent étrangement familiers.

— Alors, ça te convient comme programme ? me demande Cole, me tirant de mes rêveries érotiques.

Il me faut un petit instant pour reprendre mes esprits. Je suis vraiment en train de déconner à pleins tubes.

J'ai les joues rouges, mais je prie pour qu'il pense que c'est à cause de ma blessure. Ou à la rigueur, de la promiscuité que nous venons de partager. Afin de ne pas paraître encore plus bizarre à ses yeux, je lui réponds de manière pas trop engageante :

— Comme tu veux.

Après une mini-pause, j'ajoute :

— Tu peux aussi me déposer chez moi, je ne mourrai pas de faim, ne t'inquiète pas.

Je ne veux pas qu'il se sente obligé de prolonger le temps que nous avons à passer ensemble. De mon côté, je ne sais pas si c'est une bonne idée d'accepter son invitation. Je ne me fais pas vraiment confiance. Je ne suis pas à l'abri de faire une autre boulette.

— On devait manger ensemble, donc je propose que l'on s'en tienne au plan initial en y apportant quelques ajustements.

Après une pause, il ajoute :

— Mais si tu préfères que je te dépose chez toi directement, pas de souci. Je comprendrai que tu veuilles te reposer.

Il essaie de paraître détaché, mais j'ai la sensation que ce n'est qu'une illusion. À moins que je ne prenne mes rêves pour la réalité. Une chose est sûre, en tout cas, ce que je préfère ? C'est assez facile à deviner.

J'ignore toujours si c'est une bonne idée mais je m'en moque. D'une voix ferme, je lui réponds :

— Va pour le *drive*.

Ma réponse fait apparaître un sourire éblouissant sur ses lèvres qui me secoue de l'intérieur. Cole a vraiment un charme fou et quand il en joue, il est redoutable.

— Super ! Alors accroche-toi, belle Cassandra.

Et voilà, il en remet une couche avec ce surnom que je trouve irrésistible.

Histoire de m'occuper l'esprit, j'attrape mon téléphone pendant que Cole démarre sa voiture. Sans réelle surprise, j'ai un message de Derek.

Derek PHAT

Tu as encore fait dans le spectaculaire, Cassie ! On peut dire que tu sais te faire remarquer.

Je décide de lui répondre. Ce n'est peut-être pas très poli mais j'ai besoin de me détacher de mon conducteur. Il est préférable que j'évite de trop penser au fait que je suis dans une voiture, seule avec Cole Johnson, car cette idée est bien trop dangereuse pour ma tranquillité d'esprit.

Cassie Johnson

Ce n'est pas gentil de te moquer de moi !

Derek PHAT

Je ne me moque pas (enfin presque pas) et avoue que c'est trop facile ! Franchement, si je ne te connaissais pas mieux, je dirais que tu l'as fait exprès.

Cassie Johnson

Pfff

Le jour où j'en serai rendue à de telles mesures, abattez-moi !

Concernant ma chute, je préfèrerais tellement que ce soit un acte volontaire ou même un simple accident. Malheureusement, ce n'est qu'une preuve supplémentaire que je suis atteinte de SLA.

Derek PHAT

Lol. En tout cas, tu as bien marqué les esprits.

Merde !

Cassie Johnson

À quel point ?

Derek PHAT

Entre ceux qui ont vu ta chute, ceux qui t'ont vue te rendre à l'infirmerie dans les bras de Cole, ceux qui t'ont vue en ressortir dans la même position, ceux qui t'ont vue monter dans sa voiture et ceux qui en ont entendu parler par d'autres ? Bah, en fait, je crois que tout le bahut est au courant.

Re-merde !

Derek PHAT

J'espère pour toi que Cole va te demander de sortir avec lui, parce que c'est ce que tout le monde pense ici.

Cassie Johnson

Vous êtes vraiment une bande de commères !

Derek PHAT

Bienvenue dans la vie d'un lycéen de base, ma chère !

C'est puéril de s'en prendre au messager mais j'ai envie de l'étrangler.

Derek PHAT

Sinon, comment tu vas ? Je t'aurais bien accompagnée tout à l'heure mais tu étais chasse gardée.

Cassie Johnson

☺

Cassie Johnson

Ça peut aller, il semblerait que j'aie une entorse à la cheville.

Derek PHAT

Mince. Donc tu rentres chez toi ?

Cassie Johnson

Ouais.

Derek PHAT

Tu sais que tu as oublié ton sac de cours ?

Un rapide coup d'œil autour de moi me confirme ses dires. Re-re-merde ! Je n'y ai pas du tout pensé. C'est vous dire si je suis perturbée ! On va dire que ce n'était pas dans la liste de mes priorités de cette dernière heure.

Derek PHAT

T'inquiète, comme je suis le meilleur des meilleurs amis, je l'ai ramassé et l'ai pris avec moi.

Cassie Johnson

Merci Derek, tu assures.

Derek PHAT

Je sais. En fait, j'ai failli vous courir après pour te le rendre, mais je ne voulais pas gâcher votre tête-à-tête.

Cassie Johnson

Ok, je retire ce que je viens de dire.

Derek PHAT

Menteuse, on sait tous les deux ce qu'il en est ☺

Cassie Johnson

Tu parles.

Derek PHAT

Alors, ton rencart est tombé à l'eau ? À moins que l'on considère votre passage à l'infirmerie comme tel, mais même moi je trouve ça tordu.

Ce type est la pire commère que je connaisse ! Je devrais l'envoyer balader et ne pas nourrir sa curiosité, mais c'est mon ami et j'ai besoin de partager ce qui m'arrive avec quelqu'un. Il est le seul avec qui je peux le faire. Je lui réponds donc :

Cassie Johnson

En fait, on va d'abord manger un bout puis il me déposera chez moi.

Derek PHAT

...

Derek PHAT

Quand tu seras enfin seule, tu as intérêt à m'écrire pour me dire s'il embrasse bien !

Sa réponse me fait lever les yeux au ciel. Il est vraiment irrécupérable.

Cassie Johnson

Pourquoi ? Ça t'intéresse ?

Derek PHAT

Mmmm, les mecs, c'est pas mon truc, mais je reconnais que si un garçon pouvait me faire changer d'avis, ce serait Cole Johnson.

Sa réponse me fait sourire.

Cassie Johnson

Je viens de faire une belle capture d'écran, compte sur moi pour te rappeler tes propos au moment opportun.

J'entends alors une voix grave demander à côté de moi :

— J'ai le droit de savoir ce qui te fait rire ?

Oups ! Je ne pensais pas que Cole faisait attention à moi. Soudain, je m'en veux pour mon impolitesse. Je n'aurais pas dû regarder mon téléphone et encore moins entamer une discussion avec Derek. C'était grossier de ma part. Et maintenant, je dois en plus fournir à contrecœur une explication. Car il est hors de question que je lui avoue que j'étais en train de parler de sa façon d'embrasser.

J'essaie de prendre un air désinvolte en annonçant :

— Oh, c'est simplement une connerie qu'a dite Derek.

21
Pique-nique improvisé

Cole

Décidemment, ce type me donne toujours envie de le frapper, même quand il n'est pas en face de moi. J'ai beau me répéter que je n'ai pas à me sentir jaloux ou menacé, c'est plus fort que moi.

Elle a eu le choix entre aller à l'infirmerie avec lui ou avec toi, et elle t'a choisi, me rappelle une petite voix.

Certes, mais je ne peux m'ôter ce doute de la tête. Derek m'a déjà dit à plusieurs reprises qu'il n'avait pas de vues sur Cassandra et je le crois suffisamment impressionné par ma personne pour garder ses distances. Mais qu'en est-il d'elle ?

Il n'y a pas cinquante façons de le savoir.

En effet.

Alors, quitte à passer pour un curieux, je lui demande l'air de rien :

— Alors vous deux, vous sortez, genre, ensemble ?

J'essaie de sortir ça sur le ton de la discussion, mais c'est loupé. Heureusement pour moi, Cassandra me répond en explosant de rire, au lieu de me fixer bizarrement.

— Moi ? Sortir avec Derek ? Jamais de la vie !

Immédiatement, le soulagement m'envahit. Derek avait raison, mais je préfère en avoir la confirmation de la bouche de Cassandra. Il est rare que je les voie l'un sans l'autre, il est donc naturel que j'aie un doute.

— C'est simplement mon ami. Enfin, selon ses termes, c'est mon meilleur ami.

— Et selon les tiens ?

— Étant donné que je n'ai que lui comme ami, je pense que l'on peut dire qu'il mérite ce titre, en effet.

Mon premier réflexe est de lui demander « Et moi ? », mais tout compte fait, je préfère qu'elle ne me considère pas comme un ami. Tout le monde sait que lorsqu'un garçon est dans la *friend zone* d'une fille qu'il convoite, ça pue du cul pour lui. Or, je compte bien la conquérir.

En revanche, je suis surpris qu'elle n'ait pas d'autres amis. Cassandra a l'air d'être une fille super sympa, pas chiante pour deux sous donc, bien qu'elle soit nouvelle, je m'attendais à ce qu'elle ait déjà noué plusieurs relations.

— Comment cela se fait-il que tu n'aies pas d'autres amis ?

— En général, je préfère être seule. Les amitiés, ce n'est pas trop mon truc.

Elle semble gênée de m'avouer ça et je la trouve trop craquante. Ses joues ont pris une jolie teinte rosée, mais on est loin du rouge qui les colorait un peu plus tôt, quand elle était dans mes bras. J'essaie d'ailleurs de ne pas penser à ce moment. Je me suis déjà laissé aller un peu plus tôt en lui demandant d'attraper mes clés dans ma poche.

Je me doutais qu'elle n'allait pas accepter. Il n'empêche que ça a été plus fort que moi, je n'ai pas pu me retenir de tenter le diable. Au cas où. Sentir son corps svelte se blottir contre le mien m'a échauffé le sang. Mais le pire – ou le mieux, je ne sais pas encore quoi en penser – a été quand elle s'est agrippée à ma nuque et que ses doigts m'ont frôlé, provoquant des frissons dans tout mon corps et m'électrisant.

C'est avec beaucoup de regret que je l'ai libérée de mon étreinte. En fait, il m'a fallu quelques instants pour ordonner à mes bras de la relâcher. Personnellement, je trouvais qu'elle était très bien là.

Je me trompe peut-être sur toute la ligne, mais une petite voix me souffle que Cassandra n'a pas eu beaucoup de petits copains. Si elle n'était pas aussi belle, je serais même tenté de dire qu'elle n'en a jamais eu, mais ce scénario me semble hautement improbable. Elle a beau ne pas être super à l'aise avec les garçons, je ne doute pas qu'un chanceux – ou plus d'un – a déjà tenté sa chance et que sa tentative a été couronnée de succès.

Cela fait plusieurs minutes qu'un silence règne dans ma voiture et c'est assez insolite. Les filles avec qui j'ai l'habitude de traîner ne loupent jamais une occasion de me raconter leur vie, même si c'est chiant au possible. Cassandra, c'est tout le contraire, j'ai l'impression de devoir lui arracher chaque confession. Quelque part, ça me plaît. D'après ce qu'elle vient de me dire, je ne suis pas le seul à me heurter à la muraille qu'elle érige entre elle et les autres. Cependant, j'aime l'idée d'être l'une des rares personnes à réussir l'exploit de lui tirer les vers du nez.

— Alors, tu te plais en Californie ?

— Oui, c'est sympa. Je m'attendais à ce que les gens soient plus superficiels que ça, pour tout te dire.

— C'est vrai qu'on a une certaine réputation qui nous colle à la peau.

— Enfin, on ne va pas se mentir, il y a tout de même un fond de vérité.

— Je ne peux pas vraiment le nier.

Je suis bien placé pour le savoir. Je ne crois pas être plus superficiel que la moyenne, mais beaucoup d'élèves qui gravitent autour de moi le sont et en sont fiers.

— J'ai vu plus de seins refaits depuis la rentrée que durant le reste de ma scolarité !

Sa remarque m'arrache un rire.

Je suis content de découvrir que la Cassandra qui se trouve à côté de moi a le même humour que la Cassandra avec qui je discute tous les soirs en ligne. Elle me plaît vraiment beaucoup.

Le *drive* est enfin en vue. J'engage mon véhicule dans la voie réservée aux commandes à emporter. Par chance, il n'y a pas foule aujourd'hui. Seules deux voitures nous précèdent.

Ayant déjà fait mon choix, je lui demande :

— Tu veux quoi ?

Quand elle m'annonce ce qu'elle prend, je la regarde avec des yeux ronds.

— Quoi ? demande-t-elle.

— Rien.

— Menteur, tu me regardais bizarrement. Pourquoi ?

— Pour rien.

— Allez, dis-moi.

— Je suis simplement surpris par ta commande.

— Pourquoi ça ? répète-t-elle.

Sentant qu'elle ne va pas lâcher l'affaire, je lui réponds :

— Je me demandais où tu allais pouvoir loger tout ça.

Pour être tout à fait honnête, c'est la première fille qui mange au fastfood avec moi qui ne prend pas une salade. J'aime ça.

Ma réponse fait briller ses yeux d'amusement.

— Je ne suis pas si petite que ça.

— À côté de moi, si.

— Pfff, tout le monde, ou presque, a l'air minuscule à côté de toi !

Ce n'est surement pas l'effet qu'elle escomptait, mais sa remarque me flatte. J'aime qu'elle me trouve imposant.

Nous n'avons pas le temps de poursuivre notre débat, c'est notre tour. Je passe commande.

Alors que nous avançons au guichet suivant, elle me taquine :

— Tu peux bien parler, tu en as pris trois fois plus que moi.

— Oui, mais tu l'as dit toi-même, je suis plus massif.

— Oui, mais pas trois fois plus !

— Tu as peur que je prenne du bide ? je la taquine en retour.

Elle essaie de le cacher, mais je ne peux louper le regard gourmand qu'elle lance en direction de mes abdos, lorsqu'elle lâche :

— Je pense que tu ne crains pas grand-chose de ce côté-là.

Savoir que je lui plais physiquement me redonne confiance en moi. Dans ma tête, les probabilités qu'elle accepte de sortir avec moi augmentent.

Je n'y ai pas vraiment pensé depuis qu'elle a dégringolé ces marches, mais je n'ai pas oublié mon projet. Il est simplement reporté jusqu'à nouvel ordre. Pas question que je lui demande ça entre deux bouchées de hamburger, dans ma voiture. J'ai plus de classe ! Surtout, Cassandra mérite mieux.

Une fois notre commande récupérée, je gare mon 4x4 à l'ombre, afin que nous puissions manger tranquillement sans crever de chaud. Avant d'entamer notre repas, je lui demande :

— Ça va ta cheville ?

— Ça m'élance toujours, mais c'est supportable.

Soudain, je pense à quelque chose.

— Attends, ne bouge pas.

J'actionne la manette électrique du siège passager pour le reculer légèrement, puis je joue avec une autre pour basculer le dossier.

En sentant le siège bouger, Cassandra s'agrippe à la poignée située au-dessus de la portière.

— Que fais-tu ?

— Je t'installe pour que tu sois mieux.

— Pas la peine, j'étais bien.

— L'infirmière a dit que tu devais tenir ta cheville en hauteur.

— Ne t'inquiète pas, on n'est pas à un quart d'heure près.

— Tsss, ne dis pas de bêtise. D'ailleurs, je m'en veux de ne pas y avoir pensé plus tôt. Ce n'est pourtant pas la première entorse que je vois.

Non, en revanche, c'est la première fois que la personne à qui cela arrive est aussi sexy et me déstabilise autant.

Elle doit comprendre à mon air déterminé qu'elle n'aura pas gain de cause, alors elle me laisse agir à ma guise. Lorsque le siège est enfin correctement réglé, je lui ordonne gentiment :

— Maintenant, pose ta cheville sur le tableau de bord.

Sans lui laisser le temps d'émettre une objection, je me penche vers elle pour l'aider à réaliser la manœuvre sans se cogner.

En parfait gentleman, je fais comme si je ne remarquais pas que son souffle s'emballe lorsque je m'incline vers ses jambes. J'essaie aussi de faire abstraction de mes grandes mains posées délicatement sur sa cheville nue.

Même si j'agis avec la plus grande prudence, j'entends son souffle se faire plus pressant. Est-ce à cause de la douleur ou de notre promiscuité ? Peut-être un peu des deux.

Une fois qu'elle est correctement installée, j'attrape le sachet en papier contenant nos burgers et commence la distribution.

— J'ai l'impression d'être un pacha à manger ainsi, à moitié couchée, fait-elle remarquer.

— Promis, je ne le répèterai à personne.

— T'as intérêt, me menace-t-elle.

Nous entamons ensuite notre repas pas du tout diététique et pourtant vachement bon.

Entre deux bouchées, je lui demande :

— Alors, tu as avancé dans tes recherches ?

Lors de nos discussions virtuelles, nous avons évoqué notre avenir respectif. Je l'ai interrogée sur ses projets, une fois son diplôme en poche. Elle m'a répondu qu'elle n'avait rien de précis en tête. Cela m'a surpris, je l'aurais plutôt imaginée du genre à savoir exactement ce qu'elle veut faire dans les dix ans à venir.

— Un peu.

À son air fuyant et son ton hésitant, je me dis qu'elle n'a pas été tout à fait honnête avec moi.

— Tu m'as menti. Tu sais exactement ce que tu veux faire !

Son trouble s'accroît encore.

— Qu'est-ce qui te fait dire ça ?

— Primo, tu n'as pas nié. Deuxio, tu verrais ta tête, tu ne sais pas mentir.

— Je sais, bougonne-t-elle. Ça m'énerve.

Moi pas. J'apprécie même beaucoup l'idée qu'elle ne puisse pas me cacher ce qu'elle pense. Cela pourrait d'ailleurs m'être utile très prochainement. Enfin, ce n'est pas le moment de penser à ça.

— Alors, tu veux faire quoi ?

Elle finit enfin par lâcher le morceau :

— En fait, j'aimerais beaucoup me lancer dans l'édition.

Sa réaction est assez étrange. On dirait qu'elle m'avoue ça à contrecœur. A-t-elle honte de vouloir s'engager dans cette voie ? Elle ne devrait pas, je trouve que c'est une bonne idée. D'ailleurs, je lui fais remarquer :

— Cool. J'en déduis que tu dois beaucoup lire.

— Pas mal, en effet.

— C'est quoi ton genre de prédilection ?

Ma question lui fait piquer un fard.

— Oh, je lis de tout.

Mais bien sûr ! Cependant, je laisse couler ce petit mensonge. Il n'empêche que je suis intrigué par sa réaction. Je me promets de lever ce mystère plus tard.

Nous avons tous les deux terminé nos burgers, je n'ai donc plus de raisons de la garder avec moi, si ce n'est l'envie. Mais je n'oublie pas son état, et je partage l'avis de l'infirmière : il est préférable qu'elle mette sa cheville complètement au repos. Or, si sa position est mieux que tout à l'heure, elle n'est pas encore optimale.

Je me force donc à redémarrer la voiture. Je lui demande son adresse et la rentre dans mon GPS. Puis je suis le parcours indiqué. Je ne devrais pas, mais je me réjouis à l'idée de devoir à nouveau la prendre dans mes bras pour la déposer sur son lit.

Dès que je formule cette pensée, mon imagination se débride et j'en suis tout émoustillé.

22
LA question

Cassie

La question de Cole sur mon avenir a miné mon moral. Je ne lui en veux pas. Comment pourrait-il deviner que c'est un sujet tabou me concernant ? Un des rares que nous n'abordons pas avec mes parents, car il nous terrifie. Quoi de plus normal ? La mort ne l'est-elle pas toujours ?

J'ai essayé de répondre le plus honnêtement possible. Si je pouvais vivre suffisamment longtemps pour faire des études, j'aimerais travailler dans l'édition. Malheureusement, cette chance ne me sera pas offerte. Certes, j'ai passé le cap des six mois d'espérance de vie, mais les derniers examens que j'ai passés ont montré que je ne ferai pas partie des chanceux ayant cinq ans devant eux. En réalité, il est même fort probable que je ne survive pas cette année scolaire.

Ce rappel douloureux déchire un peu plus mon cœur meurtri. Habituellement, j'arrive à construire une barrière mentale entre moi et toutes ces idées. Aujourd'hui c'est trop difficile. Mes défenses ont été trop malmenées pour que je parvienne à garder le détachement nécessaire.

Soudain, je m'en rends compte de ce que je suis en train de faire. Je n'aurais pas dû écouter la Cassie optimiste, celle qui fait comme si elle avait encore l'éternité devant elle. Cette histoire avec Cole va mal se finir.

Ma chute dans les escaliers était peut-être un signe du destin pour me rappeler ce qui m'attend. Il veut me faire comprendre que je dois laisser tomber cette folle aventure.

Il n'a pas tort. C'est décidé. Moi et Cole, c'est terminé à partir de maintenant !

Je vais lui demander de me laisser à la porte d'entrée, je me débrouillerai seule pour m'allonger. Il n'a pas besoin de me porter comme une jeune mariée. Je vais réussir à aller à cloche-pied jusqu'au canapé du salon et j'attendrai le retour de mes parents. Je peux surélever ma jambe sur un accoudoir. Ce sera moins confortable que dans mon lit, mais cela fera l'affaire pour une poignée d'heures.

Je n'envisage pas un seul instant de tenter de monter dans ma chambre, c'est trop dangereux. Je n'ai pas envie de m'abîmer un peu plus. D'ailleurs, cela me fait penser que je dois prévenir ma mère pour qu'elle ne passe pas me chercher au lycée. La connaissant, elle va m'appeler dans la foulée pour prendre de mes nouvelles. Je n'ai pas envie que Cole assiste à la scène. Je lui enverrai donc le message une fois qu'il sera parti.

Au bout d'une dizaine de minutes de trajet, nous arrivons devant chez moi.

— Sympa la maison, commente Cole.

— Merci. Elle appartient à la société pour laquelle mon père travaille. C'est une sorte de logement de fonction.

— Il fait quoi ton père ?

Nous n'avons encore jamais parlé de nos parents respectifs.

— Il est informaticien. Il gère les nouveaux bureaux de son entreprise qui viennent d'ouvrir ici.

— Cool. Et ta mère ?

— Elle est pédiatre. Et les tiens ?

— Ma mère est commerciale et mon père banquier.

Histoire de le taquiner, je lui réponds :

— Tu m'étonnes que tu veuilles te lancer dans une filière économique.

Ma remarque le fait sourire et je le trouve trop craquant. Impossible de le nier, Cole a un charme fou. À chaque fois qu'il me sourit, des papillons s'envolent dans mon ventre et j'aime cette sensation. C'est la première fois qu'un garçon me fait cet effet et j'y suis déjà accro.

Raison de plus pour y mettre un terme, me souffle ma conscience.

Cole gare sa voiture dans l'allée, interrompant sans le savoir mes divagations.

Il coupe le moteur puis me dit :

— Ne bouge pas, je fais le tour pour t'aider à descendre de la voiture et à t'installer confortablement.

— Je peux le faire toute seule, tu sais. Tu m'as déjà beaucoup aidée.

Je ne veux pas le renvoyer comme un malpropre ou être malpolie. Il s'est donné tellement de peine pour moi.

— C'est normal et pas question que je n'aille pas jusqu'au bout de ma bonne action. En plus, souviens-toi, j'ai un mot d'excuse pour arriver en retard à mon prochain cours, je serais bête de ne pas en profiter.

Sa remarque me fait sourire et je ne me sens pas le cœur de refuser son aide.

Le temps qu'il sorte et fasse le tour de la voiture, j'ai ouvert la portière et commencé à m'en extraire. Je ne veux pas paraître plus empotée que je ne le suis déjà. Je prends bien garde à poser correctement mes appuis pour ne pas chuter à nouveau. Je suis attentive à mon corps, à l'affût de la moindre faiblesse. Ce n'est pas le moment que ma jambe valide ou bien encore mes bras me fassent défaut. L'opération n'est pas forcément aisée, mais j'y parviens sans trop souffrir. Entre ma cheville et mes genoux éraflés, il serait illusoire de croire que je puisse m'en tirer sans aucune douleur, mais j'ai connu pire aujourd'hui.

Ma chaussure en main, je suis enfin dehors. Cole est à côté de moi et me guette avec attention, prêt à voler à mon secours en cas de besoin.

Soudain, il fronce les sourcils et me demande :

— Où est ton sac de cours ?

Comme moi, il n'avait pas remarqué jusqu'à présent qu'il était aux abonnés absents.

— C'est Derek qui l'a récupéré et l'a mis de côté.

Il me semble percevoir une lueur d'agacement passer dans son regard mais c'est trop fugace pour que j'en sois certaine à 100 %. Aussitôt, il change de sujet.

Il se rapproche un peu plus de moi et me demande :

— Prête pour une nouvelle balade dans mes bras, belle Cassandra ?

Un peu mon neveu !

Avant d'y penser à deux fois, je lui réponds :

— Je vais finir par croire que tu aimes me porter.

Je m'attends à ce qu'il me fasse une réponse humoristique, sauf qu'il se contente de me dire d'une voix grave et sérieuse :

— Peut-être que tu fais bien de le croire.

Okayyyyyyy.

Je n'ai pas le temps de me sentir gênée qu'il me prend dans ses bras, inhibant immédiatement toutes mes facultés cognitives. Je ne suis à nouveau plus qu'un corps en proie à différentes sensations puissantes et super agréables. L'avantage c'est que sa remarque troublante est aussitôt oubliée, étouffée par ce maelström de sensations.

— Tu as les clés de la maison ? me demande Cole.

Mince ! Elles sont dans mon sac. Heureusement, mes parents ont prévu le coup.

— Les miennes sont dans mon sac de cours, mais nous avons un jeu de secours planqué dans le jardin.

Suivant mes indications, il me conduit jusqu'à l'endroit en question. Alors que je récupère le trousseau, je lui dis sur le ton de la plaisanterie :

— Attention, si on se fait cambrioler, je saurai que tu es dans le coup !

— Ne t'inquiète pas pour ça, me répond-il en souriant.

Nous entrons enfin et je lui donne les indications pour me conduire dans le salon, mais il ne veut rien entendre et tient à me conduire jusqu'à ma chambre. Comprenant qu'il ne lâchera pas l'affaire, je lui indique le chemin.

Nous arrivons enfin devant la porte de ma chambre et j'ai un moment de panique. J'essaie de me souvenir dans quel état je l'ai laissée en partant ce matin. Pourvu qu'il n'y ait pas de petites culottes par terre ! Ce n'est pas mon style mais on ne sait jamais. C'est toujours dans ces cas-là qu'il y a des imprévus.

Inconscient de la panique qui s'empare de moi à l'idée qu'il découvre mon antre, Cole pousse la porte pour me conduire jusqu'à mon lit.

L'intimité de notre situation me frappe de plein fouet. Un garçon est en train de me déposer délicatement sur mon lit, comme dans les romans que je lis. À la différence que dans ces derniers, le héros le fait avec une idée coquine derrière la tête, pas pour allonger une impotente qui ne peut pas mettre un pied devant l'autre !

Il se penche au-dessus de mon lit et mon dos touche enfin le matelas. Je suis toujours accrochée à sa nuque pour me maintenir.

Il faut le lâcher maintenant, jeune fille.

Je sais, mais je n'en ai pas du tout envie.

La raison finit par l'emporter et je desserre mes bras. Sauf que lui ne se redresse pas. Il reste au-dessus de moi. Il se recule simplement de quelques centimètres pour me clouer de son regard. Nous nous fixons intensément durant plusieurs secondes. Aucun mot ne franchit nos lèvres, mais nos yeux tiennent tout un discours. Les siens sont de plus en plus pénétrants et provoquent des réactions folles dans mon corps. Mon cœur se met à battre si fort que je l'entends pulser dans mes tempes. Ma bouche s'assèche comme si je venais de marcher en plein désert sans une goutte à boire. Des fourmillements se font sentir. Je pensais que les instants que nous avions vécus un peu plus tôt étaient le summum du trouble que Cole pouvait provoquer en moi.

Je me trompais.

C'est mille fois plus fort, mille fois mieux, mille fois plus addictif.

Soudain, son regard se fait plus assuré. Il ouvre alors la bouche et me dit :

— Cassandra, sors avec moi.

Cela ressemble plus à un ordre qu'à une question. D'ailleurs, à son air, j'ai l'impression qu'il refuse la possibilité que je lui réponde par la négative.

Derek me l'a dit. J'ai refusé de le croire. Au final, il avait raison. Cole est bien intéressé par moi et il me demande de devenir sa petite amie, lui qui n'en a pas habituellement – selon les dires de Derek.

Sa proposition me semble tellement surréaliste qu'il me faut quelques instants pour comprendre que ce n'est pas une blague ou un rêve éveillé.

Comme pour enfoncer le clou, il répète :

— Cassandra, sors avec moi.

Cette fois, je suis plus prompte à réagir. La résolution prise un peu plus tôt est immédiatement jetée aux oubliettes.

Oui, c'est une très mauvaise idée.

Et non, je ne devrais pas céder à la tentation.

Mais la vie est trop courte – surtout dans mon cas. Ne dit-on pas qu'il vaut mieux vivre avec des remords qu'avec des regrets ?

Donc, même si ce n'est pas vraiment une question et que je ne devrais pas encourager Cole, je lui réponds d'un hochement de tête – je suis incapable de former le moindre mot en ce moment.

En me voyant faire, son regard change pour devenir affamé et possessif.

Puis je le vois se pencher à nouveau sur moi pour me donner mon premier baiser.

Et quel baiser !

23
Tendre conclusion

Cole

C'est la première fois depuis une éternité que je pénètre dans la chambre d'une fille sans être motivé par des intentions coquines. Je sais, ce n'est pas très glorieux mais c'est ainsi, j'aime beaucoup les filles.

Je veux simplement m'assurer que Cassandra est bien installée, après quoi je retournerai en cours. Enfin, c'était le plan initial, mais comme d'habitude, dès qu'il s'agit de Cassandra, tout part en vrille.

Dès l'instant où je dépose Cassandra sur son lit, mon esprit s'échauffe. J'ai beau me répéter que je l'allonge parce qu'elle est blessée, mon cerveau refuse de prendre en compte ce dernier paramètre. Pour lui, c'est le prélude à quelque chose de plus intense et agréable. Quelque chose qu'il attend depuis des semaines.

À cet instant, je suis dominé par mes instincts et tous me hurlent de l'embrasser à en perdre la raison, à lui faire oublier jusqu'à son nom pour qu'elle n'en connaisse plus qu'un seul : le mien !

J'essaie de puiser dans mes dernières réserves pour m'éloigner d'elle et reprendre mes distances. La seule chose que je parviens à faire, c'est me relever de quelques centimètres pour venir me noyer dans ses yeux.

Et là, je prends conscience que je suis foutu.

Je ne veux plus lutter, je veux me laisser guider par mes instincts. En écho à ce que je ressens, ses yeux trahissent la faim qu'elle a de moi et je ne demande qu'à la combler.

Tous les plans que j'ai pu établir dans ma tête pour trouver la meilleure façon de faire ma demande tombent à l'eau. Pas besoin d'y réfléchir à deux fois, je sais ce que je dois faire.

Les mots que je n'ai encore jamais prononcés jaillissent alors de ma bouche :

— Cassandra, sors avec moi.

Je vois le trouble qui s'empare de son regard. Cependant, il n'est pas de mauvais augure. Il lui faut simplement quelques instants pour comprendre ce que ma demande implique. Même si j'aimerais qu'elle me réponde immédiatement, je suis serein. Je connais l'issu des minutes à venir. En fait, un côté un peu maso me pousse à attendre quelques secondes. Ce moment est unique, il ne se reproduira plus jamais et je veux en profiter, le graver dans ma mémoire. Cassandra est tout simplement sublime à cet instant.

Au bout de quelques secondes, ma patience s'amenuise et je craque. Je répète ma demande. Son mouvement de tête de bas en haut est le seul assentiment qu'il me faut pour passer à l'action.

Sans perdre de temps, je cède à la tentation qui ne me lâche plus depuis que nos routes se sont croisées ce premier jour de cours. Ma bouche se pose délicatement sur la sienne. Je veux faire de chaque seconde à venir un moment mémorable. Je veux laisser ma marque sur Cassandra pour toujours. Je veux qu'elle s'en souvienne dans cinq, dix, quinze, vingt ans.

Je ne me suis jamais autant appliqué pour un baiser, mais aucun ne m'a jamais autant troublé que celui-ci. Je n'ai jamais non plus été autant obnubilé par une fille.

Depuis la première fois que je l'ai vue, j'en suis persuadé, Cassandra a quelque chose d'unique, un truc qui nous met au diapason elle et moi, même si j'ignore quoi exactement.

J'ai imaginé tant de fois ce moment que je compte bien le faire durer le plus longtemps possible. Lui aussi sera unique. Il n'y a qu'un seul premier baiser. Je compte donc m'appliquer pour faire les choses dans les règles de l'art.

Au début, je me contente de caresser ses lèvres, histoire que nos bouches fassent connaissance. Je modifie ensuite légèrement mon angle jusqu'à ce que ma bouche s'emboîte parfaitement à la sienne. Pour l'instant, c'est notre unique point de contact. Je suis toujours penché au-dessus d'elle mais mon corps ne touche pas le sien. Pas encore.

Il ne me faut que quelques secondes pour me rendre compte de son inexpérience. Finalement, je suis prêt à parier qu'elle est en train de vivre son tout premier baiser. Ce constat attise le feu qui a pris naissance au creux de mes reins. Il renforce ma détermination de faire de ce moment un souvenir unique et inoubliable.

Délicatement, j'entrouvre ma bouche pour faire darder ma langue. J'en glisse la pointe le long de la commissure de ses lèvres. Son souffle s'emballe un peu plus et me grise. J'adore constater le trouble que je fais naître en elle. De mon côté, je ne suis pas non plus insensible à la scène que nous vivons. Le sang pulse fort dans mes veines, alimentant mon sexe qui se gorge de désir.

Après quelques instants d'hésitation, Cassandra entre dans la danse et me rend mon baiser. Ses lèvres commencent à jouer avec les miennes et c'est tout simplement parfait. Divin. Exquis.

Jusqu'à présent, j'ai réussi à brider mon envie de faire entrer mes mains dans ce ballet érotique. Désormais ma retenue s'envole. J'ai trop besoin de la toucher. J'ai l'impression que c'est une question de vie ou de mort.

Sans mettre fin à notre baiser, je change mes appuis pour reposer sur une seule de mes mains. L'autre vient alors s'enrouler autour de son cou dans un geste possessif. En réponse, son souffle se fait plus erratique et sa bouche s'entrouvre. J'en profite pour immiscer ma langue dans cette brèche. Elle va alors à la rencontre de la sienne. Le premier contact est électrisant. J'en ressens les effets jusqu'à la pointe de mes orteils.

Cassandra est encore plus hésitante que tout à l'heure et j'adore ça. Ça me plaît de savoir qu'elle n'a jamais vécu pareille étreinte avec un autre garçon. À cet instant, je veux être le seul à lui faire connaître ça. L'effet qu'elle produit sur moi est complètement dingue !

Jusqu'à présent, ses mains sont restées sagement rangées le long de son corps. Soudain, elle décide de changer la donne. Quand je sens le bout de ses doigts frôler d'une part l'avant-bras sur lequel je suis appuyé et d'autre part mon flanc, je ne peux retenir un grognement de plaisir. La tension entre mes reins augmente d'un cran, frôlant la limite du soutenable. Je me répète en boucle que je ne dois pas me comporter comme un sauvage, qu'elle mérite mieux que ça, mais c'est dur. Tellement dur !

Je ne veux pas l'effrayer en lui prodiguant des caresses osées, mais je ne peux plus me contenter de son cou. Je l'aurais fait si elle n'était pas venue me mettre au supplice avec ses doigts fureteurs. Désormais, c'est impossible d'en rester là. Je fais donc glisser ma main de son cou à sa clavicule, nos bouches toujours prises dans leur rythme endiablé. Je fais venir plusieurs fois le bout de mes doigts le long de son dos, me délectant de la douceur de sa peau. Elle est chaude, elle est douce, elle est parfaite.

Après plusieurs allers-retours, je décide de pousser l'audace de ma caresse un peu plus loin. Je fais glisser mon index dans la vallée formée par ses seins. Un sourire de fierté masculine se dessine sur mes lèvres scellées aux siennes, lorsque je l'entends soupirer de plaisir.

Je suis un garçon normal, j'ai donc déjà eu l'occasion de mater plus d'une fois sa poitrine subtilement afin de ne pas me faire griller. Par conséquent, ce n'est pas un scoop qu'elle est de taille idéale. Ni trop petite ni trop volumineuse. Bien que je n'aie pas pu encore le vérifier, je suis certain qu'elle s'adapte à merveille à ma paume.

D'ailleurs, je compte bien valider ma théorie pas plus tard que maintenant. Je fais dévier légèrement ma main. En effet, elle se retrouve pleine de sa délicieuse poitrine. En sentant mes doigts s'aventurer ici, Cassandra pousse un gémissement qui m'électrise. J'adore la façon dont elle réagit à mes caresses. Je trouve ça d'une sensualité extrême.

Je continue mon exploration et décide de pousser le vice plus loin en me faufilant sous son haut. Malheureusement, mes doigts ont à peine le temps d'atteindre la bordure du vêtement que son téléphone se met à sonner, nous faisant tous les deux sursauter comme des malades.

Je me redresse de justesse pour ne pas me prendre un coup de boule, quand Cassandra se déhanche pour attraper son téléphone en jurant :

— Putain, merde, c'est ma mère qui m'appelle.

Sa remarque a au moins le mérite de mettre un frein à ma libido. D'ailleurs, je me demande s'il existe un gars sur cette Terre à qui elle ne ferait pas le même effet. Mais elle reste quelque peu attisée par l'excitation qui émane de Cassandra. Ses joues sont rouges, son regard est voilé par le plaisir et je distingue la pointe de ses seins s'ériger devant moi. Autrement dit, rien pour m'aider à reprendre la maîtrise totale sur mon corps.

À part son portable qui sonne, il n'y a aucun bruit, si ce n'est nos souffles toujours plus forts que la normale. Comme elle est tout près de moi, au moment où Cassandra décroche, je peux entendre distinctement la voix de sa mère :

— Coucou, maman.

Elle doit se racler la gorge pour s'éclaircir la voix. Je me sens flatté d'en être la cause.

— *Coucou, ma chérie. Je suis désolée mais j'ai un rendez-vous en urgence qui vient de me tomber dessus pour la fin de journée. J'aurai donc un peu de retard.*

— Ne t'inquiète pas, maman. Je comptais justement t'appeler pour te prévenir que ce n'est pas la peine de venir me chercher ce soir.

— *Pourquoi ?*

— Je suis tombée et on m'a raccompagnée à la maison.

— *Quoi ? Ça va ? Tu t'es fait mal ? Je vais m'arranger avec une collègue pour qu'elle prenne mes rendez-vous, mon bébé est plus important que mes patients. Ou alors, je peux téléphoner à ton père, je suis sûre qu'il pourra se libérer. Je vais d'ailleurs…*

— Maman, la stoppe Cassandra. Relaxe. Je me suis simplement fait une entorse. Ne t'inquiète pas. Je vais attendre que papa rentre ou toi, puis on ira voir le médecin. Il n'y a pas d'urgence. Maintenant que je suis allongée, tout va bien.

Je la trouve trop mignonne à essayer de rassurer sa mère.

— *Tu es sûre, ma chérie ?*

— Certaine.

— *Je sais que cela ne dérangerait pas ton père de rentrer prendre soin de toi.*

— C'est bon je te dis.

Sa mère semble hésiter. Elle finit par lui dire :

— *OK. Mais appelle le médecin pour prendre un rendez-vous dès 18h.*

— Promis.

Soudain, sa mère semble avoir une illumination :

— *Comment es-tu rentrée à la maison ?*

Jusqu'alors, j'ai écouté leur discussion d'une oreille distraite. J'étais plutôt occupé à scanner sa chambre pour découvrir tous les mystères qu'elle renferme. Je suis d'ailleurs content de mes découvertes. Je crois avoir deviné quel est le genre littéraire de prédilection de Cassandra… et l'idée me fait sourire autant qu'elle m'excite.

Cependant, la question de sa mère attire immédiatement mon attention. Que va-t-elle répondre ?

— C'est un ami qui m'a reconduite.

En entendant sa réponse, je grince des dents.

Un ami ??

Elle me lance un regard d'excuse. Je suis un peu vexé qu'elle me présente comme ça. En même temps, cela ne fait même pas une demi-heure qu'on sort ensemble. Donc je peux lui pardonner son petit mensonge.

Sauf que la mère de Cassandra en remet une couche en demandant :

— *Derek ?*

Cette fois, je sers les poings sans le vouloir. Elle leur a parlé de Smith ?

Pour le coup, la pilule est difficile à avaler et c'est encore pire lorsqu'elle répond :

— Non, un autre ami.

J'en déduis qu'elle ne leur a pas parlé de moi.

Savoir que lui a eu le droit à cet honneur et pas moi me vexe au plus haut point.

Croisant mon regard ombrageux, Cassandra comprend que je n'ai pas aimé ses réponses.

Bonjour l'euphémisme.

— Bon maman, je vais te laisser. Mon ami est encore là.

Au moins, elle ne me cache pas dans le placard comme on le fait avec un amant quand le mari arrive. Je suppose que c'est positif.

— *Ok, ma chérie. À ce soir. Je t'aime.*

— Moi aussi.

Puis elle raccroche et me fait face d'un air hésitant.

C'est plus fort que moi, je lâche :

— Tu leur as parlé de Smith et pas de moi ?

Je déteste avoir cet air geignard, mais je ne me contrôle pas aussi bien que je le voudrais. En même temps, il y a de quoi, non ? Ma petite amie a parlé d'un autre garçon à ses parents et pas un mot sur moi. Ma colère est légitime me semble-t-il.

Cassandra prend un air timide quand elle me répond :

— Parce que ce n'est pas pareil.

— Et en quoi, je te prie ?

— C'est mon ami. Toi, tu es plus.

Et voilà, en une phrase, elle vient d'anéantir ma colère. Elle n'aurait pas pu trouver meilleure excuse. D'ailleurs, je me demande durant un bref instant si elle n'est pas en train de me baratiner pour me calmer. Puis je me souviens d'une particularité la concernant : elle ne sait pas mentir, elle me dit donc la vérité.

Elle doit comprendre à mon expression que l'orage est passé. Elle ajoute alors avec un petit sourire en coin trop sexy :

— Tu sais que tu es trop mignon quand tu es jaloux.

En réponse, je grogne pour lui faire savoir que sa remarque ne m'amuse pas vraiment.

Mon portable vibre dans ma poche et m'empêche de lui répondre. En même temps, j'ignore quoi dire. Il se pourrait que je ressente en effet de la jalousie.

J'attrape mon téléphone et découvre un message de Calvin me demandant ce que je fous.

J'ai envie de traîner encore des heures dans sa chambre, mais je dois retourner en cours. De toute façon, je ne me fais pas confiance pour rester sage en sa présence. Cassandra est beaucoup trop belle pour son bien !

Elle doit avoir compris que je suis sur le point de partir car elle me dit :

— Encore merci pour tout, Cole.

— Mais de rien, belle Cassandra. Il est normal que je fasse ça pour ma petite amie.

J'ignore lequel de nous deux semble le plus apprécier ma dernière phrase, mais elle nous plaît indubitablement.

Cédant à la tentation, je me rapproche à nouveau d'elle pour déposer un baiser léger sur ses lèvres. Je m'interdis de l'approfondir, sinon je suis encore là dans une demi-heure.

À regret, je m'éloigne d'elle. Au moment de franchir la porte, je décide de me venger de sa remarque au sujet de ma jalousie :

— Au fait, belle Cassandra, je connais maintenant ton genre littéraire de prédilection, petite coquine.

Ce faisant, je lance un petit coup d'œil en direction de son étagère remplie de livres aux couvertures suggestives. J'adore la façon dont elle rougit en retour. Elle est trop craquante.

Avant de fermer la porte, je ponctue ma remarque d'un clin d'œil. Puis je rejoins ma voiture, le sourire aux lèvres.

24
Début idyllique

Cassie

Quelques semaines plus tard

Je suis en train d'attraper mes affaires dans mon casier, quand des bras musclés m'enlacent et une voix virile et rauque murmure à mon oreille :

— Comment va la plus belle de toutes ?

Sa remarque flatteuse amène un sourire sur mes lèvres. Je me retourne pour me retrouver face à son buste parfait qui me fait toujours autant d'effet.

— Elle va bien, maintenant qu'elle est dans les bras du plus beau des garçons.

En guise de remerciement, Cole m'embrasse tendrement. Cela fait déjà plusieurs semaines que nous sortons ensemble et je suis toujours accro à ses baisers. D'ailleurs, je doute que cela change un jour. Il est vraiment très doué avec ses lèvres et sa langue.

— Seigneur, il ne manque plus que les violons et j'aurai les larmes aux yeux à vous regarder, résonne la voix de Calvin non loin de nous.

S'éloignant à peine de moi, Cole lui répond sans me quitter des yeux :

— Eh bien, ne regarde pas. Personne ne t'oblige à le faire.

Histoire de renchérir, j'ajoute :

— Ça fait pervers désespéré.

Ma remarque fait sourire Cole qui me dit :

— J'ai toujours su que tu étais très douée pour cerner les gens.

Vexé, Calvin se contente de marmonner, puis il annonce qu'il attend Cole dans la salle de leur prochain cours.

En réalité, j'aime bien Calvin et Miguel, les deux vrais amis de Cole. J'ai remarqué que si de nombreuses personnes gravitent autour de mon petit ami, les seules vraiment fidèles sont ces deux gars sympas, même s'ils sont parfois un peu lourds. Enfin, ils ne sont pas pires que Derek. Quant à ses autres « amis », il est évident qu'ils ne sont là que pour espérer grappiller des miettes de notoriété. Je les trouve tellement pathétiques. Il y a aussi les autres joueurs de l'équipe de foot avec qui Cole entretient encore une relation différente. Cependant, j'ai l'impression qu'il n'est réellement proche que de Calvin et Miguel. Et moi ! Et un peu Derek maintenant.

— Alors, tu n'as pas répondu à ma question, comment tu vas ?

— Bien.

— Le médecin a dit que ta cheville était guérie ?

— Oui.

Je me persuade de toutes mes forces que je ne suis pas en train de lui mentir, sinon il va s'en rendre compte. En effet, le médecin a dit que mon entorse appartenait au passé. En revanche, ce n'est pas la raison principale pour laquelle je suis allée le voir hier soir. En réalité, c'était un rendez-vous pour une nouvelle série d'EMG, qui ont confirmé ce que les précédents avaient montré : ma maladie s'est encore aggravée. Hier soir, l'ambiance était pesante à la maison. J'ai accueilli à bras ouverts l'appel de Cole. Il a toujours un effet miracle sur moi. Sans le savoir, il calme mes angoisses et mes peurs.

Compte tenu de mes « petits » problèmes de motricité, les béquilles m'ont été proscrites. Résultat, j'ai loupé presque trois semaines de cours, le temps que ma cheville ne nécessite plus une immobilisation complète. Durant ce repos forcé, j'ai eu l'impression de devenir folle plus d'une fois. Cette situation était un trop criant rappel de ce que j'allais subir dans quelques mois. La maladie de Charcot est une vraie saloperie. Tous les muscles du mouvement deviennent défaillants. Vous ne pouvez plus marcher, tenir quelque chose, manger, parler. En revanche, vos capacités cognitives demeurent intactes. Petit à petit, votre propre corps devient votre prison. C'est tout simplement horrible. C'est pour cette raison que je me retiens de me documenter plus encore sur la maladie. Le peu que j'ai lu m'a largement suffi et traumatisée.

Durant ma convalescence, c'est grâce à Derek et Cole et leurs nombreuses visites que je n'ai pas pété un câble. Ils ont rendu mon calvaire beaucoup plus supportable pour des raisons différentes.

Lorsque je suis allée voir le médecin ce fameux soir et qu'il a conclu que le mieux était que je reste à la maison ou que je me déplace en fauteuil roulant, j'ai eu envie de pleurer. J'étais persuadée que cela sonnait la fin de ma relation naissante avec Cole. Au demeurant, une petite voix m'a soufflé que ce n'était pas plus mal. N'avais-je pas décidé de mettre un terme à tout ceci, juste avant de me retrouver à embrasser Cole ? C'était peut-être un mal pour un bien, mais j'étais tout de même anéantie.

Cependant ma situation d'handicapée n'a pas arrêté mon nouveau petit ami. Le lendemain, il a sonné à la porte de chez moi pour me rapporter mon sac, après avoir négocié avec Derek pour le récupérer. Bien évidemment, quand il est venu, mes parents étaient tous les deux présents. Cole ne s'est pas dégonflé et s'est tout de suite présenté comme étant mon petit ami. D'ailleurs, sur le moment, j'ai vraiment eu envie de le trucider.

Mes parents ne l'ont pas mis à la porte. Au contraire, ils l'ont invité à rester manger avec nous. Les premières minutes du repas ont été assez étranges, mais Cole est une personne très sociable – pas comme moi. Il a suffi qu'il commence à parler football pour se mettre mon père dans la poche. Et ses « belle Cassandra » ont immédiatement séduit ma mère.

Il est venu me voir tous les jours sans exception pour me donner mon bisou quotidien et passer un peu de temps avec moi, égayant mes journées.

Dès sa première visite, ma mère m'a demandé s'il était *au courant*. Mon air horrifié a été une réponse en soi. Elle m'a alors dit d'un ton réprobateur :

— Si cela devient sérieux entre vous, il faudra lui dire.

Cette idée m'a filé les jetons, mais je me suis contentée de lui répondre :

— Nous n'en sommes pas là, nous sortons ensemble depuis à peine 24 h !

Aujourd'hui, cela fait beaucoup plus longtemps et je ne lui ai toujours rien dit. D'ailleurs, je ne compte pas le faire. Mes parents réprouvent mon choix. Il m'arrive souvent de croiser leurs regards désapprobateurs, mais je fais comme si je ne les voyais pas. Je suis inflexible sur ce point. Je refuse que Cole sache que sa petite amie sera six pieds sous terre plus tôt qu'il ne l'imagine.

Pour en revenir à mon entorse, deux semaines plus tôt, j'ai eu l'autorisation du médecin de poser mon pied au sol. Il m'a prescrit une sorte d'attelle gonflable pour maintenir ma cheville afin que je puisse retourner en cours. Je ne vous explique pas mon soulagement. Certes, je n'avais pas la plus gracieuse des démarches mais c'était mieux que rien.

L'avantage d'avoir été recluse pendant trois semaines, c'est que ma chute était déjà loin dans les esprits des élèves. Mon couple avec Cole, en revanche, c'est une autre paire de manches, sans que cela me surprenne plus que ça.

Autre avantage, j'ai eu trois longues semaines pour « bâtir les fondations » de notre couple sans interférence. Nous nous sommes rapprochés et une complicité s'est naturellement établie entre nous. Je pense que nos précédents échanges avaient déjà initié le processus.

Au final, j'ai apprécié de bénéficier de ce laps de temps pour être avec Cole, sans subir le regard oppressant des autres. Il ne doit jamais être facile de vivre sa première relation, mais ça l'est encore moins quand votre petit ami est une des stars du lycée et que vous êtes un aimant à catastrophes.

— Ta mère vient te chercher ou je te dépose ?

La question de Cole me tire de mes rêveries :

— Comme tu veux.

Depuis que j'ai repris les cours, Cole joue les taxis, sauf lorsque nos horaires sont vraiment trop différents. Notamment lorsqu'il a un entraînement ou un match.

— Moi, ce que je veux, c'est passer le plus de temps avec ma copine, donc tu peux appeler ta mère et lui dire que je te ramène.

— Super, je réponds avec un grand sourire.

Il me le rend et m'embrasse alors que la cloche sonne le glas de notre moment romantique. Cole se redresse et me lance :

— À toute, belle Cassandra.

J'ignore à quoi je m'attendais pour ma première relation amoureuse, mais pas à quelque chose d'aussi parfait. Non seulement Cole et moi nous entendons super bien, mais c'est également le cas avec nos parents respectifs. Je ne vous explique pas le stress, le jour où il m'a annoncé qu'il allait me présenter sa famille. J'avais tellement peur de me ridiculiser. D'ailleurs, c'est quelque chose qui me trotte toujours dans la tête. Je guette la moindre trahison de mon corps pour la masquer.

En fait, si l'on m'offrait la possibilité de changer une chose dans notre couple – en dehors du fait de devoir composer avec ma maladie –, je serais infoutue d'en trouver une. Et je ne vous parle pas de notre relation intime.

Il y a quelques jours, je me suis souvenue de cette lettre trouvée dans le casier de Cole. Maintenant que lui et moi sommes très proches, je comprends mieux la remarque de la fille. Pour l'instant, nous sommes restés plutôt sages, mais nous avons tout de même échangé quelques caresses un peu coquines. À chaque fois, Cole provoque des tourbillons de plaisir en moi. J'en suis même devenue accro. Nul besoin d'un élément de comparaison pour savoir que j'adore tout ce qu'il me fait.

En revanche, une chose m'énerve prodigieusement : les autres filles. Je vous épargne les regards noirs qu'elles me lancent à tour de bras. Comme si c'était ma faute si Cole s'est intéressé à moi !

Certes, je ne suis pas vraiment surprise. Je m'attendais à ces jalousies, mais ce n'est pas pour autant que j'aime ça. Heureusement, mon petit ami étant parfait, il me soutient à 100 %. Dès qu'il croise une mégère qui me foudroie du regard, il lui rend la pareille avant de m'embrasser passionnément. Résultat : maintenant, comme le chien de Pavlov, j'en suis presque rendue à prier pour qu'une fille me fusille du regard !

25
Happy birthday

Cassie

Aujourd'hui, je vais souffler mes dix-huit bougies. Désormais, selon la loi californienne, je suis majeure. Je suis donc autorisée à consommer de l'alcool sous la surveillance de mes parents (mais pas à en acheter et je serai certainement morte avant d'avoir l'âge de le faire). Je peux voter pour le prochain président des États-Unis d'Amérique (mais cela aussi, je n'en aurai certainement pas l'opportunité). Je peux acheter des cigarettes (mais je ne fume pas). Je peux ouvrir un compte bancaire (mais je n'en ai pas l'utilité). Je peux me marier sans autorisation parentale (mais ce n'est pas à l'ordre du jour).

Bref, à partir d'aujourd'hui, je peux faire plein de trucs qui me sont complètement inutiles. Et pourtant, cela reste un cap important. Surtout dans mon cas, pour la simple et bonne raison que j'ignore si j'aurai l'occasion d'en fêter un autre (mais je garde cette idée pour moi).

Une fois n'est pas coutume, cette année, mes parents ne sont pas les premiers à me souhaiter mon anniversaire. Ce matin en me levant, j'ai le droit à un petit texto de mon chéri :

Cole J – BHS

Coucou, belle Cassandra. Je te souhaite un très bon anniversaire. Profite bien de cette journée qui est tienne. Ne t'interdis rien. Autorise-toi tout. Je t'aime.

Une semaine après que nous ayons commencé à nous écrire ces trois petits mots, cela me fait toujours aussi drôle de les lire.

C'est lâche de ma part, mais j'ai laissé l'initiative de la déclaration à Cole. Entendons-nous bien, il ne m'a pas fallu longtemps pour me rendre compte que j'étais amoureuse de lui. Je crois même que je m'en doutais déjà quand j'ai accepté de sortir avec lui. Malgré tout, je ne voulais pas être la première à me lancer. Je trouvais ça trop terrifiant. Je craignais que Cole ne partage pas mes sentiments. Alors j'ai attendu patiemment, retenant cette phrase de peu de mots, mais si grande de sens.

Et puis, un soir de la semaine dernière, nous étions en train de discuter sur nos portables, confortablement installés sur nos lits respectifs, lorsque Cole m'a écrit :

Cole J – BHS

Il faut que je te dise quelque chose.

Inutile de préciser que cette entrée en matière m'a carrément fait flipper. Je le voyais déjà chercher un moyen poli de me dire que nous deux, c'était terminé ou qu'il m'avait trompée avec une pom-pom-girl. Les mains tremblantes, je lui ai écrit :

Cassie Johnson

Je t'écoute.

Cole J – BHS

Voilà, je sais que c'est un peu lâche de ma part de te l'annoncer de cette façon, je ne me sens pas encore prêt à te le dire en face, mais je voulais quand même que tu le saches.

Pas besoin de vous dire que cette phrase a accentué mon état de panique. Elle concordait trop bien avec mes scénarios catastrophes. Une boule a envahi ma gorge, m'empêchant de respirer correctement. Ma main tenant le téléphone s'est mise à trembler. Pour une fois, cela n'avait rien à voir avec un dysfonctionnement quelconque de mon corps. C'était tout simplement dû au stress.

Puis le message de Cole s'est affiché sur mon écran et mon cœur s'est emballé pour une raison bien différente cette fois.

Cole J – BHS

Belle Cassandra, je suis tombé amoureux de toi.

Je ne m'attendais tellement pas à cette déclaration qu'il m'a fallu de longues secondes pour assimiler l'information.

Je n'en revenais pas que Cole Johnson me fasse une déclaration d'amour. Cela me semblait tellement improbable.

J'ai été ramenée sur Terre par un nouveau message de Cole :

Cole J – BHS

Je sais que cela peut paraître un peu tôt et je ne veux surtout pas que tu te sentes obligée de dire quoi que ce soit. Je voulais simplement que tu le saches.

J'ai soudain compris qu'il devait penser que je ne partageais pas ses sentiments et que c'était la raison de mon silence. Je me suis aussitôt jetée sur mon écran pour taper frénétiquement une réponse.

Cassie Johnson

Ne crois surtout pas ça.

Cassie Johnson

Moi aussi, je t'aime.

Réalisant ce que je venais d'écrire, je me suis dépêchée de reformuler :

Cassie Johnson

Je veux dire que moi aussi, je suis tombée amoureuse de toi.

Aussi idiot que cela puisse paraître, la nuance entre les deux expressions me semblait de taille.

Depuis cette discussion, nous sommes passés à l'étape supérieure, nous écrivant mutuellement « Je t'aime » à longueur de journée. Cependant, aucun n'a encore osé le prononcer à voix haute. C'est une nouvelle étape à franchir encore plus effrayante, parce qu'il faut affronter le regard de l'autre.

Quoi qu'il en soit, après avoir lu ce message trop mignon de Cole, cette journée ne peut être que bonne. Je descends prendre mon petit-déjeuner, le sourire aux lèvres. Mes parents sont attablés quand j'arrive. Ils me souhaitent à leur tour un joyeux anniversaire, avant que je me goinfre des délicieux pancakes cuisinés par ma mère pour l'occasion. Je les arrose généreusement de sirop de maïs. C'est plein de sucre et c'est mauvais pour la santé, mais je m'en moque, je ne risque pas de mourir de diabète ou d'obésité, hein ?

Je suis en train de me régaler quand mon père annonce :

— Cet après-midi, après tes cours, nous t'emmenons en voyage pour le week-end. Nous rentrons dimanche dans la soirée. C'est notre cadeau d'anniversaire.

— Super ! On va où ?

— Surprise.

Bien évidemment, ma curiosité s'en trouve piquée. Je n'ai aucune idée de l'endroit où ils comptent m'emmener. D'ailleurs, je n'ai pas vu le coup venir. Je suis contente qu'ils aient organisé ça. Cependant, j'ai un petit pincement au cœur quand je réalise que je ne verrai pas Cole du week-end.

— Tu crois que tu as le temps de commencer à préparer un sac avant de partir en cours ? enchaîne mon père.

— Bien sûr !

Je ne suis pas du genre à prendre une énorme valise pour deux jours de voyage. Je sais qu'il me faut un petit quart d'heure tout au plus pour rassembler le nécessaire. Je me dépêche donc de finir mon délicieux repas, puis je retourne dans ma chambre pour remplir une mini-valise.

Une fois prête, je rejoins ma mère en bas pour qu'elle me conduise au lycée. Aujourd'hui, Cole ne peut pas venir me chercher. Il avait un match hier soir qui l'a obligé à se coucher tard. Il profite donc un peu de sa matinée. D'ailleurs, je suis persuadée qu'il m'a envoyé son message avant d'aller se coucher. Il sait que je coupe mon téléphone pour la nuit. Il a certainement voulu que ce soit le premier que je voie en me levant. Ça a fonctionné !

Le temps que je mette mes chaussures, je sens le regard de ma mère sur moi. Cela arrive de plus en plus souvent. Je sais qu'elle guette un signe trahissant le fait que la maladie a franchi un nouveau cap.

Mes parents me connaissent, ils savent que je suis capable de leur cacher son évolution autant que possible. Je tiens à les épargner au maximum. Alors ils gardent toujours un œil sur moi. J'essaie de ne pas leur en vouloir même si cela m'énerve un peu.

En l'occurrence, je fais comme si de rien n'était et continue de lacer mes chaussures. Manque de chance, mes mains se mettent à trembler et je suis obligée de suspendre mon geste quelques instants, le temps que mes doigts réagissent à nouveau normalement.

Quand j'ai fini, je souhaite une bonne journée à mon père, pendant que ma mère tape un truc sur son portable. Elle me dit ensuite :

— Tu n'as qu'à m'attendre dans la voiture, ma chérie. J'ai oublié de prendre un papier important pour un de mes rendez-vous.

Je ne suis pas née de la dernière pluie, je sais que c'est une excuse bidon. Elle veut faire un truc hors de ma vue, qui a certainement un lien avec mon anniversaire. J'en suis persuadée. Toutefois, je joue le jeu et fais semblant de la croire.

— Ok, dis-je en mettant mon sac sur l'épaule.

En m'approchant de la porte d'entrée, je me demande quelle surprise elle peut bien être en train de manigancer. D'ailleurs, je suis certaine que mon père est aussi dans le coup.

J'ouvre la porte et comprends alors de quoi il retourne. Je ne m'y attends pas du tout mais cette surprise me fait vraiment, vraiment, vraiment très plaisir. Elle me fait également fondre.

Sur le pas de la porte, tel un prince charmant, Cole m'attend, un énorme bouquet de roses rouges à la main. Avec un sourire charmeur, il me dit dès qu'il me voit :

— Joyeux anniversaire, belle Cassandra.

Il s'approche ensuite de moi, met le bouquet de côté pour ne pas écraser les fleurs délicates et me donne le plus doux des baisers, pas le moins du monde gêné par la présence de mes parents.

Et moi, je craque pour ce garçon que j'aime de tout mon cœur.

26
Petites cachotteries

Cole

Dès que je reçois le message de la mère de Cassandra pour me prévenir que sa fille est sur le point de sortir, je range mon téléphone dans ma poche et raffermis ma prise sur le bouquet acheté ce matin à la première heure. Je suis content que sa mère ait accepté de jouer le jeu, mais je ne suis pas surpris. Elizabeth – dès notre première rencontre, elle a insisté pour que je l'appelle par son prénom – est vraiment très gentille. Tout comme son mari d'ailleurs. Pas étonnant que Cassandra soit aussi cool, elle a de qui tenir. Ils m'ont tous les deux super bien accueilli. Pourtant, ce n'était pas gagné d'avance. Après tout, je suis le premier garçon que leur fille leur présente. Cela aurait donc pu donner lieu à certaines tensions. Heureusement, mes craintes étaient infondées.

Mes parents aussi sont super sympa avec Cassandra. Mais ma situation est légèrement différente, je suis un garçon et ils sont habitués à voir des filles me tourner autour. En revanche, c'est la première que je leur ai présentée comme étant officiellement ma petite amie. Ma mère s'en est d'ailleurs réjouie. La première fois qu'elle l'a rencontrée, elle a déclaré :

— C'est une gentille fille, je l'aime bien.

— Moi aussi, ai-je répondu.

Depuis, je ne compte plus le nombre de fois où nous sommes allés l'un chez l'autre. Je n'imaginais pas que ce serait si bien d'avoir une petite amie. D'ailleurs, Calvin et Miguel m'ont traité de veinard plus d'une fois.

Je partage entièrement leur avis. Je ne sais pas ce que j'ai fait au Bon Dieu pour qu'Il mette Cassandra sur ma route, littéralement, mais je l'en remercie grandement.

Je l'adore. Je dirais même plus, je l'aime.

Cela me paraît encore étrange de formuler ces mots. C'est la première fois que je ressens quelque chose d'aussi fort pour une fille. Dès le début, j'ai su que Cassandra était quelqu'un de particulier mais je ne pensais pas qu'elle m'amènerait à tomber amoureux d'elle aussi rapidement.

Il ne m'a fallu qu'une petite poignée de semaines pour me rendre compte de la profondeur de mes sentiments. J'ai eu le déclic un après-midi, alors que nous étions allongés sur une des pelouses du campus, elle révisant, moi jouant avec mon téléphone. Elle avait la tête penchée sur son cahier, mordillant le bout de son crayon, et son visage exprimait une intense concentration. Elle a fait basculer ses cheveux d'un côté de sa nuque pour les laisser pendre tel un rideau doré. Le soleil est venu se refléter dedans, mettant en valeur ses milles et une teintes. Elle était tout simplement magnifique. Soudain, elle a relevé la tête et m'a fixé. Voyant que je faisais de même, elle m'a lancé un sourire éblouissant alors que ses pommettes prenaient une délicieuse teinte rosée.

C'est à cet instant que je me suis dit, comme ça, sur un coup de tête : « Cette fille, je l'aime. »

Une fois que cette idée s'est imposée à moi, elle ne m'a plus quitté. J'ai tenu bon pendant deux jours, puis j'ai fini par lui avouer ce que j'avais sur le cœur. Je ne vous explique pas le moment de stress. En comparaison, lui demander de sortir avec moi, c'était du gâteau. Et sa réponse qui tardait à venir n'a fait qu'amplifier cette sensation. J'ai vécu un sacré moment de panique. Heureusement pour moi, elle a rapidement levé mes doutes.

De vous à moi, j'ai failli faire une capture d'écran pour immortaliser sa déclaration, mais j'avais peur du ridicule. Et puis, je pourrai toujours retrouver cet échange en remontant le fil de notre discussion, même s'il commence à sérieusement s'allonger !

Aujourd'hui, nous nous apprêtons à franchir une étape dans notre couple, mais ça, Cassandra l'ignore, et je compte bien faire en sorte qu'il en soit ainsi jusqu'au dernier moment. Il serait dommage de gâcher la surprise.

Dès que Cassandra m'aperçoit sur le pas de la porte avec un bouquet à la main, son visage s'illumine. Je trouvais plus romantique qu'elle ne s'attende pas à me voir ce matin.

Avec le match d'hier soir, la nuit a été un peu courte, mais il m'en fallait beaucoup plus pour ne pas venir la chercher le jour de son anniversaire !

Dès que l'idée m'a traversé l'esprit, j'ai contacté sa mère pour savoir si elle acceptait de jouer le jeu. Je voulais m'assurer que Cassandra ne regarde pas par la fenêtre. Elizabeth m'a dit qu'elle s'en assurerait. Dans le doute, j'ai préféré garer ma voiture à l'angle de la rue pour qu'elle ne puisse pas la voir.

Après lui avoir donner le baiser qu'elle mérite, je lui offre les fleurs. Je suis content de mon coup, elle semble vraiment ravie. Elle se précipite ensuite dans la maison, en hurlant :

— Maman, regarde ce que Cole m'a offert !!!

Sa réaction me touche et m'amuse. Au loin, j'entends la voix de sa mère s'exclamer :

— Mon Dieu, mais elles sont absolument sublimes ! Il faut tout de suite les mettre dans l'eau pour qu'elles ne s'abîment pas.

C'est plus fort que moi, un sourire plein de fierté envahit mon visage.

Soudain, Karl pointe le bout de son nez. Il me donne une poignée de main pour me saluer en me disant :

— Tu viens de placer la barre haute, mon garçon. Maintenant, je vais devoir me décarcasser pour le prochain anniversaire de ma femme, sinon je vais passer pour un rigolo à côté de toi.

Sa remarque me fait sourire. J'aime beaucoup le père de Cassandra. Nous nous entendons super bien tous les deux. Il adore le football alors, forcément, le courant ne pouvait que bien passer. Enfin, si l'on oublie le fait que je sors avec sa fille chérie. Heureusement pour moi, il n'a jamais essayé de jouer aux gros durs. Il dégage toutefois une certaine autorité qui en impose naturellement. Cassandra m'a expliqué qu'il s'occupe d'une équipe de développeurs et je ne doute pas qu'il excelle dans le rôle de manageur.

Pendant que Cassandra met ses fleurs dans un vase, Karl partage avec moi son ressenti sur le match de la veille. Il l'a regardé depuis son salon et je lui fais remarquer qu'il faudrait qu'il vienne nous voir en vrai, s'il veut. Il accepte avec plaisir.

Nous sommes en train de discuter de certaines des actions mémorables, lorsque ma petite amie revient accompagnée de sa mère. Cette dernière me salue et me félicite pour le geste. Même si ce n'était pas mon intention, je sais que j'ai marqué des points.

Nous partons ensuite en direction du lycée. Nous sommes un peu ric-rac niveau horaire, mais nous devrions tout de même arriver dans les temps. Dans le cas contraire, je sais que Cassandra piquerait une crise.

Habituellement, nous avons une bonne demi-heure de marge, ce qui nous permet de saluer les gars et surtout d'avoir un petit moment rien qu'à nous. Ce sont d'ailleurs mes moments préférés de la journée. Quoi de mieux que de commencer les cours avec le goût des lèvres de ma chérie sur la bouche ?

Ces derniers temps, la température monte en flèche entre nous. Nos corps sont de plus en plus affamés. Je sais que Cassandra est novice en la matière – elle me l'a confirmé toute rougissante – donc je m'oblige à rester sage et à ne pas précipiter les choses, mais ce n'est pas toujours facile. D'ailleurs, ces dernières semaines, le curseur de la chasteté se décale progressivement.

Dans les premières semaines, je me contentais de l'embrasser à perdre haleine. Mes mains restaient plus ou moins sages, mais toujours sur ses vêtements. Il faut dire que la situation n'était pas propice à plus, puisque nous étions chez elle, ses parents non loin de nous. Depuis qu'elle a repris les cours, la donne a légèrement changé.

Je ne suis pas du genre culturiste, mais j'apprécie de voir que mon corps plaît à Cassandra. D'ailleurs, j'adore la surprendre à me mater avec un regard concupiscent. Même si cela ne m'aide pas à conserver mes bonnes manières.

Depuis qu'elle m'a donné l'autorisation implicite de partir à la découverte de son corps, en s'aventurant elle-même sous mon pull, je ne m'en prive pas. Au début, je me suis contenté de ses flancs, de ses bras, de son cou. Comme elle ne s'en est pas offusquée, j'ai poussé l'audace jusqu'à frôler sa poitrine et le moins que l'on puisse dire, c'est qu'elle a aimé ça. Comme lors de notre premier baiser.

Désormais, dès que nous nous retrouvons seuls dans un endroit isolé, nos mains se font fiévreuses. Elle a déjà senti mon érection pointer contre son ventre – difficile de faire autrement – mais elle n'a pas semblé effrayée. Au contraire, il y a trois jours, sa main l'a accidentellement frôlée. Enfin, j'ai d'abord cru que c'était un accident, mais lorsque le geste s'est répété, j'ai compris que Cassandra était bel et bien en train de me caresser. Je vous laisse deviner l'état dans lequel cela m'a mis.

Je lui aurais bien rendu la pareille, mais nous étions dans un couloir isolé du lycée et je trouvais qu'elle méritait mieux que cela.

Le grognement de Cassandra me tire de mes pensées. Elle vient de poser son téléphone sur ses genoux, j'en déduis donc qu'il n'est pas étranger à son comportement.

— Qu'est-ce qui se passe, ma puce ?

— Oh rien, une connerie qu'a écrite Derek.

Maintenant que Cassandra est officiellement ma petite amie, que nous sommes fous amoureux l'un de l'autre et que je sais que Derek ne s'intéresse pas à elle mais à Célia, je dois reconnaître que je commence à l'apprécier. Je n'aurais pas cru cela possible, mais il a réussi à s'intégrer dans notre groupe assez facilement. Calvin et Miguel aiment beaucoup son humour déjanté. Moi aussi au demeurant, même si des fois, je me retiens de rire pour ne pas m'attirer les foudres de ma chérie lorsque certaines de ses blagues ou remarques sont franchement limites.

En même temps, ce sont toujours les plus drôles, pas vrai ?

En l'occurrence, je suis curieux de savoir ce qu'il lui a écrit. Et ma curiosité est en grande partie motivée par la rougeur soudaine qui a envahi les joues de Cassandra.

— Qu'a-t-il écrit ?

— Oh rien, une connerie, comme d'hab.

— Allez, dis-moi.

Je vois qu'elle hésite à me tenir tête, avant de céder. Elle déverrouille son téléphone et me lit :

— « Bon anniversaire la belle. Tu sais qu'à partir d'aujourd'hui, tu es sexuellement majeure ? Cela veut dire que tu peux maintenant faire toutes les cochonneries que tu veux avec Cole, sans demander la permission à tes parents. Mais tu dois toujours tout raconter à ton meilleur ami dans les moindres détails. »

Même si je sais que je vais récolter un regard noir de sa part, un sourire vient fleurir sur mes lèvres.

Cela ne manque pas. Elle me fusille du regard en me disant :

— Arrête, ce n'est pas drôle. C'est écœurant.

— Tu devrais lui répondre que nous n'avons pas attendu que tu aies dix-huit ans pour faire des trucs cochons, ça va lui couper la chique.

Son regard se fait un peu plus sombre, légèrement outragé. Cela m'amuse un peu plus.

— Ça va pas la tête ! s'offusque-t-elle. Il va devenir infernal si je lui écris ça.

C'est plus fort que moi, j'éclate de rire. Afin de me faire pardonner, je lui vole un baiser au feu suivant. Son regard change instantanément de couleur. Elle ne résiste pas à mes baisers, et c'est tant mieux car je ne résiste pas non plus aux siens.

Je suis obligé de m'éloigner de ses lèvres quand une voiture klaxonne derrière nous pour me faire comprendre que le feu est passé au vert.

— Belle Cassandra, tu es décidément bien trop dangereuse pour ma tranquillité d'esprit. Je perds la tête dès que je suis près de toi.

Ma remarque fait naître un sourire plein de fierté sur sa délicieuse bouche. Elle donne l'impression d'être sûre de ses charmes. Quand elle prend cet air-là, elle pourrait faire ce qu'elle veut de moi.

Mais je ne lui en tiens pas du tout rigueur car j'adore ça !

Quand nous arrivons enfin sur le campus, on rejoint notre bande de potes et Cassandra leur explique, des étoiles dans les yeux, comment j'ai joué au prince charmant ce matin.

Et encore, elle n'est pas au bout de ses surprises !

27
Surprise surprise

Cassie

— Tu vas trop me manquer, dis-je alors que Cole me dépose devant chez moi.

— Toi aussi ma puce, mais ce n'est que pour un week-end, alors profites-en. C'est un ordre !

Ce matin, je l'ai informé des projets de mes parents.

— Bien chef ! je réponds en faisant un salut militaire, avec un grand sourire.

Cole me le rend en ajoutant :

— Hum, j'aime bien quand tu m'appelles « chef ».

— Ouais, eh bien, ne t'y habitue pas trop, c'était exceptionnel.

— Dommage. Mais cela me convient aussi si tu m'appelles « maître ».

Je lui assène alors un petit coup de coude dans les côtes.

— Hé, je savais bien que cette jolie enveloppe corporelle cachait un démon.

Avant que je ne puisse réitérer, il ajoute :

— Allez, file, tes parents t'attendent.

Obéissant, je me tourne vers la portière. Je n'ai pas le temps d'attraper la poignée que Cole m'attire à lui.

— Tu comptes vraiment partir sans me faire un bisou d'au revoir ?

— Je te signale que c'est toi qui m'as dit de partir, je le taquine.

— Oui, mais « avant, embrasse-moi » me semblait implicite.

J'adore les discussions déjantées que l'on peut avoir. Cole me fait rire plus souvent qu'à son tour. Il a même déjà provoqué plusieurs fous rires. Quand je suis avec lui, j'oublie tout. J'oublie ma maladie. J'oublie surtout qu'il finira par m'être arraché. Et c'est encore heureux, sinon ce serait l'enfer. Chaque fois que cette idée me traverse l'esprit, je me sens dévastée.

Après l'avoir embrassé un peu plus longtemps que d'habitude, je descends de la voiture. Ma mère m'a envoyé un texto un peu plus tôt dans la journée pour m'expliquer le programme. Mon père vient nous chercher en quittant son travail et nous partons dans la foulée. Ils se sont tous les deux arrangés avec leurs collègues pour finir plus tôt aujourd'hui. Je me demande vraiment où ils ont prévu de m'emmener. J'ai eu beau les harceler, ils n'ont pas voulu me donner de détails sur notre séjour. Je sais simplement que nous avons plusieurs heures de route.

J'ai pris plusieurs livres dans mon sac. J'ai aussi pensé à prendre une batterie amovible de secours pour être certaine de ne pas me retrouver sans téléphone, car je compte bien échanger plusieurs messages avec Cole. Nous le faisons dès que nous ne sommes pas ensemble.

Dire qu'avant cette rentrée scolaire, je me servais à peine de mon portable, et qu'il ne me quitte plus désormais. D'ailleurs, mes parents ne se sont pas gênés pour me le faire remarquer. Je pense qu'ils se vengent gentiment du nombre de fois où je me suis moquée d'eux à ce sujet.

La voiture de ma mère est dans l'allée, preuve qu'elle est déjà là. Dès qu'elle entend la porte d'entrée se fermer, elle m'indique qu'elle est dans sa chambre. Elle doit être en train de préparer ses affaires et celles de mon père.

Je la rejoins pour l'embrasser.

— Alors, comment s'est passée ta journée ? me demande-t-elle.

— Bien. Et toi ?

— Pareil. Ton père vient de m'écrire, il devrait arriver d'ici une demi-heure.

— Super, je file dans ma chambre pour m'assurer que j'ai pris tout ce qu'il me faut.

— Ça marche.

Une fois dans ma chambre, je branche mon téléphone sur sa prise de charge rapide. Je vérifie ensuite mon sac. Normalement, je n'ai rien oublié. Entre nous, j'ai mes livres et mon téléphone, donc le reste importe peu.

— Oublie pas de prendre un pyjama, me lance ma mère depuis sa chambre. Il paraît que les nuits sont fraîches là où nous allons.

Cette précision pique ma curiosité. J'avais prévu de dormir en petite-culotte et avec un grand tee-shirt, comme j'ai l'habitude de le faire. Sur les indications de ma mère, j'ajoute donc un pyjama dans mon sac et annonce :

— C'est fait.

Je me demande vraiment où nous allons.

Je compte m'atteler à mes devoirs en attendant l'arrivée de mon père, mais mon intention est stoppée nette quand mon téléphone m'annonce la réception d'un nouveau message de Cole.

Cole J – BHS

Tu me manques déjà, belle Cassandra.

Je fonds en le lisant. Je lui réponds par une série de cœurs et ajoute :

Cassie Johnson

Toi aussi.

Cole J – BHS

Pense à prendre des photos.

Cassie Johnson

Promis !

Cole J – BHS

De toi nue, je veux dire ☺

Je ne devrais pas rire mais c'est plus fort que moi, sa remarque m'amuse, et pas que… mais je décide de laisser ce point de côté. À la place, je lui réponds :

Cassie Johnson

Pervers ! Tu traînes trop avec Derek.

Cole J – BHS

Parce qu'il te demande des photos de toi nue ???

Il accompagne sa question d'une série de smileys très en colère. Histoire d'éviter l'incident diplomatique, je me dépêche de répondre :

Cassie Johnson

Non, tkt.

Cole J – BHS

J'étais déjà en train de faire demi-tour pour aller lui briser les rotules.

Cassie Johnson

Pfff, la violence ne résout rien.

Cole J – BHS

Alors, là, tu te mets le doigt dans l'œil.

Cassie Johnson

Tu sais bien que tu n'as pas à être jaloux de lui, ni de qui que ce soit d'ailleurs.

Cole J – BHS

On n'est jamais trop prudent. J'ai entendu dire qu'il ne faut jamais considérer le bonheur comme acquis. Je fais donc tout mon possible pour que tu restes pour toujours rien qu'à moi, belle Cassandra.

Sa remarque me brise le cœur. Elle me fait l'aimer un peu plus. Dans le même temps, elle me détruit. Au début, je me suis refusée de penser à l'avenir. Notre couple était trop neuf pour savoir s'il avait une chance de survivre. Maintenant, c'est différent. Chaque jour qui passe me donne l'impression que ce qu'il y a entre nous est de plus en plus fort.

Si je n'avais pas cette putain d'épée de Damoclès au-dessus de ma tête, je pourrais m'avouer que Cole est le bon, celui avec qui je me vois vieillir. Je sais que je suis jeune pour penser à ce genre de choses. En temps normal, on pourrait même me dire que j'ai la vie devant moi et encore largement le temps de changer d'avis. Sauf que du temps, je n'en ai pas. Je n'en ai plus. Tout juste une poignée de mois. Autrement dit trois fois rien.

Donc si sa déclaration me touche, elle fait naître des larmes au coin de mes yeux. J'aimerais tellement être comme les autres, et non cette pauvre fille qui avait autant de chance de chopper cette merde que de gagner à la loterie ou de se faire frapper par la foudre.

Parfois, la rage qui s'empare de moi est tellement puissante qu'elle me bouffe de l'intérieur. J'ai beau me répéter *carpe diem*, il arrive que j'aie simplement envie de hurler face à l'injustice qui me frappe. Qu'ai-je donc fait au Bon Dieu pour qu'Il me réserve ce sort ? J'aimerais qu'on m'offre quelques minutes de discussion avec lui pour qu'Il m'explique la raison pour laquelle ce truc horrible m'arrive.

En réalité, je pense surtout qu'Il n'y est pour rien. Qu'il n'y a rien en fait, aucune force supranaturelle bienveillante. Sinon, des choses pareilles ne se produiraient pas. Personnellement, je trouve l'autre option pire et plus injuste.

Rageusement, j'essuie mes yeux pour qu'ils ne rougissent pas. Je ne veux pas que mes parents sachent que j'ai pleuré. Je ne veux pas leur faire plus de peine qu'ils n'en ont déjà.

Durant mes nombreuses insomnies, j'ai eu largement le temps de réfléchir à toute cette merde. Je me dis que ce qui m'attend est horrible, mais que mes parents ne sont pas en reste. J'aurais même tendance à penser que ce sera pire pour eux. Quand tout sera fini pour moi, eux continueront de souffrir.

Surprise du sombre cheminement de mes pensées, je me ressaisis et pose à nouveau mon regard sur la superbe déclaration de Cole. Il manie vraiment les mots avec brio. Il arrive toujours à me toucher avec une simple phrase.

Au début, je pensais qu'il se comportait ainsi avec toutes les filles qui croisaient son chemin. Mais un jour, alors qu'il me faisait une de ses déclarations enflammées, Calvin s'est moqué de lui en disant :

— Mec, tu t'entends parler ? On dirait Casanova. Je ne te connaissais pas ce talent.

J'en ai donc déduit que c'était inédit. Cependant, je ne lui ai pas posé la question. Nous ne parlons jamais de ses relations passées, c'est un sujet tabou entre nous. Je ne me sens pas à l'aise avec ça. Je ne peux m'empêcher de me comparer aux filles que j'ai vues pendues à son cou. Si vous voulez mon avis, je suis loin de tenir la comparaison.

Je parle de mon physique, mais pas que.

Il m'arrive de me demander si Cole ne s'ennuie pas avec moi. Sexuellement parlant, je veux dire. Il ne m'a jamais donné l'impression d'attendre plus de ce côté-là, mais je ne suis pas stupide. Il n'est pas puceau. Avant d'être avec moi, il avait une vie sexuelle active (il n'y a qu'à voir la lettre qui s'est retrouvée dans mon casier). Or pour l'instant, nous sommes restés plutôt chastes. Certes, nos mains sont de plus en plus baladeuses, mais nous n'avons pas encore fait l'amour. Je sais que c'est à cause de moi. Cole ne me le proposera jamais. Il va attendre que je sois prête et que je lui fasse savoir. J'en suis convaincue. Il agit ainsi avec moi depuis le début. Il n'a commencé à s'aventurer sous mon pull qu'à partir du moment où je m'y suis autorisée avec lui. Idem concernant les frôlements « accidentelles » sur une certaine zone de notre anatomie.

La première fois que nos corps se sont collés l'un à l'autre et que nous nous sommes embrassés, je n'ai pu manquer la raideur contre mon ventre. Elle me fascine en même temps qu'elle me terrifie à cause de sa taille. Et puis mardi, je me suis lancée à l'eau. J'ai tâté cette protubérance. J'avais peur de mal m'y prendre, mais le ronronnement qui s'est échappé de la gorge de Cole m'a rassurée. J'ai donc continué mon manège et Cole a fini par se joindre à moi.

Ces dernières semaines, nos câlins ont attisé mon désir. Un besoin encore inconnu s'est emparé de moi. Avoir la main de Cole, ici, entre mes jambes, l'a légèrement apaisé. Mais dès qu'il a cessé, il s'est amplifié. J'ai un peu honte d'avouer que je suis sexuellement frustrée.

Certes, je suis flattée de la prévenance de Cole, qu'il me laisse aller à mon rythme, mais je débute en la matière donc je ne sais pas comment m'y prendre. Chaque nouvelle étape s'accompagne pour moi de l'éternelle question « Est-ce que je le fais bien ? ». Comme il me laisse l'initiative de tout, elle est accompagnée par tout un tas d'autres questions : « Va-t-il me prendre pour une dévergondée ? », « Est-ce le bon moment pour faire ça ? », « Attend-il un geste de ma part ou n'est-il tout simplement pas intéressé ? », « Le fait-il uniquement pour me rendre la pareille ou bien en a-t-il vraiment envie ? »…

Peut-être devrais-je lui dire que j'aimerais qu'il prenne les commandes, que je me sens prête à sauter le pas mais que je veux qu'il mène la barque. Certes, cette discussion sera terrifiante, mais l'envie de partager une plus grande intimité avec Cole est en train de prendre le dessus.

Bien avant que nous nous fassions cette déclaration amoureuse, j'ai su que je voulais qu'il soit le premier – et le dernier. Pour moi, c'est une évidence.

C'est décidé, après ce week-end, je me lance. D'ailleurs, je pourrais peut-être profiter de ce petit voyage pour lui faire part de mes intentions. Je n'aurai ainsi pas à l'affronter de visu et j'aurai ensuite quelques heures pour me préparer à le revoir.

Alors que j'élabore mon plan d'action, ma mère m'appelle :

— Cassie, ton père est là.

— J'arrive.

Je manque de m'étaler de tout mon long en me penchant pour attraper mon sac, trahie à nouveau par mon corps. Une fois stable sur mes jambes, je m'empare de mes affaires et descends rejoindre ma mère.

— Je ferme la maison, j'arrive, me lance-t-elle.

— Ok.

Je sors pour rejoindre la voiture de mon père et manque à nouveau de me casser la figure. Cette fois, c'est en découvrant Cole appuyé contre la voiture de mon père, en pleine discussion avec lui.

Que fait-il ici ?

J'en ai une vague idée mais elle me semble tellement improbable. Merveilleuse mais improbable.

28
Lecture intéressante
Cole

Je dois me retenir de rire en voyant l'air ahuri de Cassandra lorsqu'elle me voit. Toute la journée, j'ai dû me mordre la langue pour ne pas trahir le secret et cela n'a pas été facile. Surtout quand elle a quitté ma voiture un peu plus tôt, le regard triste.

Pourtant, je ne regrette pas. L'expression qu'elle arbore actuellement en vaut largement la peine. Au demeurant, je comprends son étonnement. Je peux vous assurer que lorsque la mère de Cassandra m'a appelé, il y a deux semaines, pour me demander si je voulais les accompagner, j'ai d'abord cru à une mauvaise blague.

L'invitation d'Elizabeth était vraiment inattendue. Quoi qu'il en soit, il ne m'a pas fallu plus d'une minute pour y répondre positivement. En revanche, cela a été un peu plus compliqué de tenir ma promesse de ne rien dire à Cassandra. Plus d'une fois, j'ai failli gaffer sans le vouloir, mais je me suis toujours rattrapé *in extremis.*

Ma petite amie nous rejoint, son père et moi, le regard plein d'expectative.

— Cole ? Que fais-tu là ?

En même temps qu'elle pose la question, elle balaie la route du regard. Je suis certain qu'elle cherche ma voiture. Elle peut toujours, elle ne la trouvera pas. Karl est passé me prendre chez moi. C'était une idée de la mère de Cassandra qui trouvait que la surprise serait encore plus grande. On peut dire que c'est réussi.

— Où est ta voiture ?

C'est plus fort que moi, je lui réponds avec un énorme sourire :

— Surprise !!!

Elle tourne immédiatement la tête vers son père qui lui confirme :

— Cole nous accompagne.

Elle semble enfin y croire et se jette au cou de son père, en multipliant les remerciements. Quand elle quitte enfin ses bras, elle se tourne dans ma direction. Moi, je n'ai pas le droit à un câlin, mais à un coup dans le bras.

— Eh ! je marmonne.

— Tu vas me le payer de m'avoir menti.

— Quoi !? Je ne t'ai pas menti.

— Un mensonge par omission reste un mensonge.

— Ce sont tes parents qui ne voulaient pas que je t'en parle, ce n'est pas ma faute.

Elle essaie de jouer les filles fâchées, sans parvenir à tenir le rôle plus de trente secondes. Elle est tellement contente que cela éclipse tout le reste.

Lorsque sa mère nous rejoint, elle aussi a le droit à un gros câlin de remerciement, puis on s'installe tous en voiture. Cinq bonnes heures de route nous attendent. Contrairement à moi, Cassandra ignore toujours le plan de ses parents. Ce soir, nous faisons halte à Boulder City, une petite ville à une demi-heure de Las Vegas et une heure et demie du Grand Canyon, l'objectif ultime de ce week-end.

Après avoir hésité, ses parents ont décidé de ne pas s'arrêter dans la ville du péché. Nous éviterons ainsi une tonne de bouchons ce soir et demain matin. Et surtout, ce n'est pas le style de Cassandra. Elle est du genre à aimer la nature, pas la ville. Je suis persuadé que Las Vegas ne présente que peu d'attraits pour elle. Nous serons mieux dans une petite ville plus tranquille. De toute façon, à notre âge, l'intérêt de Vegas est plutôt limité.

Là où le plan se complique, c'est pour la nuit. J'ai cru mourir de honte quand sa mère m'a demandé : « Dois-je vous prendre une ou deux chambres ? » Franchement, je ne vois pas pire question que pourrait me poser la mère de ma copine, à part peut-être : « C'est toi qui l'as mise enceinte ? » J'espère simplement que j'ai fait le bon choix, sans en être encore convaincu.

Cela fait une bonne heure que nous roulons, Cassandra lovée contre moi. Si je ne suis pas au paradis, on en n'est pas loin. Dans un premier temps, je joue sur mon téléphone d'une main, tandis que l'autre passe lascivement et de manière répétée sur son bras, un peu comme un tic. Puis, la curiosité l'emporte.

Quand elle s'est rendu compte que ses questions allaient rester sans réponse, Cassandra a sorti son livre et s'est mise à lire sans lever le nez. Je louche à plusieurs reprises sur les pages qui sont presque sous mes yeux. Finalement, je décide de laisser tomber mon téléphone et de lire également son livre.

Cassandra est tellement prise dans sa lecture qu'elle ne s'en rend même pas compte. En fait, elle semble hermétique à tout ce qui l'entoure, ce qui ne fait qu'attiser ma curiosité.

Si je vous confie que je ne lis pas de romance, cela ne vous étonnera certainement pas. C'est même le premier livre de ce genre dont je lis ne serait-ce qu'une page.

Je m'attends à un truc niais au possible, dégoulinant de clichés et passablement ennuyeux. Autrement dit, de la mauvaise littérature. Il faut reconnaître que c'est l'idée que je m'en fais.

Or, après une bonne demi-heure de lecture, je suis obligé de revoir mon jugement. Certes, je ne viens pas de me découvrir une passion pour le genre, mais ce n'est pas aussi nunuche que je le pensais.

C'est une histoire à deux voix. Les chapitres alternent entre le point de vue de la fille et celui du garçon. Quand ce dernier nous parle, certaines de ses pensées me donnent envie de sourire et me font lever les yeux au ciel. On voit bien que c'est une fille qui a écrit ça ! Un garçon n'aurait pas tout à fait les mêmes propos et ne réagirait pas de la sorte à certaines des situations auxquelles il est confronté.

Malgré tout, c'est agréable à lire. Je n'irai pas jusqu'à dire que j'en achèterai un, ni que j'en lirai un autre mais l'expérience est plutôt plaisante.

Enfin, c'est ce que je pense jusqu'à ce que cela devienne un peu plus chaud entre nos deux héros. Cela fait quelques pages qu'ils se tournent autour. Le gars semble bien parti pour réussir à conclure.

À la manière d'un film romantique, je m'attends à ce que l'affaire soit bouclée en trois lignes du style : « Il la ramène chez lui. Ils s'embrassent, font l'amour et s'endorment à poings fermés. »

Quelle n'est pas ma surprise quand je vois que l'auteure semble partie pour entrer dans les détails. Dans un premier temps, nos héros s'embrassent. Puis, leurs mains deviennent baladeuses, un peu comme Cassandra et moi le faisons dès qu'un peu d'intimité nous est offerte.

Et soudain, on bascule dans l'érotique. Le héros allonge sa belle sur son lit. Petit à petit, il la déshabille, vêtement après vêtement. Les descriptions sont telles qu'elles font monter la tension entre nos héros et le lecteur.

Quand la fille est enfin nue, notre gars ne passe pas directement à l'acte, mais décide de goûter le nectar entre ses jambes. Arrivé à ce passage, je ne peux m'empêcher de me mettre à la place du type. Je m'imagine prodiguant une telle caresse à Cassandra. Je sais déjà que je la trouverai délicieuse.

Soudain, je me retrouve avec un début d'érection. Situation des plus embarassantes alors que je suis dans la même voiture que les parents de ma copine !

Seigneur ! Je n'aurais jamais cru qu'il y avait des scènes aussi explicites dans ce genre de romans. Attention, je ne juge pas. Je serais plutôt mal placé étant donné le nombre d'heures de visionnage de porno que je cumule. Mais je suis tout de même étonné. Et encore plus surpris que Cassandra lise des choses comme ça.

En revanche, je ne suis pas choqué. Je dirais plutôt excité !

La température continue de monter entre le couple, alors que la fille jouit sur la bouche de son mec.

C'est imperceptible et je ne m'en serais pas rendu compte si je n'avais pas lu par-dessus son épaule, mais la respiration de Cassandra se fait un peu plus lourde.

Nous imagine-t-elle, elle aussi, prendre la place des protagonistes ?

Je dois maintenant fournir un effort herculéen pour ne pas me faire griller à la fois par ma petite amie et par ses parents – il ne manquerait plus que ça !

Sauf que ce maudit bouquin a décidé d'avoir ma peau !

La belle désormais comblée, le gars entreprend de s'équiper pour passer aux choses sérieuses, mais la fille en décide autrement et prend les choses en main – littéralement – puis en bouche.

Le pauvre, se sentant sur le point de venir – et ce n'est pas moi qui le jugerai – sort de l'écrin humide que forme la bouche de sa petite amie pour venir se noyer dans un écrin encore plus humide et étroit.

Ok, je suis foutu !

L'ensemble de la scène est décrit avec un tel érotisme – sans pour autant être vulgaire – que je me retrouve avec une trique d'enfer. Je ne regarderai plus jamais Cassandra le nez dans ses bouquins de la même façon. Qui aurait cru qu'elle lisait des trucs aussi cochons ?

Je ne peux pas me retenir plus longtemps, j'attrape discrètement mon téléphone et lui écris :

Cole J – BHS

Cassandra, tu es une vraie petite coquine.

Histoire d'illustrer mon propos, j'ajoute une image animée du loup de Tex Avery, ce qui correspond plus au moins à l'état d'esprit dans lequel je me trouve actuellement.

Sentant son téléphone vibrer, elle délaisse son livre quelques secondes pour y jeter un œil. Quand elle prend connaissance de mon message, son souffle se fait encore plus erratique et ses joues plus rouges.

29
Nuit intense en perspective

Cassie

Oh. Mon. Dieu.

Quand je lis le message que Cole vient de m'envoyer, il me faut quelques instants pour que les mots percent le brouillard dans lequel flotte mon cerveau. C'est comme si je me trouvais encore dans la scène de sexe que je viens de lire.

Il est indéniable que lorsque j'en lis, un certain émoi s'empare toujours de moi. Cependant, depuis que je suis avec Cole, l'effet est décuplé, pour la simple et bonne raison que je me vois maintenant vivre et ressentir tout ce qui arrive aux héroïnes de mes livres. Je comprends mieux les frissons qui les assaillent. Ce vide causé par le besoin d'être touchée, il s'empare tellement souvent de moi ces derniers temps que je compatis lorsqu'elles y succombent. Moi aussi, j'aimerais le faire.

Mais aujourd'hui, c'est pire car je lis tous ces mots coquins en étant appuyée contre celui qui est la cause de mes tourments hormonaux de ces dernières semaines. Je pensais que cela ne changerait rien, j'avais tort. Cela me trouble encore plus.

Quand je comprends la teneur de ce qui s'affiche sur mon écran, je réalise que j'ai commis une erreur stratégique. Je n'ai pas réalisé que Cole avait une vue plongeante sur mon livre. D'ailleurs, je n'aurais pas cru qu'il lirait par-dessus mon épaule.

Maintenant, je le paie par un moment de gêne intense et des joues écarlates. Le fait que mes parents soient juste devant nous ne fait qu'empirer la chose.

Je fixe mon téléphone comme s'il détenait tous les secrets de l'Univers. En réalité, je suis en train de prier pour disparaître ou pour que ce moment n'ait jamais existé. Je me demande ce que je dois faire.

Je suis toujours sans réponse lorsque mon téléphone vibre à nouveau.

Cole J – BHS

Tu es tellement craquante quand tu es gênée, même si je préfère te voir en train de lire des passages cochons.

Le salaud ! Il en remet une couche. Sa remarque provoque une petite flamme de rébellion en moi qui me fait oublier mon malaise quelques instants pour lui rétorquer :

Cassie Johnson

Ce n'est pas drôle de te moquer de moi !

Cole J – BHS

Je ne me moque pas. Promis. Je te trouve réellement chou. Mais je t'en veux un peu.

Cassie Johnson

Pourquoi ?

Cole J – BHS

À cause de toi, je dois gérer une érection d'enfer, alors que je suis dans la même voiture que tes parents !

Seigneur, il a vraiment décidé de me torturer. Inutile de préciser que je me serais bien passée de cette petite précision sur l'état de son anatomie. Je n'ai vraiment pas besoin de ça en ce moment !

Cassie Johnson

Stop ! Arrêtons là cette discussion.

Cole J – BHS

Hum, bonne idée. Nous en reparlerons ce soir.

Personnellement, j'aurais préféré qu'on ne le fasse jamais. Enfin, quitte à choisir, je préfère aborder le sujet avec mon téléphone comme seule compagnie.

Cassie Johnson

OK.

Cole J – BHS

Super ! Maintenant, j'ai encore plus hâte d'être ce soir dans notre chambre.

Pardon ?!

Cassie Johnson

Notre ?

Cole J – BHS

Ah oui, j'ai oublié de te le dire, mais ce soir, toi et moi, belle Cassandra, nous allons partager la même chambre.

Hein ? Quoi ? Mais qu'est-ce qu'il raconte ? Il se paie ma tête ?

Je lève les yeux vers lui, le regard plein d'incompréhension.

J'aimerais l'interroger directement mais je ne peux clairement pas le faire devant mes parents. Je reporte donc les yeux sur mon téléphone et tape frénétiquement :

Cassie Johnson

C'est une blague ?

Cole J – BHS

Non, c'est la vérité.

Cassie Johnson

Comment ?

Ma question n'est pas très claire, mais il la comprend et m'explique :

Cole J – BHS

Ta mère m'a demandé si elle devait réserver une ou deux chambres pour nous. Par souci d'économie, j'ai répondu « une ».

Il accompagne sa réponse d'un petit smiley arborant un sourire pervers. Je n'en reviens pas qu'il ait fait ça, sans m'en parler de surcroît !

Maintenant, mes parents vont croire que nous couchons ensemble, alors que ce n'est même pas vrai. Mortifiée, je comprends soudain pourquoi ma mère m'a proposé la semaine dernière d'aller chez le médecin pour qu'il me prescrive un contraceptif. Je pensais qu'elle voulait être prévenante. En réalité, elle pense que nous le faisons déjà. La honte !

Je n'ai toujours rien répondu et mon téléphone vibre à nouveau :

Cole J – BHS

C'est ta mère qui l'a proposé. Je te jure. Mais si tu veux, on peut toujours demander à faire chambre à part.

Non ! est la réponse qui me vient immédiatement à l'esprit.

Un changement de dernière minute rendrait la situation encore plus gênante et ferait naître des questions auxquelles je ne veux pas répondre. Je préfère encore que ma mère pense que Cole et moi faisons l'amour plutôt que d'avoir LA discussion sur le sexe et sur le moment où il faut sauter le pas.

Mais surtout, je suis ravie de pouvoir dormir avec Cole. Terrifiée mais ravie. C'est inespéré. J'en ai rêvé plus d'une fois. Le soir, quand nous mettons à regret un terme à nos échanges, je me dis toujours que j'aimerais bien qu'il soit là pour que je puisse me blottir contre lui.

Interprétant mal mon silence, Cole m'envoie un nouveau message :

Cole J – BHS

J'ai choisi de partager une chambre avec toi parce que j'en avais envie et je te promets que je me tiendrai bien. Mais si cela te met mal à l'aise et que tu préfères avoir ta propre chambre, je te jure que je ne me vexerai pas.

Je comprends le sous-entendu de « je me tiendrai bien ». Il veut dire par là qu'il ne tentera pas le moindre truc sexuel. J'aimerais dire que moi aussi je me tiendrai bien, mais je suis loin d'en être convaincue.

Quoi qu'il en soit, même si cette idée me terrifie, j'ai envie de le faire. Qui sait quand pareille occasion se présentera à nouveau ? Je prends donc mon courage à deux mains et lui écris :

Cassie Johnson

Moi aussi, j'en ai envie.

Cole J – BHS

Super !

Il se penche alors vers moi et dépose un baiser sur mes tempes. Avant de s'éloigner, il me donne le coup de grâce en murmurant à mon oreille :

— J'ai hâte d'être ce soir, pour que l'on continue cette discussion.

Pas moi !

Il reporte ensuite son attention sur son téléphone pour jouer à nouveau. Je décide de faire de même. Pas question que je reprenne ma lecture !

Malgré moi, la fatigue m'enveloppe et je finis par m'endormir sur l'épaule de mon chéri. Tout ce stress et cette excitation que j'ai ressentis m'ont épuisée. Lorsque je me réveille, la voiture est à l'arrêt.

— Debout la Belle au bois dormant, susurre Cole à mon oreille.

Sa main caresse doucement ma joue. J'ignore si c'est elle ou l'arrêt du moteur qui m'a réveillée.

— Nous sommes arrivés ? je demande d'une voix plus rauque que d'ordinaire.

— Oui. Ton père est parti chercher la clé des chambres.

Je constate seulement maintenant qu'il n'est plus derrière le volant.

— Lui et moi allons déposer nos sacs pendant que ta mère et toi allez réserver une table au restaurant de l'hôtel.

— OK.

Je lui réponds distraitement, car je cherche discrètement des indices pour deviner où nous sommes. Ni Cole ni mes parents n'ont voulu me le dire.

Aussitôt dit, aussitôt fait. Nous descendons tous de voiture. Enfin, Cole s'exécute en premier parce qu'il me faut un peu de temps pour finir d'émerger de mon sommeil. Quand j'ouvre ma portière, il est déjà là à m'attendre. Et heureusement, parce qu'au moment où je sors, je manque de m'étaler la tête la première sur le bitume en raison d'une faiblesse dans mes jambes. Mais Cole me rattrape.

Taquin, il me dit :

— Je vais finir par croire que c'est une technique de drague chez toi. Tu sais, si tu veux que je te prenne dans mes bras, il te suffit de me le dire, pas la peine de jouer les cascadeuses.

Je lui tire la langue en me redressant. Entre nous, je préfèrerais que ce soit du cinéma, parce que la réalité est bien moins romantique, elle est même plutôt dramatique. J'essaie de garder un air joyeux, mais ce n'est pas chose aisée. Je croise discrètement le regard de ma mère et je devine immédiatement ses pensées. Elle se dit que je ne devrais pas continuer à garder mon terrible secret. Elle s'interroge aussi sur la gravité de cette défaillance, d'où son air inquiet et triste.

J'aimerais la rassurer mais je n'arrive déjà pas à me persuader moi-même, donc je ne risque pas d'y parvenir avec elle. Les faits sont là : je suis de plus en plus instable sur mes jambes. Désormais, je trébuche minimum une à deux fois par jour. Je me demande avec horreur si je vais bientôt devoir me déplacer en fauteuil roulant. À partir de là, je sais que ce sera le début de la fin pour moi. C'est le moment que je redoute le plus, car il signera la fin de ma vie normale et la limite que je me suis fixée.

J'ai négocié avec mes parents pour entamer cette scolarité au lieu d'accepter de les suivre dans un tour du monde. En revanche, je leur ai précisé que je n'irai pas en cours en fauteuil. Quand je ne serai plus capable de marcher seule, je ne veux pas subir le regard des autres élèves. C'est au-dessus de mes forces. Et je ne veux même pas envisager le sujet « Cole ». Il est trop douloureux.

Quand mon père revient, lui et Cole vident le coffre de la voiture. Ce dernier n'a pas perçu l'échange visuel lourd de sens que je viens d'avoir avec ma mère. J'ai honte de lui cacher un truc pareil. Je sais que c'est horrible, mais je ne peux tout simplement pas me résoudre à le lui dire.

Pendant qu'ils se rendent aux chambres, je me dirige avec ma mère vers le restaurant. Je n'ai toujours aucune idée de l'endroit où nous nous trouvons. Sur le parking, j'ai vu plusieurs voitures avec des plaques de différents États, donc impossible de savoir dans lequel nous sommes. En revanche, quand je pénètre dans le restaurant et que je vois les photos accrochées au mur, je suis submergée par l'émotion.

Les larmes aux yeux, je demande à ma mère d'une voix tremblante :

— Nous allons voir le Grand Canyon ?

Mon père et Cole arrivent à l'instant où ma mère confirme mes suppositions. Je saute alors au cou de mes parents en sanglotant. Je suis tellement émue qu'ils me fassent ce cadeau.

C'est un rêve d'enfance. Je suis une fana de la nature. Je suis fascinée par les prouesses dont elle est capable. Le Grand Canyon est LA construction hydrogéologique que je rêvais de voir en vrai.

Je n'en reviens pas qu'ils m'y emmènent.

Le repas se déroule dans une ambiance détendue et je suis sur mon petit nuage. Je m'attendais à ce qu'une certaine tension plane dans l'air du fait que Cole et moi allons ensuite dormir dans la même chambre. Mais mes parents ne semblent pas s'en émouvoir. Je devrais arrêter de me mettre martel en tête. Après tout, je suis une grande fille aujourd'hui.

Pour le dessert, mon père commande une bouteille de champagne et nous en buvons chacun une coupe. Heureusement pour moi, ils m'évitent la scène gênante des serveurs apportant le gâteau en chantant joyeux anniversaire.

Une fois repus, nous prenons le chemin de nos chambres, toujours de façon aussi sereine. Excepté me concernant. Pour ma part, je suis tout sauf calme. Tout un tas de questions m'assaille. Quand je pense que ce matin encore j'ignorais que j'allais passer ma première nuit avec mon petit copain !

La chambre de mes parents est la première sur notre route. Ils nous souhaitent bonne nuit avant de disparaître. Je me retrouve alors seule avec Cole dans le couloir et la tension monte d'un cran. Puis d'un autre quand nous sommes à notre tour devant la porte de la nôtre.

Cole la déverrouille et se décale pour me laisser passer la première.

— Si madame veut bien se donner la peine.

— Merci monsieur, je réponds sur le même ton pompeux.

Tant que je fais l'andouille avec lui, je ne stresse pas sur les moments à venir.

Je découvre la pièce en même temps que j'y pénètre. Elle est spacieuse et confortable. Mes parents me font vraiment un beau cadeau.

Je déglutis un peu en voyant le lit qui s'étale devant moi. Il est immense. Cole et moi n'allons pas nous gêner cette nuit.

Sauf si vous êtes collés l'un à l'autre.

Ouais, merci de me le rappeler.

Je vais ensuite dans la salle de bain pour finir mon exploration. Elle aussi est grande et classe.

Lorsque je me retourne en direction de la chambre, je vois Cole qui m'observe. Il essaie de se maîtriser mais son regard est enflammé. Soudain, il semble se reprendre et sort les mains de derrière son dos.

Elles tiennent un paquet cadeau qu'il me tend en déclarant :

— Bon anniversaire, belle Cassandra.

Touchée, je lui réponds d'une petite voix :

— C'est trop gentil, il ne fallait pas.

— Quoi ? Et prendre le risque de perdre mon titre de meilleur petit ami de l'année ? Jamais.

Après avoir souri, je lui réponds :

— T'inquiète, aucun risque.

— Mmm, on n'est jamais trop prudent.

Il me tend toujours le paquet et je m'approche pour le lui prendre des mains. Je m'assois sur le lit pour le déballer.

Quand je découvre ce qu'il contient, j'ai un instant d'hésitation. Il vient de m'offrir des livres. En fait, il vient de m'offrir ma série préférée, celle dont je lui ai parlé. Sauf que je les ai déjà. Je ne comprends pas pourquoi il me les a achetés en double. J'ignore quoi dire. Je ne veux surtout pas le vexer.

Il doit se rendre compte de mon trouble car il me précise :

— Ouvre-les.

J'obéis et là, une boule se forme dans ma gorge. Ils sont dédicacés par l'auteure !

Je n'en reviens pas. C'est tout simplement fabuleux.

Je relève les yeux vers lui. Il semble tout gêné lorsqu'il me dit :

— Je sais que tu les as déjà, mais tu m'as dit que tu les adorais et que ton regret était de ne pas avoir un petit mot de l'auteure, alors je me suis dit que cela pourrait te faire plaisir.

— Plaisir ? Tu veux rire ? C'est tout simplement génial. Je n'arrive même pas à y croire !

Avide, je parcours le message que m'a laissé mon auteure favorite. Cole a dû lui donner des infos sur moi, car j'y trouve des références personnelles me concernant.

Je n'en reviens pas qu'il m'ait offert un truc aussi fou.

Je relève les yeux vers lui et me jette dans ses bras en déclarant :

— Merci Cole. C'est le plus beau cadeau qu'on m'ait jamais fait !

Avec un rire dans la voix, il me répond :

— *Chut*, ne le dis pas à tes parents. Je ne voudrais pas qu'ils me détestent.

Sa remarque me fait sourire.

Mon regard se porte à nouveau sur les livres que je tiens entre mes mains et j'en caresse amoureusement les couvertures. Elles sont sublimes et le message inscrit à l'intérieur les rend inestimables.

Il n'y a pas à dire, j'ai vraiment le meilleur petit ami de la planète !

La boule dans ma gorge prend soudain des proportions démesurées.

30
Journée forte en émotions

Cassie

Un rayon de soleil filtrant à travers le rideau vient me tirer de mes songes. Il me faut quelques instants pour me rendre compte que je suis lovée dans les bras de Cole.

Hier soir, après qu'il m'ait offert ce superbe cadeau, il s'est comporté en parfait gentleman. Il m'a laissé la salle de bain en premier, pour que je prenne une douche et enfile mon pyjama. Heureusement que ma mère m'y a fait penser ! D'ailleurs, je me demande si ce n'était pas volontaire de sa part.

Quand je suis sortie, Cole a pris ma place et je me suis installée sur le lit.

Et là, pour ma plus grande honte, j'ai aussitôt sombré dans un profond sommeil. Je serais incapable de vous dire le temps que Cole a mis avant de sortir de la salle de bain, si ce n'est qu'il était plus long que celui qu'il m'a fallu pour m'endormir ! Une chose est sûre, en tout cas, nous n'étions pas dans cette configuration. Je suis donc venue me coller à lui en cours de route.

Quand je lève les yeux, je constate que Cole est déjà réveillé et qu'il m'observe. Il me sourit et demande :

— Bien dormi la marmotte ?

— Super bien. Et toi ?

— J'avais la meilleure des couvertures, alors forcément, j'ai passé la meilleure nuit de ma vie.

— Vil flatteur.

— Le plus important, c'est : est-ce que cela fonctionne ?

— Hum, je ne sais pas, cela dépend ce que tu comptes obtenir.

Une petite voix coquine dans ma tête me souffle tout un tas de possibilités que j'approuve.

Je me rappelle très bien la promesse de Cole d'être sage, mais je ne lui tiendrais pas du tout rigueur s'il se dédie. Au contraire.

Mon petit ami me tire de mes réflexions peu honorables en répondant :

— Je t'aurais bien soumis toutes mes propositions, mais comme madame a fait la grasse mat', nous n'avons pas le temps. Ta mère nous a envoyé un message groupé pour nous prévenir que nous partons dans moins d'une heure, donc pas le temps de flemmarder.

Merde !

Décidemment, je suis maudite.

Cole fait glisser un doigt sur mon nez en commentant :

— Je suis touché par cet air déçu, mais je te promets que ce n'est que partie remise. Pour l'heure, le Grand Canyon t'attend !

Je réalise alors que dans quelques heures, je vais me retrouver face à cette immensité de la nature et mon pouls s'accélère. Je n'en reviens toujours pas de la chance qui m'est offerte.

Puis il s'emballe carrément quand Cole se décale et sort du lit en boxer. Pour le coup, j'ai envie de me mettre des claques pour m'être endormie hier soir. Quel gâchis !

Je ne suis pas près d'oublier le spectacle qui s'offre à moi. Je n'ai encore jamais eu l'occasion de le voir torse nu et je me rends compte de ce à côté de quoi je suis passée. Je n'ai qu'une chose à dire : « Miam » !

Il a un corps de sportif sans un poil de graisse. Ses dorsaux forment une tranchée puissante autour de sa colonne, sur laquelle j'aimerais faire courir mes mains. Ses fesses sont merveilleusement bien mises en valeur dans le tissu noir moulant de son sous-vêtement. Et le spectacle devient encore plus alléchant quand il se tourne de trois-quarts, me permettant ainsi de voir sa ligne abdominale recouverte d'une fine toison. Mes yeux commencent à la suivre, alors je force mon regard à remonter jusqu'à ses pectoraux qui sont, eux aussi, un vrai régal.

Même si j'adore fixer son buste, mes yeux se rebellent et suivent à nouveau ce chemin dangereux menant à cette zone méconnue de son corps qui semble littéralement en pleine forme.

Lorsque je me rends compte que je suis en train de lorgner l'érection de Cole, je lève aussitôt les yeux pour croiser les siens.

Oups, grillée.

Enfin, je ne suis plus à ça près. Depuis hier soir, j'enchaîne les situations gênantes avec Cole. Au moins, cette fois, mes parents ne sont pas dans les parages.

— Ma puce, cela ne me dérange pas du tout que tu m'admires, mais je te rappelle que le temps nous est compté.

Exact. Et c'est bien dommage.

Après ça, je parviens avec un relatif succès à garder mes yeux dans ma poche et nous retrouvons mes parents à l'horaire prévu. Après avoir déjeuné, nous prenons la route pour un trajet d'une heure.

Une fois sur place, il y a beaucoup de voitures mais les parkings sont loin d'être complets. En pleine saison, ce doit être la cohue. Je ne suis qu'à une centaine de mètres du canyon et pourtant, rien ne laisse présager qu'il est là, exception faite des véhicules, des piétons et des panneaux de signalisation.

Fébrile, je passe devant les panneaux d'information expliquant tout un tas de choses sur le canyon. Je compte bien les lire un peu plus tard, mais pour l'heure ce qui m'intéresse, c'est autre chose.

Je suis les indications, la main de Cole dans la mienne. Je n'y ai pas pensé jusqu'à présent, mais je ne sais même pas si ce voyage lui plaît ou s'il a déjà eu l'occasion de venir ici. Lorsque je lui pose la question, il me répond :

— Non, je n'y suis jamais allé. Je dois reconnaître que je suis curieux de le voir de près. Comme tout le monde, j'ai déjà vu des vidéos, mais ce n'est pas pareil.

En effet, ce n'est pas pareil. Dès que j'ai un aperçu du gouffre qui se dévoile devant moi, j'en ai le souffle coupé. Je pensais être préparée à ce spectacle, mais on ne peut pas complètement l'être tant qu'on ne l'a pas sous les yeux. C'est tout simplement indescriptible, majestueux, gigantesque, impressionnant, époustouflant. En réalité, il n'y a pas de mots pour décrire l'émotion que ce paysage me procure.

Je fixe le gouffre alors que je ne suis même pas encore au bord. Je sais déjà que ce sera encore plus intense le moment venu. Il y a une foule entre moi et mon objectif, mais je ne la vois pas. Toute mon attention est focalisée sur ce décor naturel sublime. Le soleil haut dans le ciel projette ses rayons sur la pierre rougie, faisant ressortir les différentes strates dont les couleurs varient du blanc au rouge très foncé. On aperçoit également des nuances de vert, preuve que la nature est capable d'une formidable adaptation.

C'est sublime.

Je l'ai déjà dit ?

Pas grave, je le répète. Je pense que je pourrais le dire mille fois sans me lasser et avec la même ferveur. Sous le coup de l'émotion, je serre fort la main de Cole. Quand je m'en rends compte, je relâche un peu la pression et me force durant quelques secondes à détourner le regard de ce magnifique spectacle pour le poser sur mon petit ami.

Il me fixe avec un regard intense. Pour un peu, je serais tentée de dire qu'il arbore la même expression que je devais avoir quelques secondes plus tôt, mais c'est moi qu'il fixe, pas le canyon.

Je lui lance un petit sourire d'excuse et il me fait comprendre que ce n'est pas grave. Je reporte alors mon attention sur le canyon. Je n'ose pas bouger, je suis comme figée sur place, saisie par l'instant. J'ai peur que mes jambes se mettent à déconner et gâchent tout.

Cole agit pour moi. Délicatement, il me traîne dans son sillage et se sert de son corps pour ouvrir un passage dans la foule. C'est pratique d'avoir un petit ami avoisinant les deux mètres !

La rambarde est enfin devant nous et Cole me protège de son corps massif. Je peux alors profiter pleinement du spectacle.

Le gouffre est à moins de deux mètres. Il est tellement profond que j'entraperçois à peine le fond. Dès que mon regard se déplace, je suis prise de vertiges. C'est immense.

Durant un bref instant, je me mets à la place des premiers hommes qui l'ont découvert, ne sachant pas du tout à quoi s'attendre. Je n'arrive même pas à imaginer ce qu'ils ont pu ressentir. J'étais avertie, je l'ai vu plus d'une fois en photo ou en vidéo et pourtant je suis complètement chamboulée.

Après un temps qui doit sembler interminable à mes parents et mon petit ami, je me détache un peu de cette vision grandiose. Je reporte mon attention sur mes parents et leur saute au cou en déclarant :

— Merci papa, merci maman. C'est le plus beau cadeau que vous pouviez me faire. C'est tout simplement formidable.

Je lutte pour trouver mes mots tant je suis émue. Je ne pensais pas que j'aurais la chance de le voir avant de mourir. J'ai les larmes aux yeux. Je m'en moque. Ce moment est trop intense pour que je les contienne.

Mes parents m'embrassent chacun leur tour avec émotion. Nous partageons probablement les mêmes pensées.

Jusqu'à présent, je me suis contentée d'admirer. Soudain, je ressens le besoin d'immortaliser l'instant. Nous entamons alors une série de photos avec nos téléphones. Toutes les combinaisons y passent : mes parents et moi ; ma mère et moi ; mon père et moi ; Cole et moi ; Cole, ma mère et moi ; Cole, mon père et moi ; moi toute seule.

Je mitraille ensuite le canyon sous toutes ses facettes. Mes photos seront certainement moins belles que toutes celles que l'on peut trouver sur Internet, mais pour moi elles seront cent fois mieux car je les aurai prises. En plus du souvenir visuel, elles seront chargées d'émotion.

Imitant un tas d'autres couples, Cole et moi nous prenons en mode selfies avec le Grand Canyon en arrière-plan. Nous faisons ensuite la queue pour monter sur un gros caillou placé là pour offrir une vue plongeante renversante.

Nous prenons tout un tas de clichés : nous deux souriant comme des benêts heureux ; nous embrassant ; moi avec un sourire si large que l'on doit se demander si je n'ai pas une crampe aux joues et Cole m'embrassant sur la joue.

Je sais déjà que je me souviendrai de ce moment jusqu'aux tous derniers instants de ma vie.

Nous passons environ deux heures sur le site à visiter le petit musée consacré au lieu. On voit en image, sur une énorme boule, la construction du canyon. Nous avons largement dépassé l'heure du repas mais sur ce genre de site, il est possible de manger n'importe quand. Une fois notre visite terminée, nous remontons en voiture pour aller un peu plus loin, au centre touristique dédié. Il y a plusieurs restaurants, des boutiques, des hôtels et quelques sociétés proposant des vols en hélicoptère. La vue d'en haut doit être encore plus impressionnante.

Durant tout le repas, le sourire ne quitte pas mes lèvres. Je suis sur un petit nuage. Je suis tellement contente et touchée par le geste de mes parents. Et c'est encore mieux qu'ils aient invité Cole. J'aurais été déçue qu'il ne soit pas à mes côtés pour vivre cet instant magique. Certes, nous ne sortons pas ensemble depuis très longtemps, mais Cole est devenu l'un des piliers de ma vie. Quand j'y pense, parfois, cela me fait peur.

Après le repas, nous faisons un peu de shopping et achetons des attrapes-touristes. L'après-midi est déjà bien avancé quand nous retournons à la voiture. Je me demande ce que mes parents ont prévu pour la fin de la journée. J'aimerais bien revoir une dernière fois le canyon, mais je sais que cela ne me suffira pas. Je pourrais y retourner dix, vingt fois, je ne m'en lasserais pas. Je me fais donc une raison.

Nous reprenons la route et les images défilent dans ma tête. Je revis en pensée la première rencontre, le premier coup d'œil entre moi et ce mastodonte. Je suis tellement perdue dans mes pensées que l'arrêt de la voiture me surprend. Mon regard se pose alors sur la fenêtre et je sens une montée d'adrénaline.

J'aperçois plusieurs hélicoptères stationnés. Nous sommes dans un aérodrome ! Enfin, je ne sais pas si c'est le terme exact mais vous m'avez comprise.

Je n'en reviens pas.

Mes parents se retournent tous les deux vers moi et lancent ensemble :

— Joyeux anniversaire !!!!

31
Survol inoubliable

Cassie

Nous montons dans un hélicoptère de six places. Le hasard fait que Cole et moi sommes placés à côté du pilote. Le nez de la machine est transparent, si bien que j'ai l'impression d'avoir les pieds dans le vide. Nous sommes encore au sol et je trépigne d'impatience à l'idée du spectacle grandiose qui va s'offrir à moi. Je suis persuadée que ce sera encore plus intense ainsi.

C'est la première fois de ma vie que je monte dans un hélicoptère. Je n'aurai certainement plus jamais l'occasion de renouveler cette expérience. Au moment du décollage, une forte montée d'adrénaline s'empare de moi. Je m'attendais à être terrorisée, mais en réalité, je suis trop excitée et émerveillée pour laisser la moindre place à la peur. Afin de contenir un peu mon émoi, j'agrippe la main de Cole. Je souris tellement fort que j'ai presque les larmes aux yeux.

Durant le vol menant jusqu'au Grand Canyon, une petite voix répète les explications du musée. Je me dis alors que nous ne sommes pas grand-chose. Elle me permet de relativiser ma situation. Oui, ma vie aura été courte, mais celle de tout être humain l'est également à l'échelle de ce mastodonte. Il a vu et verra tellement de générations l'observer et lui évoluera tellement lentement que les changements seront invisibles à l'œil humain.

C'est peut-être pour cette raison que j'aime autant la nature. Elle a quelque chose d'immuable et d'infinie. Il y aura toujours quelque chose après nous. Elle est indestructible.

Quand nous arrivons aux abords du canyon, l'émotion me submerge. Je ne parviens plus à la contenir. Les larmes coulent à flot sur mes joues. Un sourire énorme envahit mon visage.

Notre cœur peut-il exploser sous le coup d'un trop plein d'émotions ? Je l'ignore. Si c'est le cas, je mourrai heureuse.

Les mots me manquent tant cette expérience est indescriptiblement intense. Il ne me reste pas longtemps à vivre, mais même si j'avais vécu jusqu'à cent ans, je sais que ce moment serait resté gravé dans ma mémoire jusqu'à ma mort. C'est tout simplement inoubliable.

Trop vite à mon goût, l'hélicoptère revient sur ses pas. En descendant de l'engin volant, j'essuie mes larmes de joie. Mes jambes et mes mains tremblent encore sous le coup de l'émotion. Pour une fois, j'en suis heureuse. Ce n'est pas le résultat d'une défaillance quelconque, mais de la plus belle expérience de toute ma vie.

Je n'en reviens toujours pas du cadeau inoubliable que m'ont offert mes parents. Avoir la chance de voir en vrai le Grand Canyon était exceptionnel, mais le survoler était tout simplement extraordinaire et magique.

Le trajet du retour vers l'hôtel se passe comme dans un rêve éveillé pour moi. Je ne descends pas de mon nuage. C'est tout simplement fabuleux.

Lorsque ma maladie a été diagnostiquée, mes parents ont tout de suite proposé de faire un tour du monde en famille, pour que je vive tout un tas d'expériences. J'ai refusé. Je ne voulais pas qu'ils se ruinent pour moi, qu'ils laissent leur vie de côté. Je savais aussi que ce magnifique voyage serait continuellement assombri par l'ombre de ma mort. Je ne voulais pas que l'on s'acharne à rendre chaque jour qui passe inoubliable parce qu'il ne m'en restait que trop peu. J'ai insisté pour que ma vie soit la plus normale possible jusqu'à la fin. J'ai dû batailler sec mais j'ai fini par obtenir gain de cause. En revanche, je leur suis reconnaissante d'avoir organisé ce week-end.

Lovée dans les bras de Cole, je repense à toutes les choses magnifiques qui m'ont été données de voir aujourd'hui. Le fait qu'il soit à mes côtés pour vivre ces instants les rend encore plus magiques. J'ai croisé son regard à plusieurs reprises et chaque fois j'y percevais tout l'amour qu'il a pour moi.

Soudain, comme venu de nulle part, je sais.

Je veux qu'on le fasse ce soir. Je veux terminer cette journée parfaite par nos corps s'unissant. Je veux que ma première fois ait lieu cette nuit, pour rendre cette journée encore plus parfaite.

Ma décision est prise.

Contrairement à ce que je pensais, elle ne me stresse pas. Je me sens sereine. J'y vois là une preuve supplémentaire que je suis réellement prête. Beaucoup de filles de mon âge ont déjà sauté le pas. Il n'est pas bien compliqué de comprendre pour quelle raison je n'ai pas suivi leur exemple. Pour cela, il aurait fallu que j'aie un copain. Et pour en avoir un, il aurait fallu que j'aie la tête à ça et on sait tous que j'avais d'autres choses à l'esprit. En fait, je m'attendais à rester célibataire jusqu'à ma mort, mais Cole Johnson en a décidé autrement et je lui en serai éternellement reconnaissante.

Le reste du trajet se déroule dans le flou. Mes pensées ne sont plus tournées vers le Grand Canyon mais vers le garçon super sexy qui me tient dans ses bras. Je le revois, ce matin, en boxer et cette vision me trouble. J'ai tellement hâte d'être à ce soir. Maintenant que je suis certaine de ma décision, l'attente me semble insoutenable.

Le repas se déroule dans une bonne ambiance et je continue d'afficher un sourire béat. Je n'ai jamais été aussi heureuse. Rien ne peut gâcher cet instant. Je réitère au moins une bonne dizaine de fois mes remerciements à mes parents. Je vois bien qu'ils sont touchés de m'avoir fait autant plaisir. Je répète plus d'une fois que le fait qu'ils aient pensé à inviter Cole est la cerise sur le gâteau, ce qui les amuse.

Une délicieuse cerise que je compte bien savourer dans très peu de temps, je pense alors que nous avançons dans le couloir pour nous rendre dans nos chambres respectives. Arrivés devant celle de mes parents, je les prends à nouveau dans les bras et leur souffle :

— Merci. Merci pour tout. C'était tout simplement parfait. Vous ne pouviez pas me faire plus plaisir.

Émus, ils me serrent fort contre eux, avant de me souhaiter bonne nuit.

Oh, je l'espère bien.

Je suis ensuite Cole jusqu'à notre chambre. Il déverrouille la porte. Comme la veille, il me laisse passer en première. Cette fois, ce n'est pas l'appréhension qui me saisit, mais l'excitation.

Je pensais flancher en me retrouvant seule avec lui, mais ma décision est prise. Je sais ce que je veux :

Cole et moi, nus dans un lit, jouant un remake de toutes les scènes que j'ai pu lire ces dernières années. Et croyez-moi, je suis une source intarissable à ce sujet !

— Je crois que tes parents m'ont battu, finalement, côté cadeau, plaisante-t-il.

La perche qu'il me tend est trop belle. Je prends un air conspirateur en lui répondant :

— Que dirais-tu de leur voler à nouveau la vedette ?

Il fronce les sourcils, se demandant certainement ce que j'entends par là. En fait, je pense surtout qu'il en a une idée très précise, mais qu'il n'ose y croire.

Je ne vois pas l'intérêt de tergiverser plus longtemps. En le regardant dans les yeux, je lui avoue :

— Cole, je veux que tu me fasses l'amour, ce soir.

32
Cerise sur le gâteau
Cole

Cette fille a vraiment décidé d'avoir ma peau. La journée a été un enchaînement d'uppercuts pour mon cœur. Je ne l'oublierai jamais. Cassandra a été l'image même du bonheur.

J'ai plusieurs fois envisagé d'aller voir le Grand Canyon et je suis content de n'avoir jamais poussé l'idée jusqu'à sa réalisation. Le découvrir à travers les yeux émerveillés de Cassandra était tout simplement magique. On aurait dit une petite fille que l'on emmène à Disneyland. Sa joie m'a profondément ému. Je l'ai trouvée belle comme jamais. J'ai été réellement ébranlé par sa réaction. Elle a eu des larmes de joie dans les yeux presque toute la journée et son sourire n'a jamais été aussi lumineux.

Sans que je me l'explique, Cassandra a souvent un petit air mélancolique, comme une madone. Il contribue d'ailleurs fortement à son charme.

Mais aujourd'hui, elle ne l'a pas arboré une seule fois. Elle a rayonné toute la journée et sa joie a déteint sur nous. L'émotion au sein de la famille Johnson était vraiment à son comble. Cassandra n'a pas été la seule à avoir les larmes aux yeux. Tous les trois m'ont beaucoup touché. Je suis si reconnaissant à Karl et Elizabeth de m'avoir offert cette chance d'être aux côtés de leur fille pour assister à ça.

Mais le clou du spectacle, c'est cette requête que vient de me lancer Cassandra avec un regard franc. Il n'y a pas à dire, c'est le plus beau jour de ma vie. Cependant, je n'oublie pas l'importance que revêt sa demande. Nous parlons tout de même de perdre sa virginité, ce n'est pas rien et aucun retour en arrière n'est possible.

Alors, au risque de tout gâcher, je me force toute de même à lui demander :

— Tu es sûre de toi ? Cela ne me dérange pas d'attendre.

Je ne veux pas qu'elle se sente obligée de quoi que ce soit. Entre nous, je me sens déjà comblé par cette journée.

— Parle pour toi. Moi, je n'en peux plus d'attendre, me lance-t-elle.

C'est plus fort que moi. Sa remarque et le ton avec lequel elle l'a lancée me font exploser de rire. Elle est tellement mignonne. On dirait qu'elle me reproche d'avoir pris soin de son honneur. Si j'avais su qu'elle avait autant envie que l'on passe à la vitesse supérieure, je me serais arrangé pour que l'on ait un moment à nous deux.

Enfin, après mûre réflexion, je ne regrette pas d'avoir attendu ce soir. Je trouve que c'est un bon point d'orgue pour cette fabuleuse journée.

— Qu'est-ce qui t'amuse ? demande-t-elle.

Elle ne semble pas apprécier que sa remarque me fasse rire. Pour ne pas la vexer, je lui dis en m'approchant d'elle comme un loup de sa proie :

— Oh, belle Cassandra, je suis simplement flatté que tu aies envie de sauter le pas avec moi. Ce n'est pas rien. Et pour éviter tout malentendu, moi aussi je n'en peux plus d'attendre !

C'est à son tour de s'amuser de ma remarque. Je me jette alors sur ses lèvres pour mettre fin à son sourire, mais surtout pour me régaler de leur délicieux parfum. Elles portent encore le goût du gâteau au chocolat que nous avons eu en dessert. Et j'adooooore le chocolat !

Après un baiser de plusieurs minutes, je me décale légèrement et à regret, mais ce que j'ai à dire est important.

— Belle Cassandra, je veux que tu saches que je suis extrêmement flatté que tu me choisisses pour être le premier. Je te promets d'être doux et attentionné.

Après les mots cochons que j'ai lus dans son livre, je ne pensais pas que mes paroles puissent autant la perturber, mais c'est le cas. Elle est rouge pivoine. En revanche, son regard est toujours aussi déterminé. Elle est sûre de sa décision. Je dirais même qu'il y a une pointe d'impatience. Je crève d'envie de combler le moindre de ses désirs, mais je tiens avant cela à finir mon petit discours.

— Non seulement je me fais une joie d'être ton premier, mais j'aimerais aussi être le dernier. Belle Cassandra, je t'aime de tout mon cœur.

En m'entendant, elle se met à fondre en larmes et me saute au cou. Je ne m'attendais pas à une réaction aussi vive de sa part. Pour le coup, je suis un peu démuni. Elle s'accroche à moi comme une naufragée, comme si elle craignait que je me sauve. Aucun risque !

Quand le plus gros de la crise de larmes est passé, elle me dit à son tour :

— Moi aussi, je t'aime de tout mon cœur, Cole. Je t'aime plus que ma propre vie.

C'est à mon tour d'être bouleversé et je comprends l'émotion qui s'est emparée d'elle il y a quelques minutes. Je n'éclate pas en sanglots mais les larmes ne sont franchement pas loin.

J'attrape ses joues à deux mains et me jette sur ses lèvres pour clore notre déclaration. Désormais, place aux gestes. Je suis déterminé à faire durer le plaisir.

Cassandra n'aura qu'une seule première fois, je veux qu'elle soit parfaite. La précipitation n'est donc pas de mise.

Au risque de vous surprendre, Cassandra est la première fille vierge avec qui je couche, en dehors de Célia. Et mon souvenir de l'époque avec cette dernière n'est pas vraiment mémorable. Nous nous étions améliorés avec le temps, mais nos débuts n'étaient pas une réussite. J'ai tellement peur que ce soit pareil avec Cassandra.

Il est vrai que j'ai plus d'expérience qu'à l'époque, mais je crains tout de même de faire mal et surtout, de *lui* faire mal. Ma stratégie est de la noyer dans le plaisir pour lui faire oublier ce qui l'attend, ce terrible moment où je vais déchirer son hymen et la faire inévitablement un peu souffrir. Je veux que Cassandra soit tellement excitée qu'elle en oublie son appréhension qui sera sa pire ennemie ce soir. Je tiens aussi à ce qu'elle reparte sur la vague du plaisir une fois ce moment délicat passé.

J'ai conscience que les minutes à venir vont être une véritable torture pour moi. J'ai tellement envie de me perdre dans son corps que j'en ai la tête qui tourne. Je ne compte plus le nombre de fois où je me suis caressé en pensant à elle, seul le soir, les oreilles encore bourdonnantes du son de sa voix.

Je ne vais pas vous mentir, en prenant une seule chambre, j'espérais que quelque chose se passe entre nous, mais sans pour autant espérer que l'on aille aussi loin.

Cassandra ne me l'a jamais dit ouvertement, mais je commence à bien la connaître. J'ai surpris quelques-uns des coups d'œil qu'elle a jetés aux autres filles qui nous regardaient. Je sais qu'elle essaie de se comparer à elles. Elle ne devrait pas. Toutes ces filles ne lui arrivent pas à la cheville. Cassandra est tellement plus belle et sexy à mes yeux. Mais je sais qu'elle ne peut s'empêcher de penser à ma vie sexuelle passée. C'est inévitable.

J'aimerais dire que je regrette d'avoir couché avec toutes ces filles. En un sens, c'est le cas. Mais elles m'ont également permis d'affuter mes talents afin de faire de cette nuit le moment le plus parfait possible.

J'ai déjà dit et redit à Cassandra que je ne suis pas pressé. Je suis prêt à attendre encore longtemps avant de lui faire l'amour. Je ne voulais surtout pas qu'elle décide de le faire en pensant qu'elle me le doit. Si je n'avais pas lu autant de sincérité dans son regard, je m'en serais tenu à mon plan initial, c'est-à-dire lui donner du plaisir sans pour autant franchir cette limite.

Je suis terrifié à l'idée de m'y prendre mal. Sans le savoir, Cassandra fait peser une grande responsabilité sur mes épaules.

Nos bouches sont toujours frénétiques, ne se séparant que le temps que l'on reprenne notre souffle. Je me sers de mes dents pour taquiner sa lèvre du bas et ses prunelles deviennent de l'or en fusion.

Nous ne sommes qu'à deux pas du lit. Il m'est donc très facile de la guider en direction de celui-ci. Je meurs d'envie de lui retirer ses vêtements pour découvrir enfin son corps nu dans son intégralité. Cependant, si je vois Cassandra nue, tout va aller trop vite. La maîtrise que j'ai sur moi a ses limites.

Je m'arrange pour l'allonger délicatement sur les couvertures. Je viens aussitôt la recouvrir de mon corps. Elle me semble si petite par rapport à moi. Quand elle est ainsi prise dans mon étreinte, j'ai envie de la protéger de tous les maux de la Terre.

Ses lèvres sont délicieuses mais j'en veux plus. Je veux goûter chaque parcelle de son corps. Je me fais la promesse qu'à la fin de cette nuit, plus aucune ne me sera étrangère. Je veux découvrir les endroits qui la font frissonner, les plus doux comme les plus humides.

Pour mener à bien mon projet, j'ai besoin d'espace. Je me décale donc légèrement sur le lit pour venir m'installer à côté d'elle. Je fais ensuite dévier ma bouche le long de son menton, jusqu'à son oreille, provoquant un petit gémissement tout à fait exquis qui m'électrise.

Je descends ensuite le long de son cou pour suivre sa clavicule. Je me remémore aussitôt notre premier baiser, celui échangé dans sa chambre, quand elle a accepté de sortir avec moi.

Pendant que ma bouche s'active à la rendre folle, mes mains entrent dans la danse. Elles se posent sur ses hanches, avant de s'aventurer sous son débardeur, remontant toujours plus haut, jusqu'à la lisière de son soutien-gorge. Elles redescendent ensuite sur son ventre. Le bout de mes doigts glisse avec délicatesse autour de son nombril. En réponse, elle frissonne.

Je les fais ensuite dévier le long de ses flancs en de lents allers-retours qui lui arrachent des gémissements. Ma bouche, elle, vient de temps en temps s'abreuver à la sienne avant de replonger dans son cou.

De son côté, Cassandra ne reste pas inactive. Ses doigts se perdent dans mes cheveux. Ils me griffent légèrement le crâne et j'adore ça. Elle aussi m'arrache des frissons.

Elle décide ensuite de me rendre ma torture en glissant à son tour ses mains sous mon tee-shirt. Elles agrippent mes flancs, puis se posent à plat sur mon dos pour en suivre les muscles. Ce contact peau contre peau est tout simplement divin.

Au point que j'en veux plus. Je m'éloigne donc légèrement d'elle pour attraper mon tee-shirt entre mes deux omoplates. Je le fais ensuite passer par-dessus ma tête pour me retrouver torse nu.

Je commence à me pencher pour reprendre là où j'en étais, mais Cassandra me stoppe dans mon geste.

— Il n'y a pas de raison qu'il n'y ait que toi qui te mettes à l'aise.

Sa remarque fait naître un sourire concupiscent sur mes lèvres.

— Oh, mais je t'en prie, ma puce. Je m'en voudrais que tu ne sois pas à ton aise.

— Merci pour ta prévenance, répond-elle mutine.

Je me décale légèrement pour lui faciliter la tâche et elle se retrouve aussitôt en soutien-gorge.

À la manière d'un héros de cartoon, il me semble entendre ma salive en l'avalant. Cassandra est tout simplement sublime. J'ai déjà eu l'occasion de mouler sa poitrine de mes mains, mais jamais de la voir. Ses seins fiers et fermes sont irrésistibles.

Je me sers du poids de mon corps pour allonger à nouveau Cassandra. Son dos n'a même pas encore touché les couvertures que mes mains parcourent sa poitrine. À travers le tissu, je sens la pointe durcie de ses mamelons. Je décide de les taquiner et Cassandra gémit en retour.

Sans s'en rendre compte, ses jambes se frottent l'une contre l'autre, preuve évidente de son désir pour moi. Je pourrais la faire se languir des heures ainsi, tant elle est belle. Malheureusement, elle n'a pas ma patience.

— Cole, arrête de jouer, me lance-t-elle entre deux gémissements.

— Tu trouves qu'on joue ?

Je ponctue ma question d'une pression plus appuyée sur l'une de ses pointes.

Elle se tortille un peu plus sous moi.

— Moi, je dirais plutôt que je suis en train de t'exciter.

Mes paroles couplées à mes gestes font monter d'un cran ses réactions.

J'adore la voir ainsi. Je dois aussi admettre que j'aime beaucoup ce petit jeu. Je décide donc de continuer et de pousser l'audace plus loin.

— Quand on joue, on rit, on ne gémit pas, je fais remarquer.

Pour donner du poids à mon propos, je descends une de mes mains pour venir la coller sur son jean, entre ses jambes. J'exerce ensuite la pression adéquate à l'endroit où il faut pour lui arracher un nouveau gémissement.

Je suis entièrement grisé par Cassandra. Son excitation est palpable. Je sens la moiteur commencer à traverser le tissu de son pantalon. Ce constat me rend fou. Je m'efforce toujours de garder le contrôle, mais c'est de plus en plus difficile. Cassandra est tellement belle et excitante. Je voulais la rendre folle de désir, mais je suis moi aussi en train de perdre la raison.

Soudain, elle me surprend en venant saisir mon érection de sa petite main, m'arrachant de ce fait un râle de plaisir.

— Humm, tu as raison, je crois bien que nous ne sommes pas en train de jouer.

Seigneur, si elle se met à retourner mes ruses contre moi, je suis foutu. Le pire étant que je ne pense pas une seconde à m'en plaindre. Bien au contraire.

Je suis en train de sérieusement penser à passer à l'étape supérieure, mais Cassandra me coupe l'herbe sous le pied. Avant d'avoir anticipé son geste, elle pousse de toutes ses forces sur mon buste me faisant basculer sur le dos. Soyons honnêtes, elle réussit son coup uniquement grâce à l'effet de surprise car je suis beaucoup plus imposant qu'elle.

À peine ai-je le temps de m'interroger sur ses motivations qu'elle a grimpé sur moi et me chevauche comme la reine des Amazones. Elle est tout simplement sublime.

Sans le savoir, Cassandra doit avoir des pensées similaires aux miennes car elle me lance :

— Et maintenant, bel étalon, si on jouait à mon jeu ?

Tout, tout ce qu'elle veut.

— Fais-toi plaisir, belle Amazone.

33
Découverte sensuelle

Cassie

J'ignorais posséder ce côté sensuel en moi, mais Cole a trop attisé mes désirs pour que je m'en soucie. Pour l'heure, la seule chose qui m'intéresse, c'est de passer à l'étape supérieure avant que je ne me mette à supplier Cole de les assouvir.

Je suis tellement excitée que la gêne n'a aucune place dans cette chambre. Je veux me laisser guider par mon désir. Et pour l'heure, j'ai vraiment très envie de découvrir le corps de Cole. Je me penche donc sur son buste et fais courir ma langue sur sa peau ferme et chaude. Maintenant, c'est à lui de se tordre sous moi. Je me rends compte alors à quel point la sensation peut être jouissive.

Pendant que je le torture avec ma bouche, il se venge avec ses mains qui viennent dégrafer mon soutien-gorge. Si je me lève, ma poitrine sera entièrement nue. La

Cassie habituelle déciderait de rester lovée contre ce buste musclé pour ne pas avoir à se dévoiler.

La Cassie coquine veut au contraire provoquer Cole. Elle veut lui faire perdre la tête pour qu'il lui donne enfin ce qu'elle attend : lui tout entier.

Je me redresse donc pour exhiber fièrement mes seins, mes mains à plat sur ses abdos sculptés. Nos regards se croisent et je lis dans le sien une adoration pure. Aucun doute n'est permis, il aime ce qu'il voit. Je dirais même qu'il aime beaucoup.

— Cassandra, que tu es belle.

Sa voix est rauque et grave. Elle provoque des frissons le long de mon dos. Je sens alors mes pointes devenir encore plus rigides en réponse à la vague d'excitation que cette scène provoque en moi.

Comme un automate, ses mains viennent englober mes seins pour jouer le rôle du plus sexy des soutiens-gorge. Ses doigts chauds exercent la pression parfaite sur mes deux lobes, faisant encore monter d'un cran mon excitation. Entre mes jambes, je sens mon clitoris pulser furieusement. Je n'ai jamais ressenti une sensation aussi forte.

C'est plus fort que moi, lorsque Cole fait passer son pouce droit sur la pointe hypersensible de mon sein, un gémissement s'échappe de mes lèvres entrouvertes.

Ce bruit semble lui faire perdre le contrôle de lui même. Avant de comprendre ce qui m'arrive, Cole se redresse en même temps que ses mains passent dans mon dos pour me forcer à venir à sa rencontre. Ses lèvres embrassent furieusement les miennes, tandis que ses doigts enserrent mes fesses. Il exerce une légère pression pour initier un mouvement de balancier tout en m'appuyant contre lui. De ce fait, mon clitoris vient frotter à travers le tissu de ma culotte et de mon pantalon contre sa protubérance.

Cette friction me rend folle. Des spasmes secouent mon corps. Pour une fois, il n'y a aucun lien avec les crampes douloureuses qui s'emparent de moi la nuit. Non, je ne ressens que du pur bonheur. J'ignore à quoi joue Cole mais il se débrouille comme un chef et peut le faire aussi longtemps qu'il le veut !

La tension monte crescendo dans mon corps. Je me sens proche de quelque chose d'inédit mais sublime. Serais-je sur le point d'atteindre mon premier orgasme ?

De fait, il ne faut qu'une minute supplémentaire pour que mon corps entier se crispe et que j'émette un râle de plaisir incontrôlable. Entre mes jambes, je sens mon corps se contracter furieusement, comme s'il se plaignait du vide qui l'habite.

Je n'ai pas le temps de me remettre de la vague orgasmique qui s'est emparée de moi que Cole me fait basculer. Je me retrouve à nouveau au-dessous. Trop occupée à surmonter les émotions qui m'assaillent, j'ai à peine conscience que Cole nous a tous les deux déshabillés. Lorsque je reprends à peu près mes esprits nous sommes tous les deux nus, Cole allongé de tout son long sur moi.

La sensation de nos corps collés l'un à l'autre me fait ronronner. Je me sens tellement bien. Je n'ai jamais été aussi bien de toute ma vie. Dans ma tête, c'est le vide complet. Rien ne compte à part Cole et mon amour pour lui.

D'une voix que je ne reconnais pas, je déclare d'ailleurs :

— Je t'aime Cole.

— Moi aussi, belle Cassandra.

Il me donne un baiser léger puis commence à descendre le long de mon corps. Soudain, il relève les yeux vers moi et me demande d'une voix sexy :

— Tu te souviens que nous devons parler de ce fameux livre coquin ?

Malgré moi, sa question provoque une contraction entre mes jambes. Je me demande où il veut en venir, tout en sachant que je vais adorer ce qu'il prévoit.

— Hummm, oui, je me souviens.

— Parfait, alors voilà ta punition pour avoir provoqué mon érection devant tes parents : tu vas devoir subir tout ce que ton héroïne a subi.

Nouvelle contraction involontaire de ma part.

— Je t'aurais bien fait lire le passage en même temps, mais gardons ça pour une autre fois. Ce soir, je veux t'entendre gémir de plaisir. Ne t'inquiète pas, j'ai une très bonne mémoire, je me souviens de chaque détail.

Seigneur, ce gars va me rendre folle. Il est tout simplement trop. Trop excitant, trop beau, trop torride, trop doué. Limite trop intense. Vais-je réussir à survivre à sa délicieuse punition ?

Passant à l'acte, il descend le long de mon corps pour venir se positionner entre mes jambes. Je sais tout de suite quel est son objectif. Je mentirais en disant que je me sens à l'aise et détendue. Je ne le suis pas. Je peux difficilement être plus exposée que maintenant.

Cependant, dès que sa bouche commence à se poser en haut de mes cuisses, mes craintes s'envolent. Durant plusieurs secondes, il se contente de les embrasser, faisant monter un peu plus la tension en moi.

Par je ne sais quel miracle, il parvient à retourner la situation. Sans vraiment m'en rendre compte, je finis par ouvrir mes cuisses en une invite sans pudeur. Il semblerait que ce soit le signal que Cole attendait, car il vient aussitôt poser sa bouche diablesse *là*, m'arrachant un cri de plaisir.

34
Plaisir suprême

Cole

Dans mes oreilles, les cris de Cassandra résonnent comme la plus douce des mélodies. Je suis sur un petit nuage de pur plaisir. J'ai le feu aux reins comme jamais. Mon sexe est tellement tendu qu'il me fait limite mal. Pourtant, je veux aller au bout de mon idée.

J'ai besoin de me perdre entre les cuisses de Cassandra. À cet instant, c'est ce dont j'ai le plus envie. Mais je veux d'abord lui procurer un nouvel orgasme pour finir de la préparer à ce qui va se produire.

Je mentirais aussi en disant que je n'ai pas envie de la goûter. Depuis que j'ai lu cette scène coquine par-dessus son épaule, je n'arrête pas de me dire que je veux lui faire la même chose. En réalité, je me suis déjà imaginé la scène bien avant, mais l'idée est encore plus tenace depuis l'épisode de la voiture.

Lorsqu'elle ouvre enfin ses délicieuses cuisses pour m'inviter à donner corps à mon fantasme, je ne me fais pas prier. Depuis que nous sommes nus, son odeur de femme m'enivre. Ses effluves me tournent la tête comme le plus capiteux des vins.

Quand ma langue vient enfin pointer pour glisser le long de ses lèvres humides, un petit grognement rauque sort de ma bouche, mais il est étouffé par le cri de pur plaisir que pousse Cassandra.

Cette fille agit comme le plus puissant des aphrodisiaques sur ma libido. Malgré moi, mon bassin effectue un petit mouvement pour tenter d'alléger la tension qui s'accumule dans mes reins et menace de plus en plus de me faire basculer.

Je reporte toute mon attention sur la caresse osée que je suis en train de faire à Cassandra, malheureusement, elle ne m'aide pas vraiment à garder le contrôle. Au contraire.

Après plusieurs minutes à me servir de mes lèvres et de ma langue, je décide d'y ajouter mes doigts. Je veux la préparer au mieux à ma pénétration en elle. Ça risque d'être douloureux, et je veux faire en sorte que ce soit le plus doux possible.

Je glisse mon index en elle et il est immédiatement happé dans son antre humide et serré. Je peux alors sentir, aux micro-contractions qui s'exercent sur lui, que Cassandra n'est pas loin d'atteindre l'extase. Je craignais que mon doigt ne gâche un peu son plaisir, il semble au contraire l'amplifier.

Il se retrouve prisonnier dans son écrin et la sensation est délirante. J'imagine déjà le même effet sur ma queue et ne peux retenir un gémissement en anticipant le plaisir que je vais ressentir. C'est un miracle si je parviens à tenir plus d'une minute. Je n'ai jamais été aussi excité de toute ma vie.

Je décide d'ajouter mon majeur pour élargir un peu plus son entrée ce qui déclenche son orgasme. Je suis alors assailli de toute part par Cassandra. Mes doigts sont pris dans un solide étau les empêchant de sortir. Ma tête est maintenue en place par ses mains qui s'agrippent à mes cheveux, sans retenue, comme si c'était une question de vie ou de mort. Son odeur est partout autour de moi, me rendant fou. Ses cris emplissent mes oreilles de la plus douce des mélodies.

Je suis tout simplement au paradis.

Sans lui laisser le temps de reprendre ses esprits, j'enfile un préservatif et viens me repositionner à son niveau.

Mon sexe trouve immédiatement le chemin menant à ses cuisses et vient buter contre son entrée. Je voudrais l'embrasser mais je ne veux pas la dégoûter. Je sais que mes lèvres sont encore luisantes de son nectar.

Cassandra n'a pas le même scrupule. Elle écarte un peu plus les jambes pour me faire une plus grande place et agrippe ma nuque pour amener mes lèvres sur les siennes. Elle peut alors goûter sa propre saveur sur mes lèvres. Si je me fie à la vigueur avec laquelle elle dévore ma bouche, je dirais que cela ne semble pas la déranger.

Les secondes à venir sont les plus délicates. Je ne veux pas faire durer inutilement ce moment. Je prends donc une inspiration et me lance à l'assaut de son antre inexploré. Elle se crispe immédiatement sous l'effet que mon sexe provoque malgré lui.

Mon cœur bat à cent à l'heure. J'aimerais tellement pouvoir prendre sa douleur, la faire mienne. Je trouve tellement injuste qu'une fille soit obligée de souffrir pour sa première fois.

Je lui laisse le temps nécessaire pour qu'elle s'adapte à cette nouvelle sensation. Quand elle me fait comprendre que le plus dur est passé, je commence à me mouvoir doucement. Nos mains sont liées au-dessus de sa tête. Je comprends que la douleur disparaît complètement – ou du moins n'est plus un frein à son plaisir – lorsque ses doigts ne se crispent plus sur les miens.

En la sentant réagir de nouveau positivement, j'augmente légèrement la cadence. Pas question que je me rue en elle comme un malade, pour cette première fois. Je compte être doux jusqu'au bout.

Quand l'apothéose pointe le bout de son nez, je ne parviens plus à me retenir, mes coups de rein se font un peu plus vigoureux, nous arrachant à tous les deux des râles de plaisir.

Je finis par venir en elle en hurlant son prénom et elle fait de même.

Il nous faut alors de longues minutes pour nous remettre de cette vague d'émotions qui nous a submergés.

Je suis toujours sur et dans Cassandra. Pour ne pas l'écraser de mon poids, je suis en appui sur mes bras. Elle ne partage visiblement pas mon avis, car elle m'attire dans l'étreinte de ses bras. Je cède et me laisse aller.

— Merci Cole. Je t'aime.

— Merci à toi pour ta confiance, ma puce. Et moi aussi, je t'aime.

Ses doigts dessinent des arabesques sur mon dos et me bercent.

— Tu sais, tu n'as pas tout à fait respecté le scénario, me taquine-t-elle.

Sa remarque me fait sourire. Elle fait référence à la fellation que la fille a faite à son petit ami avant qu'il vienne se loger au cœur de son intimité.

— En effet.

— Tu avais peur que je n'aie pas envie de le faire ou que je ne sache pas le faire ?

Sa voix est toute timide. Elle semble si peu sûre d'elle, alors qu'elle m'a à ses pieds.

— Tu veux rire ? Je savais surtout que tu m'aurais achevé. Il faut croire que je suis moins bon que le héros de ton livre.

— Il faut peut-être simplement de l'entraînement.

Le ton de sa voix se fait rauque, preuve que le sous-entendu est clairement coquin.

— Belle Cassandra, vous êtes une vraie petite coquine.

— Et encore, tu n'as rien vu, me menace-t-elle.

Elle ne me fait pas peur. Au contraire !

Après nous être tous les deux rafraîchis, nous nous couchons dans les bras l'un de l'autre. Avant de s'endormir, Cassandra me dit :

— C'était le plus beau week-end de toute ma vie.

— Moi aussi, je lui réponds en embrassant le dessus de son crâne.

35
Chute douloureuse

Cassie

— Cassie.

Je ferme les yeux en entendant la voix de ma mère. Son ton présage de ce qu'elle va dire. Cela ne manque pas :

— Tu dois lui dire. C'est cruel de lui cacher ça. Cole mérite de savoir.

En entendant le reproche de ma mère, mon sang se glace dans mes veines. Elle m'a déjà fait remarquer que je devais lui parler de ma maladie, mais son ton n'a encore jamais été aussi réprobateur. Visiblement, ce week-end a changé quelque chose. Je n'en suis pas vraiment surprise. J'ai plus d'une fois croisé le regard de mes parents durant ces deux jours, à chaque geste tendre de Cole, je savais ce qu'ils pensaient. J'ai préféré jouer les aveugles, mais je *savais*.

Pour moi aussi, tout a changé et pas seulement parce que j'ai perdu ma virginité, ni parce qu'on s'est enfin dit en face que l'on s'aimait. Non, c'est plus profond. Et ça me déchire les entrailles. J'ignorais que l'on pouvait être si heureuse et malheureuse à la fois.

Je vis le bonheur parfait, tout en sachant qu'il est temporaire et qu'il va bientôt m'être arraché. Je savais en commençant cette relation que rien de bon ne pouvait en sortir. Dans un espoir désespéré, je m'étais dit que Cole finirait par se lasser de moi d'ici là. Désormais, je ne peux plus me voiler la face, il m'aime vraiment. Il me l'a prouvé tellement de fois ce week-end. Il n'a pas l'intention de partir.

Je ne souhaiterais pas à mon pire ennemi ce que je vis actuellement. C'est tout simplement horrible. Depuis la route du retour, dimanche, je suis parcourue de frissons, une boule a élu domicile dans mon ventre, me coupant l'appétit. J'ai dû fournir un effort incommensurable pour que Cole ne se rende pas compte qu'un truc clochait. Avant même que ma mère décide de lancer cette pénible discussion, j'y ai pensé, encore et encore. Je suis dans une impasse et le mur se rapproche à toute vitesse sans aucune échappatoire possible. Il n'y en a pas et il n'y en aura pas. Dans mon cas, les miracles, ça n'existe pas. Je ne peux pas continuer ainsi, mais je ne veux pas que ma mère me le fasse remarquer.

— Cassie, insiste-t-elle, tu dois…

C’est plus fort que moi, je suis incapable de garder mon calme :

— Je ne dois rien du tout ! Je ne lui dirai pas !

— Cassie, tu dois être raisonnable.

— Tais-toi !!! je hurle.

Je n’ai pas eu de discussions houleuses avec ma mère depuis une éternité. La dispute qui se profile risque d’être mémorable. Je vois à son air déterminé qu’elle ne compte pas laisser tomber, comme elle l’a fait jusqu’à présent. De mon côté, je refuse d’entendre ce qu’elle a à me dire. Ses paroles vont tuer un des rares muscles que ma maladie n’affecte pas : mon cœur.

Malgré mon regard suppliant, son air reste déterminé.

— Mets-toi à sa place. Tu aimerais savoir. Il en a le droit, Cassandra.

Sa remarque et l’utilisation de mon prénom au complet me meurtrissent un peu plus. Je le sais, putain. JE LE SAIS. Mais je ne veux pas. C’est au-dessus de mes forces. Je ne peux tout simplement pas me résoudre à le mettre dans la confidence. Je l’aime plus que tout et cet amour me pousse à le protéger, coûte que coûte.

Dans un accès de colère, je décide de rendre la pareille à ma mère. Je veux qu’elle aussi souffre de mes paroles. C’est mesquin mais je suis pour l’instant complètement déraisonnable. On me blesse, alors je rends coup pour coup.

— Je refuse qu'il me regarde comme vous le faites, papa et toi !

— Et comment te regardons-nous ? demande-t-elle d'une voix brisée.

— Comme si j'étais déjà morte ! je hurle. Je refuse que Cole me regarde comme si j'étais un putain de mort-vivant ! Je ne veux pas voir la pitié et la tristesse dans ses yeux quand ils croisent les miens. Je veux qu'il continue de m'aimer, MOI, Cassie, et pas cette pauvre fille qui n'a plus que quelques mois à vivre ! Je veux être NORMALE à ses yeux !

Des larmes de rage perlent au coin de mes yeux. Je craque, je n'en peux plus. C'est trop douloureux. Le regard torturé de ma mère qui est aussi en pleurs est insupportable. Cela ne m'apporte pas la moindre petite pointe de soulagement de constater que mon coup a porté ses fruits. Au contraire, je me sens encore plus mal.

Je me lève de ma chaise avec l'intention de partir me réfugier dans ma chambre. Je veux être seule pour ruminer toute cette merde. Je veux pouvoir me noyer dans mon chagrin, sans aucun témoin pour me voir sombrer dans ce chaos de tristesse et de désespoir.

Malheureusement, dès que mes pieds touchent le sol, mes jambes m'abandonnent et je me retrouve affalée par terre. La chute est douloureuse, mais moins que sa symbolique. Je l'endurerais mille fois si cela m'évitait tout le reste.

Ma mère pousse un cri, faisant débouler mon père resté jusqu'alors à une distance raisonnable de l'orage.

Je hais tout ça. Je hais ma vie et ce qu'elle devient. Et je hais plus que tout cette horrible maladie qui m'avilit tous les jours un peu plus.

Mon père m'attrape sous les bras pour m'aider à me relever, ignorant ma crise de nerfs quand je lui hurle au visage de me lâcher. Je suis complètement irrationnelle et hystérique mais je n'en peux plus. Je pète un câble. Je n'arrive plus à me contenir. J'en ai marre que mon corps passe son temps à se liguer contre moi. Je suis en train de devenir mon pire ennemi et je dois cohabiter avec tous les jours que Dieu fait. C'est un putain de cauchemar sans espoir de me réveiller et que toute cette merde disparaisse. Non, mon seul espoir, c'est de mourir vite avant de trop souffrir.

Toutes les barrières que je m'efforce continuellement d'ériger entre moi et ma maladie s'effondrent, en même temps que je m'écroule contre mon père. Je vois ce que va devenir ma vie dans les semaines et les mois à venir. Cette vision est tout simplement insoutenable.

Mes jambes vont finir par me lâcher complètement, m'obligeant à recourir à un fauteuil roulant. Puis, je serai obligée de garder le lit car mes bras ne me permettront plus d'en faire tourner les roues. On va devoir m'alimenter via une sonde et idem pour la sortie (ce qui me file des sueurs froides). Je vais devenir complètement impotente, allongée dans mon lit à longueur de journée à attendre la mort. Petit à petit, je ne serai plus capable de m'exprimer, sauf via un équipement électronique approprié. Je vais devenir un monstre impuissant.

Au final, je finirai par m'endormir sans jamais me réveiller (c'est souvent de cette façon dont les patients meurent). Mais avant ça, j'aurai tout le temps de voir le regard de mes proches s'emplir de désespoir. Jusqu'à la dernière minute, je serai consciente de tout, parce que cette salope de SLA s'attaque uniquement aux muscles moteurs et digestifs. Mon cœur et mon cerveau resteront pleinement opérationnels, continuellement torturés par le reste de mon corps.

Ça me terrifie. Littéralement. Comment ne pas l'être ? Comment surmonter cette épreuve ?

Et je refuse que Cole assiste à cette descente aux enfers. Ce serait au-dessus de mes forces. C'est déjà difficile de me dire que je vais infliger ça à mes parents. Mais avec lui, c'est impossible. Je veux rester la jeune fille qu'il aime et qu'il regarde avec amour. Je sais que s'il *sait,* tout va changer. Ma maladie va venir s'immiscer dans notre couple et tout détruire, comme elle détruit mon corps et le ronge petit à petit. C'est inévitable, comme ma mort.

Durant toute ma crise, mon père ne me lâche pas. Il me sert fort contre lui et ma mère ne tarde pas à nous rejoindre. Nous pleurons tous les trois sur le malheur qui s'abat sur notre famille si injustement. Je sens leur désespoir tout comme ils perçoivent le mien.

Nous sommes complètement impuissants. Il est tout simplement impossible de faire face à cette situation sereinement.

Jusqu'à présent, j'ai réussi tant bien que mal à tenir ma maladie à l'écart de mon quotidien, mais je suis rattrapée par la réalité. Je ne peux pas faire l'autruche plus longtemps. Mon corps est de plus en plus défaillant. Il peut me trahir à tout moment, comme à l'instant, et cela me terrifie au plus haut point. J'aimerais me croire assez forte pour supporter tout ça, mais je ne le suis pas.

Lors de ma dernière visite médicale, le médecin a laissé entendre qu'il faudrait peut-être envisager prochainement l'utilisation du fauteuil de manière préventive. Comme mes jambes me font de plus en plus défaut, il craint qu'elles ne lâchent au mauvais moment et que les conséquences de ma chute ne soient graves. Sur le moment, j'ai eu envie de lui répondre, sarcastique : *Vous craignez quoi ? Que cela me tue ?*

Bien sûr, je m'en suis gardée. Cela n'aurait servi à rien, sauf à causer de la peine à mes parents et à me faire passer pour une fille désespérée – ce que je suis pourtant.

Je reconnais qu'il n'a pas tort et ça me tue.

Je ne crains pas les blessures que je pourrais récolter. En revanche, je ne veux pas me trahir aux yeux des autres. Je ne veux pas que Derek ou Cole soient témoins de ma déchéance. Et pour ça, je sais ce que je dois faire.

L'idée me trotte dans la tête depuis quelques temps. J'ai pris soin que personne ne se rende compte de rien, mais cette crise est la goutte d'eau qui me pousse à suivre la voie de la raison, même si elle me déchire le cœur et le met en lambeau.

Ma décision est prise, mais elle va m'achever. De toute façon, j'ai déjà un pied dans la tombe, je ne suis plus à ça près. Je dois protéger les gens que j'aime si j'en ai le pouvoir.

Je me dégage lentement des bras de mes parents, essuie mes larmes du mieux que je peux et déclare avec des trémolos dans la voix :

— J'arrête les cours à la fin de la semaine prochaine. Je ne les reprendrai pas après les vacances de Noël.

C'est fini, j'arrête de me voiler la face plus longtemps. Je ne peux pas lutter contre l'inévitable. Je ne vais pas m'acharner pour rien. Ce serait stupide et futile.

En revanche, je m'offre deux semaines de sursis. C'est tout ce que je demande, encore deux petites semaines de bonheur. Ensuite, eh bien… je sais ce que j'aurai à faire. Je le sais depuis que j'ai lu toutes ces horribles choses sur la SLA.

La boule dans mon ventre s'amplifie soudainement, au point que je crains durant un bref instant de vomir dans les bras de mes parents.

36
Douche glacée

Cole

J'écoute le prof d'une oreille distraite lorsque mon portable se met soudain à vibrer. Je me retiens de sourire quand je vois que c'est un message de Cassandra. Ce soir, ce sont les vacances et j'ai hâte d'y être pour profiter de ma petite amie tous les jours – et peut-être quelques nuits si je suis chanceux.

Depuis notre voyage dans l'Utah, nous n'avons pas eu l'occasion de nous retrouver seuls tous les deux et mon corps est cruellement en manque du sien. Comme je le craignais, maintenant que j'ai goûté à tous les délices qu'il offre, je ne peux plus m'en passer.

J'ai un peu honte de l'avouer mais je me suis touché plusieurs fois ces deux dernières semaines en visualisant Cassandra jouissant sous moi. Il faut dire qu'elle était tellement sublime. Cette image d'elle en pleine extase s'est gravée dans ma mémoire.

Cependant, mes ardeurs sont quelque peu douchées en lisant son message :

Cassie Johnson

C'est terminé

Je fronce les sourcils. Que veut-elle dire exactement ? Le prof de son prochain cours est absent, elle est donc en vacances plus tôt que prévu ?

Cole J – BHS

Qu'est-ce qui est terminé, ma puce ?

Sa réponse claque comme un coup de fouet :

Cassie Johnson

Nous.

Mon cœur s'emballe en lisant ses mots.

Cole J – BHS

Comment ça, nous ?

Cassie Johnson

Toi et moi, c'est fini. Je veux rompre.

Cette fois mon cœur se serre. Elle n'est pas sérieuse ? Depuis son anniversaire, nous n'avons jamais été aussi proches. Dès qu'elle le peut, Cassandra me vole un baiser ou une caresse. Son message est tout simplement incompréhensible.

Cole J – BHS

C'est une blague ?

Cassie Johnson

Non. Je le pense vraiment.

Je n'y crois pas. Ça ne tient pas la route. C'est inutile de m'énerver mais c'est plus fort que moi, je ne peux retenir une réponse sarcastique :

Cole J – BHS

Et tu as décidé ça comme ça, sur un coup de tête ?

Cassie Johnson

Non, c'est une décision mûrement réfléchie.

Putain, sa réponse me fait un peu plus mal et m'agace encore plus.

Cole J – BHS

Et on peut savoir depuis quand ça te trotte dans la tête ?

Cassie Johnson

Est-ce que ça importe réellement ?

Cole J – BHS

Réponds.

Cassie Johnson

Depuis le début en fait.

QUOI ? Mais qu'est-ce qu'elle raconte, putain ?!

Cole J – BHS

Comment ça depuis le début ?

Cassie Johnson

Sérieux, Cole, tu croyais vraiment que tu m'intéressais réellement ?

Sa réponse est un nouveau coup de poignard dans mon cœur déjà malmené. Je ne comprends pas ce qu'il se passe. Est-ce que je viens d'atterrir dans un univers parallèle ? Si c'est le cas, alors je veux retourner dans celui où Cassandra et moi coulons le parfait amour. Parce que là, j'ai l'impression que mon monde s'écroule.

Cole J – BHS

C'est pas drôle, Cassandra.

Cassie Johnson

Je ne cherche pas à l'être. Je suis très sérieuse. Toi et moi, c'est fini. D'ailleurs, il n'y a jamais vraiment eu de toi + moi pour ce qui me concerne.

Cole J – BHS

Putain, mais comment tu peux dire une horreur pareille ? J'ai fait quelque chose de mal ?

Je n'ai rien à me reprocher, mais peut-être qu'on lui a raconté un bobard quelconque. Je sais que notre relation a fait plus d'une jalouse sur le campus. C'était inévitable. Une autre fille aurait tout à fait pû aller lui raconter des craques pour foutre la merdre entre nous. Si c'est le cas et que je mets la main sur cette fille, elle va morfler !

Cassie Johnson

Non, tu as simplement fait ce que j'attendais de toi, même si tu as mis le temps !

Cole J – BHS

Mais de quoi tu parles, putain !

Cassie Johnson

De ta queue, bien sûr.

Ma queue ??? Sa réponse me fout sur le cul. Mais c'est quoi ces conneries ? Ce qu'elle me dit ne tient pas la route. Je n'ai pas pu me planter à ce point sur elle. Impossible !

Cole J – BHS

Cassandra, arrête tout de suite ton petit jeu et crache le morceau.

Les trois petits points flottent devant mes yeux. Tout le temps que dure leur petit manège, mon pouls bat furieusement. Apparemment, elle en écrit une tartine. Ou alors elle ne sait pas quoi dire pour se justifier et ne cesse d'effacer ce qu'elle tape. Peut-être est-elle en train de préparer un énorme « JE RIGOLE » ?

Au point où j'en suis, je préfèrerais cette option, même si je lui en voudrais. Les moments que je suis en train de vivre sont les pires de toute ma vie. Je me sens tellement mal que j'ai l'impression que je vais vomir. Je sens des perles de sueur couler le long de mon dos sous le coup du stress. Mes mains tremblent comme celles d'un camé.

J'en suis rendu à un point où je croise les doigts et où je prie le Seigneur pour qu'il s'agisse d'un pari stupide ou que sais-je encore. Mais la réponse de Cassandra anéantit le dernier de mes espoirs :

Cassie Johnson

Tu te souviens cette fameuse lettre trouvée dans mon casier ? La fille disait que tu étais le meilleur coup qu'elle ait eu, alors je me suis dit que tu serais le candidat idéal pour perdre ma virginité.

Chacun de ses mots me brûle comme de l'acide. Je suis tellement choqué que je peine à comprendre pleinement ce qu'elle est en train de me dire. Je n'arrive pas à croire que la fille dont je suis tombé follement amoureux puisse m'écrire une horreur pareille. Je me sens sale rien qu'en lisant ses mots. Elle me porte ensuite le coup de grâce :

Cassie Johnson

Au passage, je dois bien reconnaître qu'elle avait raison. Tu es vraiment un Dieu du sexe, Cole. Je te remercie pour tout. Prends soin de toi. Au revoir.

J'ai tellement la haine qu'il me faut quelques instants pour me calmer avant de lui répondre.

Cole J – BHS

Toi et moi, on va avoir une petite discussion tout à l'heure et tu vas m'expliquer ça en face.

Je veux pouvoir la regarder dans les yeux quand elle me débitera ces horreurs. J'en ai besoin. Ce sera le seul moyen de me convaincre qu'elle est honnête. Cassandra ne sait pas mentir. Je serai donc fixé.

Sauf que mon message n'arrive pas jusqu'à elle car une fenêtre s'affiche avec le message suivant :

Cette personne n'est pas disponible pour le moment

Elle m'a bloqué ! Putain, j'y crois pas.

Cette fois, je n'arrive pas à contenir ma rage. Je donne un énorme coup de poing sur mon bureau, m'attirant les foudres du prof, mais je m'en tape. Plus rien ne m'atteint, surtout pas une broutille pareille.

À cet instant, la cloche sonne et je me lève de mon siège à la vitesse de l'éclair. Je saisis mon sac et sors de la salle de cours, mon téléphone à l'oreille. Je suis déjà en train de l'appeler mais je tombe directement sur sa messagerie. Je réessaie encore et encore avec toujours le même résultat.

Elle a bloqué mon numéro en plus de mon compte Facebook. À ce constat, mes mains se mettent à trembler. Je suis en train de vivre un putain de cauchemar. Je ne comprends rien à ce qu'il se passe.

À toute vitesse, je me dirige pour rejoindre la salle de son prochain cours. Je m'en fous si ça la met en rogne. Pas question qu'elle entre dans cette fichue salle sans s'être expliquée !

Sauf qu'elle ne se pointe pas. Toute sa classe entre mais aucune trace de Cassandra. Une fille que j'ai déjà vue et qui m'a repéré vient me voir et me dit timidement :

— Elle m'a demandé de dire au prof qu'elle rentrait chez elle parce qu'elle ne se sentait pas bien. D'ailleurs, elle avait une drôle de tête.

En l'entendant, mon cœur finit de sombrer. Je me retourne en direction du couloir et fous un énorme coup de pied dans le mur.

— Merde, fait chier ! je jure.

Je m'arrache à moitié les cheveux avant de prendre la direction de la sortie. Moi aussi, je vais faire l'école buissonnière. Je n'attendrai pas deux heures de cours pour obtenir des explications.

Un truc m'échappe mais j'ignore quoi. Ça ne colle pas. Elle ne peut pas penser ce qu'elle m'a écrit. Cassandra ne se servirait pas de moi comme ça. Je n'y crois pas. Je n'ai pas pu être aussi mauvais juge.

En tout état de cause, je ne vais pas me contenter d'attendre sagement qu'elle revienne à la raison. Elle m'a tellement énervé que je me dirige à grands pas vers ma voiture, la démarre et prends aussitôt la direction de sa maison.

Malheureusement, quand j'arrive devant chez elle, je ne vois ni la voiture de sa mère ni celle de son père. Je fais le pied de grue pendant une bonne demi-heure, en essayant de l'appeler une centaine de fois, puis je me résous à tourner les talons.

Je ne m'avoue pas encore vaincu, mais il me faut un plan d'attaque. Et s'il s'avère que Cassandra s'est en effet payé ma tête depuis le début – cette idée me rend malade – alors elle va le payer au prix fort !

37
Cœurs brisés

Cassie

Un peu plus tôt dans la journée, la mort dans l'âme, je me suis décidée à mettre mon horrible plan à exécution. Je sais que c'est maintenant ou jamais et que je dois le faire. La chose n'en est pas pour autant moins difficile.

J'ai envoyé un message ce midi à ma mère pour lui demander de venir me chercher. Je lui ai dit que je ne voulais pas qu'elle me pose la moindre question et qu'elle ne devait pas me ramener tout de suite à la maison.

Elle a dû comprendre que c'était grave car elle a accepté sans rien me demander. De toute façon, je ne lui aurais rien dit. C'est trop douloureux.

Un quart d'heure avant la fin de mon cours, je demande à la fille à côté de moi si elle peut prévenir le prof du cours suivant que je rentre chez moi car je ne me sens pas bien.

Je suis tellement mal à l'idée de ce que je vais faire que je n'ai aucune difficulté à être convaincante quand je demande au prof l'autorisation de sortir. Je n'ai qu'un cahier et un stylo avec moi, le reste de mes affaires est dans mon casier. Je quitte donc la salle en sachant que c'était la dernière fois que j'y mettais les pieds et que je voyais mon professeur et les autres élèves.

Je sors rapidement de la classe et vais me réfugier dans les toilettes. C'est cliché mais je sais que j'y serai tranquille. Je ne veux en aucun cas avoir des spectateurs pour la chose horrible que je m'apprête à faire.

Les mains tremblantes, je déverrouille mon téléphone et exécute la partie la plus dure de mon plan, celle où je broie mon cœur et celui de mon petit ami. J'agis pour le mieux dans l'intérêt de Cole, mais cela n'en reste pas moins la chose la plus dure que j'aie eu à faire de toute ma vie. Malgré tout, je préfère mille fois qu'il me haïsse, quitte à me détruire, plutôt qu'il ne me voie décliner.

Mes parents ont raison, en tant que petit ami, Cole a le droit de savoir ce qui m'arrive. Ce serait injuste et malhonnête de lui cacher la vérité plus longtemps. Comme je ne veux pas qu'il le sache, la solution est donc qu'il ne possède plus ce titre. Ce raisonnement peut paraître tordu, mais il tient la route.

Si nos rôles étaient inversés, je sais très bien comment je me sentirais en apprenant que Cole est condamné. Je serais ravagée. Cette idée me fait encore plus mal que celle de ma mort prochaine. Comme je l'aime de tout mon cœur, j'ai décidé de lui épargner cette épreuve et pour ça, je dois frapper fort. Très fort.

Lors d'une discussion, il m'a dit que ce qui l'avait attiré le plus chez moi dans un premier temps – en dehors de mon physique – c'est que je n'attendais rien de lui. Contrairement aux autres filles. J'y ai vu une piste à creuser. Puis, je me suis souvenue de cette fameuse lettre et j'ai su ce que je devais faire, même si l'idée me file la gerbe. Il faut qu'il croie qu'il s'est trompé sur toute la ligne à mon égard, sinon mon plan ne fonctionnera pas.

Les mots affreux que je lui écris me brûlent les doigts, les yeux et les méninges, mais rien ne m'empêche de les sortir. J'aime trop Cole pour le laisser vivre cette épreuve à mes côtés. Or, me contenter de lui dire que je ne veux plus sortir avec lui ne suffira pas. Il essaiera de me convaincre de revenir sur ma décision. Et je suis tellement désespérée qu'il a une chance d'y parvenir. Il faut que je lui fasse une crasse dégueulasse qu'il sera incapable d'avaler. Il faut qu'il n'ait plus envie d'avoir affaire à moi.

Quand sa détresse transparaît dans les messages qu'il m'envoie, ma résolution flanche un peu. Je savais que ce serait difficile et douloureux mais pas à ce point. Je suis à deux doigts de faire machine arrière. Je me dis que je peux peut-être attendre un peu avant de briser nos cœurs. Après tout, quelques semaines de plus ou de moins, quelle différence ?

Comme un signe du destin, une de mes mains est alors prise d'un tremblement incontrôlé. Malheureusement, dans mon cas, tout est histoire d'une poignée de semaines.

Je dois m'y tenir.

Je sais qu'il va essayer d'argumenter et de me mettre en défaut. L'image que je suis en train de lui donner de moi diffère tellement de ce je suis que ça sonne faux. Je ne veux pas prendre le risque de craquer. Je ne dois surtout pas me lancer dans une discussion avec lui. Aussi, dès que j'ai lâché ma bombe, je bloque tout : son Facebook et son numéro. Je veux qu'il se cogne à un mur en essayant de me joindre – et je sais qu'il va essayer de le faire.

Mes larmes ont commencé à rouler dès le tout premier mot que j'ai écrit. Depuis, elles ne cessent de couler. J'aurais dû faire plus d'efforts pour éviter de croiser la route de Cole. Depuis le début, je suis convaincue que rien de bon ne peut sortir de cette attirance. Et la réalité est mille fois plus douloureuse que je ne l'imaginais. Mais le pire, dans tout ça, c'est que si l'on m'offrait la possibilité d'effacer ces dernières semaines, je ne le ferais pas. Certes, je souffre le martyr, mais Cole m'a rendue tellement heureuse. Quand je suis avec lui, j'oublie cette salope de SLA. Il me fait rire. Il me regarde avec amour. Tout ceci est inestimable et vaut mille fois les tourments que je vis actuellement.

Les mots que j'ai balancés à la figure de ma mère l'autre jour me hantent encore, mais ils sont vrais. Mes parents m'aiment de tout leur cœur, mais depuis que le diagnostic est tombé, ils sont incapables de me regarder comme le fait Cole. Il y a toujours cette tristesse. Je ne leur en veux pas, je sais que c'est inévitable. En revanche, je refuse que Cole ait à subir cette torture lui aussi.

Comme prévu, la sonnerie résonne dans les couloirs. Je sors aussitôt des toilettes pour me rendre sur le parking où ma mère doit passer me prendre. Je lui ai demandé d'être là avec un peu d'avance pour que je n'aie pas à attendre. Je n'ai rien laissé au hasard.

Je connais Cole. Quand il aura compris que je l'ai bloqué, il va essayer de me mettre la main dessus pour qu'on s'explique, ce que je veux éviter à tout prix. Il verrait immédiatement que je mens sur toute la ligne. Tout le succès de mon plan consiste donc à ne pas le croiser. Selon moi, soit il va se diriger vers la salle où j'avais cours, soit vers celle du prochain. Je prends donc un itinéraire détourné qui ne me fait passer devant aucune des deux.

Durant tout le trajet, je baisse la tête pour me cacher du regard des autres. J'ai essuyé mes larmes avant de sortir des toilettes mais rien n'y fait, elles ne cessent de couler. Je ne peux m'empêcher d'imaginer ce qu'il a pu ressentir en lisant mes mots. Cela me détruit de savoir que je lui fais du mal volontairement. J'essaie de me convaincre que c'est un mal pour un bien mais rien n'y fait.

Je rassemble les dernières miettes de courage qu'il me reste. Je me dis que je vis mes tous derniers instants sur ce campus. Qu'importe l'opinion des autres élèves, s'ils me voient en train de pleurer.

Malheureusement, cette pensée, loin de me calmer, ne fait qu'amplifier mon désarroi. Je ne pensais pas qu'il serait aussi difficile de dire adieu à ma vie normale de lycéenne.

J'aperçois avec soulagement la voiture de ma mère dès que le parking est en vue. Je m'engouffre immédiatement dans le véhicule et me laisse enfin aller à ma crise de larmes. Je lutte pour respirer, mes sanglots déchirent le silence de l'habitacle, tout comme ils déchirent mon cœur. Je n'ai jamais autant souffert de toute ma vie. Je sens déjà un gouffre immense s'ouvrir dans ma poitrine. Je me sens vide et tellement mal.

Voilà pourquoi j'ai voulu prévenir ma mère. Je ne voulais pas qu'elle s'en fasse et encore moins qu'elle me pose des questions. Pour l'instant, je suis incapable de formuler le moindre mot. Je veux seulement me noyer dans mes larmes pour étouffer cette douleur insoutenable qui me submerge. Tel un animal sauvage mortellement blessé, je veux rester seule dans mon coin à attendre que la fin arrive.

Ma mère n'est pas stupide. Elle a certainement compris que cela concernait Cole. Elle doit s'imaginer que je lui ai dit pour ma maladie et que c'est la raison pour laquelle je suis si bouleversée. Ou peut-être se doute-t-elle de ce que j'ai fait. Qu'importe, je ne veux pas en parler.

Fidèle à sa promesse, elle ne prend pas la direction de la maison. Je sais que Cole risque de s'y rendre aussitôt qu'il aura constaté que je ne suis pas sur le campus. Je ne veux surtout pas le voir faire le pied de grue devant ma porte. Pas tout de suite. Je n'ai pas la force d'en gérer plus aujourd'hui. Demain peut-être. Ne dit-on pas qu'à chaque jour suffit sa peine ? Je pense que l'on peut dire que j'ai eu mon lot de peine pour aujourd'hui.

Perdu dans mon chagrin, je note distraitement le chemin que l'on emprunte. Après avoir filé sur la route 99, puis sur la 166, nous suivons ensuite la 33 qui nous fait pénétrer dans la forêt nationale de Los Padres.

Il n'y a pas à dire, ma mère me connaît bien. Elle sait que le seul réconfort qu'elle peut m'offrir à cet instant, c'est le spectacle de la nature et de ses paysages.

La tête appuyée contre la vitre, je les regarde défiler sous mes yeux. Je me force à faire le vide dans ma tête. De toute façon, cela ne sert à rien de ressasser tout ça. C'était inévitable. Cette histoire entre Cole et moi était vouée à se terminer de façon tragique. J'ai simplement fait l'autruche jusqu'à présent.

Quitte à choisir, je préfère qu'il vive cette rupture dans la haine plutôt que dans les larmes. Avec le temps, il m'oubliera, il passera à autre chose. Il se souviendra de moi comme de la garce sans cœur qui s'est jouée de lui pour l'utiliser de la pire des façons. Mais c'est préférable à la vérité.

J'aimerais qu'il n'apprenne jamais ce qui m'est arrivé mais j'ignore encore comment m'y prendre. Après les vacances, il va bien voir que je ne vais plus en cours. Cela va forcément l'intriguer. Je pourrais peut-être dire que j'ai décidé de suivre des cours par correspondance. Il risque de trouver cette explication un peu étrange mais, pour l'instant, je n'ai pas de meilleure idée. Il faut aussi que je m'occupe de Derek. Je dois couper les ponts avec lui également. Ce sera douloureux mais moins qu'avec Cole, et probablement plus facile. Après tout, c'est mon ami, pas mon petit ami.

Cette idée déclenche une nouvelle crise de larmes.

Dans un accès d'égoïsme, j'ai envie de demander à mes parents de déménager à nouveau, mais je ne leur ferai pas ça. Je les ai déjà obligés à changer de vie une fois, je ne vais pas leur demander de recommencer. De toute façon, il faut que nous restions vivre en Californie. Pas le choix.

Après plus de trois heures de route, nous sommes de retour à la maison. Durant un instant, je redoute de voir la voiture de Cole garée devant la maison, mais elle n'y est pas. Celle de mon père en revanche est bien dans l'allée.

Mes larmes ne coulent plus, mais mon cœur est toujours aussi lourd. J'ai l'impression d'avoir un bloc de bêton dans la poitrine à la place d'un amas de chair, de muscles et de sang. Durant le trajet, mes jambes ont été prises de crampes à deux reprises, cruel rappel de ce qui m'attend dans les semaines à venir. Dans ma situation désespérée, j'ai préféré y voir un signe positif, la preuve que j'avais bien fait de prendre cette décision douloureuse.

Après trois heures à rester assise, je redoute la descente, mais mon corps coopère pour une fois et me laisse rentrer chez moi sans encombre pour aller broyer du noir et panser mes plaies. Maintenant, je n'aspire qu'à une chose, aller me terrer dans ma chambre et ne plus en sortir avant des lustres.

Ma mère a dû prévenir mon père, car il ne me pose aucune question sur ma journée ou sur mon état lamentable. L'ambiance dans la maison est lourde et je m'en veux une nouvelle fois d'infliger ça à mes parents. Parfois, je me dis que plus vite je serai partie, mieux ce sera pour eux. Ils pourront ainsi reprendre le cours de leur vie, même s'il leur faudra forcément du temps avant d'y parvenir.

D'une voix douce, ma mère me demande si je veux manger. Je secoue la tête en guise de réponse. Je n'ai pas faim. Je serais de toute façon incapable d'avaler quoi que ce soit. Une boule obstrue ma gorge, ne laissant passer que l'air et ma salive, et encore en petite quantité.

Ma peine est bien plus grande que lorsque le diagnostic est tombé, c'est vous dire.

Le cœur plus lourd qu'une montagne de granite, je monte me coucher. Une fois dans mon lit, je m'autorise à nouveau à pleurer jusqu'à m'endormir d'épuisement.

38
Confidences alcoolisées

Cole

Ces vacances sont les pires de toute ma vie. Durant les deux premiers jours, je n'émerge pas du brouillard. J'ai dit à mes parents que j'allais passer quelques temps chez Calvin car il m'a invité. En réalité, je me suis incrusté, le sachant seul chez lui. Mon pote n'a pas la chance d'avoir des parents aussi aimants que les miens. Ils sont rarement chez eux et le laissent seul plus souvent qu'à son tour. Il passe son temps à répéter que cela ne le dérange pas, qu'il a ainsi l'impression de vivre comme un adulte sans avoir à se soucier des problèmes matériels. Mais je ne suis pas stupide, j'ai déjà surpris son regard triste quand il vient chez moi et que mes parents enchaînent les preuves d'affection. J'ai aussi vu comme il est heureux lorsqu'ils lui accordent de l'attention.

En l'occurrence, ce qui m'intéresse, c'est surtout que je vais pouvoir me bourrer la gueule sans personne pour me rappeler que je ne suis pas censé le faire ou que ce n'est pas la solution.

En meilleur pote, Calvin s'est simplement contenté de me demander ce que je préférais boire parmi toutes les bouteilles présentes dans le bar de son père. Il s'est ensuite joint à moi pour mettre une sacrée claque aux réserves paternelles.

Cela fait deux jours que nous n'avons pas vraiment dessoûlé. En guise de repas, on se fait livrer des pizzas. Nous sommes dans un moment de creux, lorsqu'il se lance et se décide à poser *LA* question qui doit lui trotter dans la tête depuis qu'il m'a vu débarquer chez lui l'air dévasté :

— Alors, tu m'expliques ce qu'il se passe ?

— Mmm, le dois-je vraiment ? je demande d'une voix pâteuse.

Nous sommes tous les deux dans un sale état, mais l'alcool a réussi à anesthésier le plus gros de ma douleur, donc mon objectif est atteint. Tant pis si cela me donne l'air misérable. Le plus important, c'est que je ne souffre plus. Enfin presque plus.

— Bah, comme tu es en train de vider la cave de mon père, je pense que oui.

— Peut-être, peut-être pas. Et toi ?

— Quoi moi ?

— Bah, moi, je sais pourquoi je bois. Mais toi, pourquoi tu bois ?

— Bah je sais pourquoi je bois, mais je ne sais pas pourquoi toi tu bois.

Notre discussion d'ivrogne est pitoyable et risible. D'ailleurs, nous éclatons tous les deux de rire.

— OK, voilà ce que je te propose, enchaîne Calvin. Tu me dis pourquoi tu bois et j'en fais de même.

— Mmm, d'accord mais tu commences.

— Pourquoi moi ? J'ai parlé en premier.

— Ouais, mais c'est moi qui ai dit que tu parlais le premier.

— Pfff, il est nul ton argument.

— Peut-être mais comme t'as rien à redire, c'est que t'as pas mieux.

— Mouais, on va dire que j'ai pas trop envie de réfléchir pour l'instant.

— T'as pas trop envie ou t'en es incapable ?

Il chasse ma question comme on le fait avec une mouche pénible. Après une pause et une nouvelle goulée de whisky, il m'explique :

— Ils m'ont laissé tout seul.

— Hein ? Qui ça ?

— Mes parents. Ils se sont barrés sans moi. Le vendredi des vacances, ils m'ont envoyé un texto pour me dire qu'ils allaient sur une île paradisiaque pour fêter Noël et le jour de l'An ensemble et qu'ils venaient de me verser une coquette somme pour que je passe de bonnes fêtes.

Il termine son explication par un rire sardonique.

J'ai beau être complètement arraché, je me rends compte à quel point ses vieux sont des enculés.

— Mec, je suis désolé.

Il fait un signe de la main et répond :

— T'inquiète, ce n'est ni la première ni la dernière fois qu'ils me font le coup.

— N'empêche, ce sont de gros bâtards.

Mon insulte le fait rire.

— Ouais, t'as raison, ce sont de bons gros bâtards.

Il lève ensuite son verre en l'air et lance :

— Papa, maman, à votre santé.

— Tu sais quoi ? Tu vas venir passer les fêtes chez moi.

— Pfff, tu plaisantes ? Tu crois que j'ai besoin de ta charité et de ta pitié ou quoi ?!

Il semble un brin énervé et je peux le comprendre. À sa place, moi aussi je me sentirais mal.

— Dis pas de connerie. T'es mon pote et puis ça me fera plaisir de t'avoir avec moi.

Après une inspiration, je lâche :

— Cassandra m'a largué la veille des vacances.

Sous le choc, il se redresse pour me faire face. Malheureusement, son état d'ébriété l'entraîne dans une chute comique. Il se relève comme si de rien n'était et me dit :

— Tu déconnes ?

— Tu trouves que j'ai l'air de déconner ?

Perso, je trouve plutôt que j'ai l'air d'un pauvre type qui s'est fait larguer comme une merde et qui n'arrive pas à remonter la pente. En tout cas, c'est ainsi que je me sens.

— Merde alors, s'exclame-t-il en passant une main sur son visage. Qu'est-ce qui s'est passé ? Je veux dire, vous sembliez heureux tous les deux.

Sa remarque me fait l'effet d'un coup de poignard dans mon cœur déjà agonisant. Je ne lui en veux pas, je sais bien qu'il n'a pas posé cette question pour être blessant. Il est simplement surpris et choqué, comme je l'ai moi-même été.

— Moi aussi, je le croyais, j'avoue d'une voix minable.

— T'es sûr que t'as bien compris ce qu'elle t'a dit ?

Je ricane d'un air mauvais et sors mon téléphone. Je lui fais alors lire mon dernier échange avec Cassandra. C'est toujours aussi douloureux.

— Putain de merde ! déclare-t-il une fois sa lecture terminée.

— Tu l'as dit.

— J'aurais jamais cru Cassie capable d'un truc pareil.

— Moi non plus, avoué-je en vidant à mon tour un shooter plein à ras bord.

Relire ces mots broie à nouveau mon cœur. Ils se propagent en moi comme la gangrène, pourrissant tout sur leur passage. J'aimerais tellement ne les avoir jamais lus.

— T'es sûr que t'as pas déconné ? demande-t-il.

Je lui lance un regard noir et il répond pour sa défense :

— Mec, cette fille, elle semblait aussi gentille qu'un Bisounours. J'ai du mal à croire qu'elle ait pu écrire un truc pareil. Il s'est forcément passé un truc.

Je bois à nouveau un verre avant de lancer, acide :

— Ou alors c'est la plus grosse salope manipulatrice que cette planète ait jamais comptée !

Mes paroles sont violentes, mais j'ai trop mal pour m'en soucier. Je pensais que me lâcher sur Cassandra atténuerait un peu ma peine, mais mon discours me fait me sentir encore plus comme une grosse merde.

— Qu'est-ce qu'elle a dit quand tu lui as mis la main dessus ? demande mon pote.

— Rien du tout, je réponds avec rancœur. Elle a séché son dernier cours et bloqué mon téléphone. Et quand je suis passé chez elle, elle n'était pas là.

— C'est quand même super étrange.

Ouais, c'est surtout super manipulateur et cela me fait encore plus enrager.

— Mais cette fille, genre, tu l'aimais vraiment ?

Je dois être totalement bourré pour lui répondre aussitôt :

— Mec, cette fille, j'en suis fou amoureux. Je me voyais finir ma vie avec elle !

Ma réponse le fait siffler.

— Bah alors, arrange-toi pour avoir une discussion avec elle. Il y a forcément eu un malentendu. Et si ce n'est pas le cas, bah tu mérites au moins qu'elle te le dise en face !

39
Tentatives désespérées

Cole

Les paroles de Calvin résonnent en moi, même après avoir dessoûlé. Il n'a pas tort. Cassandra me doit bien une explication en direct. J'ai besoin d'entendre de sa bouche qu'elle s'est foutue de ma gueule et ne voulait en réalité que ma queue. Cette hypothèse me semble vraiment improbable, mais les faits sont là. Elle m'a largué depuis presque une semaine et je n'ai toujours pas de nouvelles d'elle. Je suis donc de plus en plus tenté d'y croire.

Après avoir longtemps hésité, je prends enfin mon courage à deux mains et décide de passer chez elle. Je ne pourrai pas tourner la page tant que je n'aurai pas eu cette discussion avec elle, aussi douloureuse soit-elle.

Quand j'arrive devant sa maison, les voitures de ses parents sont garées dans l'allée. Elle doit donc être à l'intérieur puisqu'elle n'a pas le permis. Je descends de la mienne et frappe à la porte. Je suis tellement nerveux que mes mains sont moites. Je redoute tellement les moments qui vont suivre. Et si elle me balançait les mêmes horreurs, mais en pleine tête ? Cela ne va-t-il pas être encore plus douloureux que de les lire ? Ai-je vraiment besoin de ça pour passer à autre chose ?

Comme un automate, je vois ma main frapper à la porte. Je réalise alors que je ne suis pas prêt pour cette discussion. J'en ai peut-être besoin pour faire le deuil de notre relation, mais il me faut encore quelques jours pour me blinder.

Je commence à faire demi-tour. Je joue de malchance car la porte s'ouvre. Je me retourne avec l'espoir fou que ce soit Cassandra et qu'elle me saute dans les bras en s'excusant pour tout. Je suis tellement mal depuis une semaine que je suis prêt à lui pardonner tout ce qu'elle voudra.

Une déception sans nom s'abat sur moi en voyant que ce n'est que Karl qui arbore une tête d'enterrement. Je ne sais pas lequel de nous deux semble le plus gêné.

Après m'être raclé la gorge, je lui dis :

— Bonjour M. Johnson.

— Karl, me rappelle-t-il.

Je ne me vois plus l'appeler ainsi. C'était bon quand sa fille sortait avec moi. Maintenant, nous sommes comme des inconnus l'un pour l'autre.

Ne tenant pas compte de sa remarque, je lui demande d'un air pitoyable :

— Je suppose qu'elle ne veut pas me parler ?

Il se racle à son tour la gorge et me répond d'une voix triste :

— Pas pour l'instant. Il lui faut un peu de temps.

Je suis tellement mal à l'aise que je décide de couper court à cette discussion. Je savais bien que c'était une mauvaise idée de venir.

— Désolé de vous avoir dérangé. Bonne journée à vous.

Je lui tourne le dos alors qu'il me répond :

— Tu ne me déranges pas. Bonne journée à toi aussi.

C'est plus fort que moi, j'ai les larmes aux yeux en montant dans ma voiture. Durant quelques instants, je reste prostré derrière mon volant. Je me sens tellement malheureux et vide.

Après m'être essuyé les yeux, j'allume le moteur et retourne me terrer chez moi. Il me reste un peu plus d'une semaine pour faire le deuil de cette relation et me préparer psychologiquement à recroiser Cassandra sur le campus.

Le soir de Noël, m'amuser est bien la dernière chose que j'ai en tête. Heureusement, la présence de Calvin à mes côtés me fait du bien. Il joue à fond son rôle de meilleur pote. Il s'efforce de me changer les idées et y parvient presque. On va dire que la soirée est moins pénible que ce à quoi je m'attendais.

Le lendemain, je suis dans ma chambre à broyer du noir, quand ma mère frappe à la porte. Elle entre l'air gênée avec un cadeau dans les mains.

— Hum, j'avais acheté ça pour Cassie. Je ne sais pas quoi en faire, m'avoue-t-elle.

Mes parents ne m'ont pas demandé ce qui se passait exactement entre nous. Ils se sont bien rendu compte qu'il y avait de l'eau dans le gaz, mais n'en savent pas plus. Je n'ai pas encore eu le cœur de leur dire que leur fils s'était fait larguer comme une merde !

Soudain, le paquet dans les mains de ma mère m'agace. Tout comme celui que j'avais acheté pour elle, rangé au fond de mon tiroir. Je suis certain qu'elle n'avait rien prévu pour moi. Si elle s'est foutue de ma gueule depuis le début, elle n'a certainement pas dépensé de l'argent pour m'offrir quelque chose.

Je me fais alors la réflexion que c'est certainement pour cette raison qu'elle m'a largué juste avant les vacances de Noël. C'est vraiment une garce finie ! Je ne me suis jamais autant trompé sur quelqu'un.

Énervé par cette idée, je dis à ma mère en lui prenant le paquet des mains :

— Donne, je vais aller lui porter.

— Tu es sûr ? me demande-t-elle.

— Oui, oui.

Je vais lui mettre le nez dans sa merde. Je veux qu'elle se sente mal en voyant que mes parents lui ont acheté un truc pour Noël. Je veux qu'elle se rende compte à quel point elle est horrible d'avoir joué à ce petit jeu manipulateur. Je veux qu'elle se sente aussi mal que je le suis depuis une semaine.

Ma décision prise, je prends le paquet de mes parents, le mien et mes clés de voiture. Dix minutes plus tard, je suis devant chez elle. Je profite du fait que ma colère n'ait pas diminué pour frapper à la porte. Si j'attends, je vais réaliser que ma démarche me fait simplement passer pour un gars désespéré et je vais faire demi-tour.

Cette fois, c'est la mère de Cassandra qui m'ouvre. Je ne peux pas vraiment dire que je suis surpris. Je ne m'attendais pas à ce que mon ex le fasse elle-même. Elle a amplement démontré à quel point elle peut être lâche.

Elizabeth arbore peu ou prou le même air que son mari quelques jours plus tôt. Je sais ce qu'elle doit penser de moi, avec mes cadeaux plein les mains. Après m'être raclé la gorge, je lui dis :

— Bonjour Madame Johnson.

Elle aussi, il n'est plus question que je l'appelle par son prénom.

— Heu, je suis venu donner ça à Cassandra de la part de mes parents.

Au dernier moment, je me retiens de dire que le deuxième paquet est de moi, je passe déjà suffisamment pour un débile.

Le regard d'Elizabeth se fait encore plus torturé et tendre lorsqu'elle me prend les paquets des mains.

— Merci Cole.

— Ce sont mes parents, je rappelle.

A-t-elle compris que l'un des cadeaux est de moi ?

En même temps, avec un paquet couvert de cœur, tu espérais quoi ?

Ouais, bah à cette époque, cela me semblait une très bonne idée, je pense amèrement.

Malgré tout, elle joue le jeu et reformule sa phrase :

— Tu les remercieras alors.

— Ok, je vous souhaite de joyeuses fêtes.

Je tourne alors les talons pour me sauver d'ici. Je suis une vraie merde. Je n'ai même pas été au bout de mon plan machiavélique, je ne pourrai même pas voir la tête de Cassandra lorsqu'elle ouvrira ses paquets. Je suis pitoyable !

— Cole, attend ! me lance sa mère.

Je me retourne vers elle pour savoir ce qu'elle me veut.

— Ne bouge pas, je reviens, ajoute-t-elle.

Elle entre alors dans la maison, laissant la porte entrouverte.

Comme un idiot fini, je jette un coup d'œil dans l'entrée, à l'affût de la moindre trace de Cassandra. Je suis vraiment tombé bien bas.

Bien évidemment, je ne la vois pas. En revanche, mes yeux tombent sur un fauteuil roulant et je fronce les sourcils.

Elizabeth revient aussitôt après avec un paquet dans les mains. Il est surmonté d'un gros nœud rouge.

— Joyeux Noël, Cole.

Putain, ses parents m'ont acheté un cadeau. Ignorent-ils eux aussi à quel point leur fille peut être manipulatrice ?

J'aimerais me focaliser sur ce détail, mais pour l'instant c'est le fauteuil qui accapare toute mon attention.

Je prends le paquet et la remercie chaleureusement. Je suis réellement touché par leur geste. Je lance ensuite :

— J'espère que votre mari va bien.

— Oui, je te remercie.

Elle semble sincère.

Alors le fauteuil, pour qui est-il ?

— Et Cassandra ?

Je ne devrais pas m'en faire pour elle, après la façon dont elle s'est payée ma tête. Oui, mais les sentiments ne s'éteignent pas comme des lumières, en pressant sur un interrupteur. J'aime Cassandra de tout mon cœur et il me faudra un bout de temps pour m'en remettre.

Soudain, je comprends mieux Célia. J'espère simplement qu'il ne me faudra pas autant de temps pour passer à autre chose. Malheureusement, Célia me semblait bien moins accro à moi que je ne le suis de Cassandra.

La mère de cette dernière n'a toujours pas répondu. Elle semble gênée.

— Elizabeth (au diable mes bonnes résolutions). Est-ce que Cassandra va bien ?

Malgré moi, mes yeux viennent se poser sur le fauteuil que j'aperçois derrière elle. Elle se retourne, comprend que je l'ai vu et me fait à nouveau face. Elle semble franchement mal à l'aise. Et triste. Et blanche aussi.

Je commence sérieusement à flipper. Pourtant, elle me répond :

— Ça peut aller.

C'est quoi cette réponse ?

Malheureusement, je ne veux pas m'imposer plus que de raison. Après tout, je n'ai aucun droit de poser des questions la concernant. Je ne suis plus son petit ami. Je me résigne donc à lâcher l'affaire.

— Ok, j'espère que ce n'est rien de grave.

Une lueur étrange traverse son regard, mais je ne m'y attarde pas. Je veux quitter cet endroit maudit et ne plus jamais y remettre les pieds. C'est décidé, c'est la dernière fois que je viens ici.

— Encore merci pour tout, je lève le paquet mais je ne fais pas seulement référence à ça. Je vous souhaite plein de bonnes choses. Au revoir, Madame Johnson.

— Au revoir Cole.

Je tourne alors les talons pour laisser derrière moi ce pan de ma vie. Il n'aura pas été si long que ça, mais il aura laissé une marque indélébile en moi.

Je suis rentré depuis une demi-heure quand mon portable vibre. Je l'attrape et m'étonne de voir la personne qui m'écrit. Il s'agit de la mère de Cassandra.

Elizabeth Johnson

Cole, serais-tu disponible pour aller prendre un café avec moi et Karl ?

Sa proposition me prend de court. Je ne m'attendais pas à ce qu'elle m'écrive et encore moins pour me proposer d'aller boire un truc avec elle et son mari. Je ne comprends pas ce qui peut les motiver. En revanche, je compte bien le découvrir.

Cole J – BHS

Bien sûr.

Elizabeth Johnson

Dans 20 min, cela t'irait ?

Cole J – BHS

Oui.

De toute façon, je n'avais rien de prévu à part me morfondre, ce qui peut bien attendre une heure ou deux.

Elizabeth Johnson

Alors à tout à l'heure.

Je me demande bien ce qu'ils peuvent me vouloir.

40
Descente aux enfers

Cassie

Allongée sur mon lit, je tiens depuis plus d'une demi-heure les deux paquets que ma mère est venue m'apporter. Les doigts tremblants, j'effectue de multiples allers-retours sur le papier coloré. L'un d'eux a tout de suite attiré mon attention. Je *sais* qu'il est de Cole. J'hésite à les ouvrir. D'un côté, j'en crève d'envie. De l'autre, je me dis que ce sera encore plus dur ensuite. Je suis déjà au fond du gouffre. Je me doutais que la rupture allait être difficile, mais j'étais loin de me douter à quel point.

Tout le monde semble se liguer contre ma décision. Quand mes parents ont appris ce que j'avais fait – sans entrer dans les détails – ils n'ont pas fait de remarque mais leurs yeux les ont trahis. Je sais qu'ils réprouvent mon choix.

Ensuite, Cole est venu ici pour me voir. Quand sa voiture s'est garée dans l'allée et que ma mère est venue me prévenir, mon cœur s'est remis à saigner de plus belle. Je lui ai bien fait comprendre que je ne voulais pas le voir. Elle avait l'air tellement déçue et triste. Personne ne comprend que c'est le mieux que je puisse faire pour lui ? Ils m'ont dit il y a quelques jours que j'étais cruelle de cacher ma SLA à Cole. Ne se rendent-ils pas compte que c'est en le gardant auprès de moi et en la lui révélant que je le serais ? Là, au contraire, je le protège.

Je suis persuadée que ma mère a fait exprès de laisser la porte de ma chambre ouverte pour que j'entende son échange avec mon père. Lorsque Cole a supposé que je ne voulais pas le voir, je me suis sentie morte intérieurement. La joie qui empreignait habituellement sa voix lorsqu'il parlait de moi avait disparu. Durant tout le temps qu'a duré leur discussion, j'ai retenu mes larmes, mais elles ont fini par franchir la barrière de mes paupières. Quand il a fini par partir, j'ai cédé à la tentation. Je me suis levée tant bien que mal pour l'observer depuis la fenêtre de ma chambre.

C'est la plus mauvaise idée que je pouvais avoir. Jusqu'à présent, je me consolais en me disant que la dernière vision que j'avais de Cole était celle d'un garçon sexy et souriant. Maintenant, c'est celle d'un garçon anéanti, pleurant au volant de sa voiture.

Cette vision m'a marquée au fer rouge.

Et puis, il y a mon corps.

Je ne sais pas si les sentiments douloureux qui m'assaillent en ce moment y sont pour quelque chose, mais depuis ma rupture avec Cole, la situation s'est dégradée à une vitesse impressionnante. Le rythme de mes chutes s'est accéléré, au point que j'ai accepté que mes parents commandent un fauteuil roulant. Je sais qu'il est arrivé, car je l'ai aperçu dans l'entrée mais je ne suis pas encore prête, alors je fais comme si je ne l'avais pas vu.

Je ne pourrai pas reculer bien longtemps. D'ailleurs, il va falloir que je m'entraîne à m'en servir, car je doute que soit très intuitif. Mais pour l'instant, je n'en ai pas le courage. Je me donne jusqu'à la fin des vacances pour m'y mettre.

Ma priorité du moment, c'est de préparer mes cartons pour changer de chambre. Mes parents ont insisté pour que je prenne celle du bas. Selon eux, il est stupide et dangereux de me laisser à l'étage. J'aimerais m'y opposer mais j'ai déjà loupé plus d'une marche, donc je suis bien obligée de reconnaître le bienfondé de leur remarque.

Je caresse une dernière fois amoureusement mes paquets avant de les poser sur ma table de nuit. Je ne me sens pas le courage de les ouvrir tout de suite. Je préfère attendre un peu.

J'ai continuellement mal à la tête depuis plus d'une semaine à force de passer mon temps à pleurer. Je n'ai presque pas décollé de mon lit et, dans mon cas, ce n'est pas du tout conseillé. Ma maladie s'attaque aux muscles, elle les atrophie. Donc, à ne pas bouger, je ne fais que lui faciliter la tâche.

En l'occurrence, je dois me lever pour aller aux toilettes. Je prends bien le temps de poser correctement mes appuis pour ne pas me casser la figure. Je suis toute seule à la maison car mes parents sont sortis faire une course. Il ne faudrait donc pas que je cause un drame.

Je réussis l'exploit d'y parvenir sans avoir aucune faiblesse. Puis je retourne dans ma chambre.

Je dois certainement être maso. Je ne file pas directement sur mon lit mais fais une halte devant une de mes commodes. J'ouvre le premier tiroir et en sors le paquet que j'ai acheté il y a trois semaines. Il est arrivé juste avant que l'on parte pour ce fabuleux week-end. À cette époque, j'étais loin de me douter qu'au lieu de l'offrir à Cole, j'allais lui briser le cœur. Cette pensée provoque aussitôt une nouvelle crise de larmes.

C'est tellement douloureux. J'ai beau me dire que j'ai fait au mieux, cela n'atténue pas ma peine. Je regrette tellement que ma route ait croisé celle de Cole. Le désespoir semble mille fois plus grand après avoir connu le bonheur.

Sentant mes jambes trembler, je m'agrippe au meuble, mes mains sont tellement serrées que mes jointures sont blanches. Je hais mon corps à un point que vous ne pouvez imaginer. Je suis soudain la proie d'une rage sans nom. Je donne un grand coup de bras sur les différents objets posés là, les envoyant valser à travers la pièce.

Je me sens vaguement mieux alors je continue. Je me déchaîne. Je balance tout ce qui me tombe sous la main. À chaque fois, je pousse un cri de détresse dans le vain espoir qu'il emporte avec lui un peu de mon chagrin.

Cela fait tellement longtemps que j'ai envie de hurler ainsi. Jusqu'à présent, je ne l'ai pas fait pour ne pas effrayer mes parents, mais comme ils ne sont pas là, je me défoule.

Je hurle. Je pleure. Je crie. Je jure. J'extériorise toute cette noirceur qui est en train de m'engloutir.

Ma crise dure une bonne dizaine de minutes, puis je vois le chaos que j'ai mis dans ma chambre. C'est une bonne image pour représenter ma vie telle qu'elle est actuellement : sens dessus-dessous, ravagée, détruite.

Quand ma rage reflue, je reste ainsi à fixer ce capharnaüm durant de longues minutes. La tristesse s'abat à nouveau sur moi. Je passe mon temps dans des montagnes russes émotionnelles et je déteste ça.

Je prends une grande inspiration pour retrouver un semblant de calme. Il faut que je range ma chambre, mais pour l'instant, je ne m'en sens pas le courage. J'attrape le cadeau que j'avais acheté pour Cole et retourne m'assoir sur mon lit. Les mains tremblant sous le coup de l'émotion – mais pas que –, j'en caresse l'emballage amoureusement. L'aurait-il aimé ?

Certainement.

De toute façon, en petit ami parfait, il n'aurait jamais dit le contraire. Une dernière larme solitaire coule le long de mon nez avant de s'écraser sur le paquet. Je l'essuie pour qu'il ne soit pas abîmé.

Soudain, il me semble entendre du bruit. Mes parents doivent être rentrés. Ils vont paniquer quand ils vont voir le bordel que j'ai foutu dans ma chambre. Enfin, il est trop tard, je n'ai pas le temps de ranger. De toute façon, je n'ai plus d'énergie. J'ai tout donné dans ma crise de colère.

Je continue de fixer le papier brillant, perdue dans mes pensées. Ces derniers jours, je n'arrive pas à tenir le futur éloigné. J'ai usé trop d'énergie à l'ignorer et il profite maintenant de ma faiblesse pour me sauter dessus.

Soudain, l'ambiance change dans ma chambre. Je lève la tête en direction de la porte, et là, je le vois.

41
Douloureuses révélations

Cole

Nerveusement, je gare ma voiture devant l'enseigne où les parents de Cassandra m'ont donné rendez-vous. Je me demande toujours ce qu'ils peuvent me vouloir. Je crains qu'ils veuillent me demander de ne plus venir chez eux, auquel cas ils appelleront les flics. Sauf qu'ils pouvaient se contenter de m'envoyer un message pour me dire ça. Ils pouvaient aussi me le dire quand ils m'ont eu l'un et l'autre en face d'eux.

Peut-être veulent-ils me mettre en garde au sujet de la reprise des cours ? Ils redoutent sûrement que j'en fasse voir de toutes les couleurs à leur fille. Après ce qu'elle m'a infligé, elle le mériterait bien. Mais j'en suis tout simplement incapable. Je l'aime trop pour lui faire subir ça. Même si elle a brisé mon cœur, c'est au-dessus de mes forces de lui faire du mal volontairement.

J'entre dans le café, l'esprit en surchauffe et la boule au ventre. Il n'existe pas cinquante moyens d'être fixé, de toute façon. J'aperçois Karl et Elizabeth installés dans un petit coin isolé. Je les rejoins, les mains moites. J'ai déjà vu la mère de Cassandra un peu plus tôt dans la journée, mais je les salue tous les deux.

Leur air grave n'aide pas à calmer mes nerfs. Qu'ont-ils de si important à me dire ?

— Installe-toi, me dit gentiment Karl.

Je me rends alors compte que je suis resté debout à côté d'eux, comme un con. Je m'empresse de prendre le premier siège qui me tombe sous la main pour y remédier.

— Tu veux boire quelque chose ? enchaîne-t-il.

— Je vais prendre un verre d'eau.

Je veux voir dans leur politesse un signe positif. S'ils voulaient me dire des choses désagréables, ils n'agiraient pas ainsi. Cependant, je suis à peine capable de déglutir ma salive, donc je doute fort de pouvoir avaler quoi que ce soit. Inutile de payer une boisson que je ne toucherai pas. En fait, j'ai failli ne rien prendre du tout, puis je me suis dit que le verre serait un bon moyen de m'occuper les mains.

Je pense à tout ça le temps que le serveur apporte notre commande et pose mon verre devant moi. Les parents de Cassandra ont également le leur devant eux, mais ils n'y touchent pas plus que moi.

OK, là, ça devient vraiment flippant.

Le père de Cassandra prend une inspiration et se lance.

— Nous voulions parler avec toi de Cassie.

Ouais, ça je m'en serais un peu douté.

— Très bien, je vous écoute.

Ils ont l'air tous les deux sur le point de fondre en larmes. Je me sens de plus en plus mal. Je dois me retenir de leur demander de cracher le morceau. Ils vont finir par me rendre dingue à se comporter ainsi et à faire durer le suspense.

— Voilà, je pense que tu as remarqué qu'il arrive assez souvent à Cassie de trébucher ?

Pour le coup, sa question me déstabilise complètement. Je ne m'attendais pas du tout à ce qu'ils évoquent ce sujet.

— Oui.

Il est vrai qu'elle a failli se casser la figure à plus d'une reprise en ma présence. Heureusement, il n'y a eu que la fois où elle s'est tordue la cheville dans les marches que cela a eu une conséquence néfaste.

— Eh bien, ce n'est pas dû à une maladresse quelconque, m'explique Karl. Cassie est atteinte de la maladie de Charcot.

Je crois que j'en ai déjà entendu parler une fois, mais je ne me souviens plus où et je me souviens encore moins des spécificités de cette maladie. Si je me fie à l'expression de Karl et Elizabeth, ce n'est pas une affection passagère, comme un simple rhume.

Le père de Cassandra doit se rendre compte que je ne connais pas grand-chose sur le sujet. Il enchaîne donc :

— Ma femme pourrait t'expliquer ça dans des termes plus scientifiques, mais je ne pense pas que cette description te sera utile. Alors je vais le faire avec mes mots. La maladie de Charcot, que l'on appelle aussi sclérose latérale amyotrophique ou SLA est une maladie neuronale qui touche les muscles du mouvement.

Cette entrée en matière me file déjà la trouille et la gerbe. Je comprends mieux l'air grave qu'ils affichent tous les deux. Cette maladie l'est visiblement. De toute façon, dès qu'on prononce l'expression « maladie neuronale » ça l'est toujours.

— La SLA affecte les muscles des jambes, des bras mais également ceux liés à la déglutition, la parole ou encore la respiration.

Pour le coup, la mienne se fait erratique. Plus il avance dans ses explications, plus je me sens mal. Des gouttes de sueurs froides coulent le long de mon dos et j'ai mal au bide.

Après une pause, il reprend :

— À terme, cette maladie entraîne la paralysie de ces muscles.

Comme Cassandra rencontre des difficultés avec ses jambes, cela signifie-t-il qu'elle finira par ne plus pouvoir s'en servir ? Est-ce déjà le cas ? Est-ce pour cette raison que j'ai aperçu le fauteuil roulant chez eux ?

Quand je pose la question au sujet du fauteuil, Karl ferme les yeux. Il semble incapable de poursuivre. On dirait que c'est au-dessus de ses forces. Je ne comprends pas. Certes, il est tragique que sa fille ne puisse plus marcher dans un avenir plus ou moins proche. Personnellement, je souffre pour elle. Mais j'ai l'impression qu'un détail m'échappe. Je ne dis pas que c'est banal mais son expression me semble tout de même disproportionnée. Il a l'air complètement anéanti.

Réalisant que son mari ne parviendra pas terminer son explication, Elizabeth prend le relais. Depuis le début, ils se tiennent la main, comme pour se donner du courage.

— Cole, ce que Karl essaie de t'expliquer, c'est que cette maladie paralyse l'ensemble des muscles qu'il a cités. Pas seulement les jambes ou les bras.

Oh. Si je me souviens bien de la liste, c'est plus que mauvais signe.

— Nous avons insisté auprès de Cassie pour qu'elle te dise la vérité au sujet de sa maladie depuis le début. Mais c'était trop dur pour elle. Elle voulait que tu voies en elle la jeune fille qu'elle est et pas la malade. Malheureusement, son état de santé s'est dégradé et elle n'aurait bientôt plus été en capacité de te le cacher. Alors, elle a préféré couper les ponts avec toi, plutôt que de t'avouer sa SLA.

Cette remarque me fout en rogne. Pourquoi a-t-elle fait ça ? Pensait-elle que j'allais la laisser tomber sous prétexte qu'elle allait devenir handicapée ? Je suis blessé qu'elle ait une si piètre opinion de moi.

— Les dernières semaines qu'elle a passées avec toi l'ont rendue heureuse comme jamais. Même avant que le diagnostic de sa maladie ne tombe, nous n'avions jamais vu notre fille rayonner ainsi.

Sans le savoir, Elizabeth vient de passer un peu de pommade sur mes blessures.

— Elle nous en voudra d'avoir vendu la mèche. Elle préférait t'épargner cette nouvelle car elle t'aime fort.

Nouveau baume sur mes plaies.

— Mais nous pensions que tu méritais d'être au courant et de prendre la décision de rester ou non à ses côtés.

J'ai envie de la couper pour lui dire que c'est tout vu, mais je la laisse finir par politesse. De toute façon, quoi qu'elle ajoute, cela ne changera rien à mon choix. La mère de Cassandra vient de me dire que sa fille m'aime, c'est tout ce que j'ai besoin de savoir. Le reste n'est que détail.

— Il faut que tu saches que si tu décides de passer à autre chose, nous ne t'en tiendrons pas rigueur.

Pour le coup, sa remarque m'énerve passablement. Je ne parviens pas à me retenir de lui répondre d'un ton scandalisé :

— Vous pensez vraiment que je vais me barrer parce qu'elle va devenir handicapée ? Cassandra, je l'aime de tout mon cœur. Peu importe si certains de ses muscles la lâchent. Je l'aimerai quand même.

Le *toujours* a failli m'échappé, mais j'ai peur de les faire flipper.

Les larmes aux yeux, sa mère me répond :

— Cole, tu ne nous as pas bien compris. Cassandra ne va pas devenir handicapée.

Ah bon ?

— Cassandra est condamnée.

Il faut quelques secondes pour que le message parvienne à mon cerveau. Un peu comme si, par un mécanisme d'auto-défense, il essayait de me protéger de cette terrible nouvelle, sachant qu'elle va me détruire.

Quand je comprends enfin ce que vient de me dire Elizabeth, mon sang se glace. Mon cœur s'arrête littéralement de battre quelques instants.

La voix enrouée, je demande :

— Qu'entendez-vous par « elle est condamnée » ?

Elle ferme les paupières, comme si la vérité était trop difficile à regarder. Karl reprend la relève. Les larmes aux yeux, il me répond :

— Cassandra n'a plus que quelques mois à vivre.

En entendant la sentence, mes oreilles se mettent à siffler. Le sang pulse tellement fort dans mes veines que je sens mon pouls battre dans mes tempes, au bout de mes doigts et résonner dans tout mon corps. J'entends également mon cœur cogner très fort dans ma poitrine. J'ai la bouche très sèche, comme si elle était emplie de cendre.

Alors que le message s'imprime petit à petit dans mon cerveau, je sens les larmes se former sous mes paupières. J'ai mal compris. J'ai forcément mal compris. Pas vrai ?

Malheureusement, Elizabeth ne me laisse aucun espoir quand elle conclut :

— C'est une terrible maladie, Cole. Une des pires qui soient. Le corps devient une prison sans barreau dont il est impossible de sortir. Il prive petit à petit le malade de ses libertés, jusqu'à n'en laisser aucune et ôter la vie.

Sa phrase s'achève dans un sanglot. J'assiste alors en direct à l'effondrement du couple Johnson. Tous les deux finissent dans les bras l'un de l'autre.

Je suis choqué, tétanisé et dévasté par ce que j'ai appris et ce que j'observe.

42
Envers et contre tout

Cassie

Au début, je pense que c'est le fruit de mon imagination. J'ai tellement pleuré cette dernière heure et mes émotions ont été tellement chamboulées que mon cerveau m'envoie l'image réconfortante de Cole pour me calmer.

Sauf que ce dernier n'est pas comme dans mon souvenir. Il a très mauvaise mine. Ses yeux sont rougis, son regard est hanté, ses poings fermement serrés au point d'avoir les jointures blanchies. Il semble dévasté.

Soudain, je comprends. Ce n'est pas une vision de mon esprit et il *sait.*

La trahison de mes parents me saute alors aux yeux. Ils ne sont pas allés faire une course, ils sont allés trouver Cole pour lui dire la vérité à mon sujet. À cet instant, je les hais de tout mon cœur.

Tout ça pour rien ?

Je nous ai imposé cette séparation – chose la plus dure que j'aie jamais eu à faire – et au final je n'ai même pas réussi à le protéger. Toutes ces larmes versées pour revenir au point de départ. Comment ont-ils pu me faire ça ? Je leur en veux tellement.

Ils pensaient certainement bien faire, mais je crains de ne pouvoir pardonner leur geste. Ils sont allés à l'encontre de ma volonté.

Putain, je ne demandais pas grand-chose !

Simplement ça : éviter une terrible souffrance à mon petit ami, l'homme que j'aime plus que ma propre vie.

Face à mon échec, les larmes coulent le long de mes joues. C'est plus fort que moi, je me mets à hurler à tue-tête :

— Vous n'aviez pas le droit, putain ! Vous n'aviez pas le droit de me faire ça !

Mes parents ne sont pas à l'étage, mais je sais qu'ils m'entendent. Je veux qu'ils entendent ma détresse, qu'ils comprennent qu'ils n'auraient pas pu me faire plus mal. C'était la pire chose qu'ils puissent me faire.

Je n'ai pas le temps de lancer une nouvelle salve que Cole entre à grands pas dans ma chambre et m'ordonne :

— Tais-toi, tais-toi, Cassandra.

Il vient alors me rejoindre, me prend dans ses bras et éclate en sanglots.

Voilà, voilà ce que je voulais à tout prix éviter. Je ne voulais pas que Cole soit triste. Je ne voulais pas qu'il souffre pour moi ainsi. Cela me fait d'autant plus mal que je n'ai aucune difficulté à savoir ce qu'il ressent. Je n'ai qu'à inverser nos rôles pour connaître la douleur qui le tenaille.

Mais le mal est fait maintenant. Il n'y a pas de retour en arrière possible. Entendre Cole pleurer dans mes bras, répétant en boucle qu'il m'aime et sera là pour moi m'achève. Mes larmes se mêlent aux siennes. Je ne pensais pas qu'il me restait autant d'eau dans le corps, mais il faut croire que mes réserves sont inépuisables.

Ma tête est lourde. Mes sinus me brûlent. Mes yeux sont tellement gonflés que je peine à les ouvrir. Je n'ai jamais autant pleuré. Malgré tout, mes sanglots se déversent sans connaître d'accalmie.

Je ne pourrais vous dire combien de temps nous restons ainsi, blottis l'un contre l'autre. Chacun s'accroche à l'autre comme s'il avait peur qu'il disparaisse. Je redoute tant les semaines à venir. Je sais que ce que j'ai vécu jusqu'à présent n'était rien comparé à ce qui m'attend. Je n'ai jamais été aussi terrifiée de toute ma vie. En même temps, qu'y a-t-il de plus terrifiant que la mort ?

Cole et moi allons devoir discuter de tout un tas de choses. Les semaines à venir vont être horribles pour lui. Il vient d'être jeté dans le grand bain sans avoir appris à nager avant. Ce que je redoutais le plus est en train de se produire.

Ma prochaine confrontation avec mes parents va être terrible. Ils ne m'ont encore jamais réellement vue en colère et ils vont découvrir que ce n'est pas beau à voir. Je n'en reviens toujours pas qu'ils aient osé me faire ça. Ils n'en avaient pas le droit. C'était mon choix, ils ne l'ont pas respecté.

Après de longues minutes à se consoler mutuellement, Cole s'éloigne légèrement de moi. Avec ses pouces, il essuie mes yeux.

— Belle Cassandra. Je t'aime de tout mon cœur. Je vais rester avec toi. Je ne te quitte plus. Tu m'entends ? Je reste avec toi.

Le *jusqu'au bout* n'est pas dit à voix haute, mais je l'entends.

Sa déclaration est la plus douce et la plus douloureuse des tortures. Elle apaise mes plaies tout en versant dans le même temps du sel dessus. Il ne me laisse pas le temps de réagir et pose sa bouche sur la mienne, me faisant aussitôt tout oublier.

Je n'ai jamais cru aux bisous magiques, mais ceux de Cole le sont. Durant notre baiser, je ne pense à rien d'autre. Son contact m'a manqué. La semaine que je viens de vivre a été la pire de mon existence. Durant un bref instant d'égoïsme, j'en viens même à remercier mes parents pour leur geste. Avoir Cole à mes côtés me fait tellement de bien.

Notre désespoir exacerbe nos émotions. Les lèvres de Cole sur les miennes ne m'ont jamais paru aussi intenses. Des frissons parcourent tout mon corps, signe évident de l'excitation qu'elles provoquent. J'ai déjà lu dans certains de mes livres que les drames pouvaient entraîner des parties de sexe mémorables. Je me suis toujours dit que c'était de la connerie. Je ne voyais pas comment on pouvait avoir la tête à ça.

Maintenant, je comprends. Par un mécanisme d'autodéfense, le corps et l'esprit se jettent sur ces émotions positives et puissantes comme la misère sur le monde, pour essayer de chasser cette noirceur qui détruit tout sur son passage. Une sorte d'hymne à la vie et à la joie.

Nos mains parcourent fébrilement le corps de l'autre, avides du moindre détail. On se redécouvre comme si c'était la première fois.

Avant de m'en rendre compte, je suis allongée sur le dos, Cole penché sur moi. Ses mains se sont faufilées sous mon haut, quand les miennes se sont glissées sous son tee-shirt. Je me noie dans toutes les sensations que ses caresses me procurent. Je m'étais faite à l'idée de ne plus jamais ressentir ça. J'ai du mal à croire que ce soit réellement en train de se produire.

Un bruit au rez-de-chaussée me ramène soudain à l'instant présent.

Nous étions presque en train de nous déshabiller mutuellement, alors que la porte de ma chambre est grande ouverte et que mes parents sont dans la maison !

Cole semble revenir également à lui. Il se soulève légèrement pour libérer ma bouche. Il vient ensuite poser son front contre le mien. Nous restons silencieux durant plusieurs minutes, se réconfortant avec ce simple geste.

Des discussions difficiles nous attendent, c'est inévitable, mais on traitera les problèmes comme ils viennent. Pas le choix. Je vais devoir adapter mes plans, tout comme je l'ai fait lorsque Cole a débarqué dans ma vie.

Parcourant la pièce du regard, il me fait remarquer avec un petit sourire triste :

— Tu as refait la décoration de ta chambre ?

Je me souviens alors du bazar que j'ai mis un peu plus tôt durant ma colère. Honteuse, je rougis. Cole me propose alors d'une voix douce :

— Que dirais-tu que l'on range un peu tout ça ?

Mes émotions sont encore trop à fleur de peau pour que je puisse m'exprimer clairement et sans craquer à nouveau. Je me contente donc de hocher la tête. Cela aura au moins le mérite de m'aider à retrouver un semblant de maîtrise sur mes émotions.

Nous passons l'heure suivante à faire disparaître tout ce que j'ai balancé à travers la pièce. J'ai quand même réussi l'exploit de ne rien casser. Quand Cole tombe sur son paquet, il m'interroge du regard et je lui avoue que c'est le sien. Nous finissons donc par nous offrir nos cadeaux à l'issue de cette séance de rangement. C'est vraiment le Noël le plus intense et étrange que j'ai vécu. Le plus émouvant aussi. Et certainement le dernier, mais je chasse cette idée immédiatement. Pas question que je replonge.

Après avoir demandé l'autorisation à mes parents, Cole reste dormir avec moi et me serre contre lui toute la nuit, m'offrant ainsi un vrai repos.

J'ignore comment nous allons gérer les semaines à venir, mais je me fais la promesse de tout faire pour rendre cette épreuve la moins difficile pour les gens que j'aime.

Juste avant la reprise des cours, Cole me suggère d'avoir une discussion avec Derek. Selon lui – et même si l'idée ne le réjouit pas plus que ça – mon ami tient vraiment à moi et mérite de savoir ce qu'il m'arrive. De toute façon, il va vite se rendre compte que quelque chose cloche, puisque je ne retourne pas au lycée.

Nous manquons d'avoir une dispute à ce sujet, mais je suis bien obligée de reconnaître que je ne pourrai plus cacher ma situation au monde entier. Je me déplace désormais en fauteuil, et même si je ne sors pas beaucoup, quelqu'un finira bien par m'apercevoir et l'information se répandra comme une traînée de poudre. Derek sera blessé de l'apprendre de cette façon.

Je finis donc par m'incliner. Cole m'a proposé de se tenir à mes côtés le moment voulu, et je reconnais que sa présence est d'un grand réconfort. Malgré tout, c'est une nouvelle épreuve difficile que je dois affronter. Comme je m'y attendais, Derek pleure en apprenant la nouvelle. Il me montre ensuite du doigt en me disant :

— Tu n'imagines même pas à quel point je t'en aurais voulu de ne pas me l'avoir dit. En tant que meilleur ami, mon rôle est d'être là dans les bons comme dans les mauvais moments.

Je vous laisse deviner l'effet que ses paroles ont sur moi. Je pleure comme une madeleine.

Je n'aurais jamais cru que les dernières semaines de ma vie se dérouleraient ainsi, que je serais entourée d'un petit ami et d'une bande de copains – car Miguel et Calvin n'ont pas tardé à être mis dans la confidence eux aussi. J'ai cédé quand Cole m'a avoué qu'il ne pouvait pas garder ça pour lui seul, que c'était trop difficile.

Fin janvier, nous avons organisé une sortie tous ensemble, moi dans mon fauteuil roulant, chose que je n'aurais même pas envisagée il y a quelques mois. Je pensais que ma vie cesserait d'être gaie et « normale » le jour où je ne pourrais plus me déplacer sur mes deux jambes. Je m'étais trompée.

Quelques heures avant cette fameuse sortie, j'ai eu la surprise de recevoir un coup de fil de la part de Derek.

— Dis Cassie, ma super meilleure amie.

— Toi, t'as un truc à me demander.

— Ouais, je voulais savoir si cela te gênait que Célia se joigne à nous ce soir.

— Tu veux dire *ta* Célia ?

— Heu, ouais, a-t-il répondu tout gêné.

— Il se passe un truc entre vous ?

— Il se pourrait qu'elle ait accepté de sortir avec moi, hier soir.

— QUOI ?! Et tu ne me dis ça que maintenant ? Tu n'as pas honte ? Et tu oses crier sur tous les toits qu'on est meilleurs amis ?

— Tu veux que je te rappelle tes débuts avec Cole ? m'a-t-il lancé pour se défendre.

Nous avons alors passé le quart d'heure suivant à nous comparer pour déterminer lequel de nous deux remportait la palme du pire meilleur ami. Comme nous n'avons pas réussi à convaincre l'autre, au final, nous nous sommes déclarés ex æquo.

Ce genre de discussions banales me fait un bien fou.

Attention, je ne dis pas que tout est rose. Bien au contraire. Il y a des moments très durs. J'ai déjà eu deux séries d'EMG depuis le début de l'année. Je suis rentrée en pleurs après l'annonce des résultats catastrophiques. Il m'arrive aussi de craquer quand les crampes deviennent insupportables ou quand je franchis un nouveau cap dans la maladie. Il y aussi ces terribles moments où je me projette dans un avenir qui n'est pas du tout lointain.

Cependant, grâce à ce petit groupe de personnes qui m'entoure, mon quotidien n'est pas non plus tout noir. Ils font en sorte que cette terrible épreuve se passe au mieux. Ils essaient d'être forts pour moi quand je ne le suis pas. Et je le suis pour eux quand ils n'arrivent pas à faire face.

Alors oui, il y a beaucoup de larmes, certaines que j'aurais voulu leur épargner, mais il y a aussi beaucoup de joie. Ils réussissent l'exploit que je me sente normale, et non comme une personne en sursis.

Au final, je n'en veux plus à mes parents. Je sais qu'ils ont agi pour le mieux dans mon intérêt parce qu'ils m'aiment, tout comme j'ai voulu agir au mieux dans l'intérêt de Cole. Il serait hypocrite de leur en vouloir. J'ai retenu une leçon de tout ceci : notre amour ne doit pas priver les personnes concernées de leur libre-arbitre. Elles doivent pouvoir faire leur propre choix, même s'il nous semble être le mauvais. Je suis donc prête à reconnaître que mes parents ont bien fait de laisser le choix à Cole. Il le méritait.

Malgré tout, cela n'en rend pas moins dures les fois où je le vois craquer devant moi ou de savoir qu'il attend d'être seul pour se l'autoriser. Il pense pouvoir me berner, mais je le connais bien. J'ai appris à identifier chacune de ses expressions. Je sais quand il est triste, même s'il essaie de sourire pour tromper son monde.

Au bout du compte, je n'aurais jamais cru que mes dernières semaines sur Terre puissent être aussi parfaites au vu de cette situation si imparfaite.

43
Petite escapade

Cole

Je ne vais pas vous mentir. Ces dernières semaines ont été horribles. Depuis que je connais la vérité sur Cassandra, mon cœur saigne continuellement comme une plaie suintante refusant de cicatriser. J'ai pleuré plus souvent qu'à mon tour, mais je m'en moque. Je n'ai pas honte de l'avouer. Comment ne pas craquer quand vous savez que la fille que vous aimez de tout votre cœur va vous être enlevée bientôt ?

Parfois, dans des moments de désespoir, je me dis que je préfèrerais qu'elle meure dans un accident de voiture plutôt que de cette façon.

Après nos retrouvailles, je n'ai pas pu m'empêcher d'aller regarder sur Internet pour en apprendre un peu plus sur sa maladie. J'aurais dû m'abstenir. Tout ce que j'ai pu lire m'a retourné le cerveau et l'estomac.

Je comprends mieux ce que voulait dire la mère de Cassandra lorsqu'elle m'a dit que le corps devenait une prison pour l'âme.

Lorsque j'ai pris connaissance des symptômes de la SLA, de l'état auquel était réduit le corps du patient à la fin, tandis que ses capacités intellectuelles demeuraient intactes, j'ai dû me mordre le poing pour ne pas hurler ma rage. J'ai échoué. J'ai alors balancé à mon tour tout ce qui me tombait sous la main. Sauf que j'ai plus de forces que Cassandra, donc j'ai fait plus de dégâts.

Après ça, impossible de ne pas révéler le pot aux roses à mes parents. En apprenant le sort qui attendait ma petite amie, nous avons pleuré de concert. Ils ont aussi été tristes pour moi car ils savent à quel point cette épreuve va m'être difficile. J'ignore comment je pourrais en sortir indemne. Je pense que c'est tout simplement impossible. Je sais déjà que je serai comme un paysage après le passage d'un tsunami : ravagé et marqué à jamais.

J'essaie d'être fort pour Cassandra. J'ose à peine imaginer ce qu'elle vit. Elle doit gérer ses émotions, celles de ses proches et son corps qui est devenu son pire ennemi. Je fais donc mon possible pour l'épargner. Je veux être l'épaule sur laquelle elle peut se reposer. Mais ce n'est pas tous les jours facile. Dès fois, il m'arrive d'échouer.

Ce week-end, c'est la Saint-Valentin et je compte faire de mon mieux pour que ce moment soit inoubliable pour nous deux. Je refuse de penser que c'est peut-être la seule et unique fête des amoureux que nous passerons ensemble. Cette perspective est bien trop douloureuse. Malheureusement, je ne peux pas me voiler la face. L'espérance de vie des personnes atteintes de la maladie de Charcot est ridiculement faible. Je hais l'idée que Cassandra me soit bientôt arrachée, mais je préfère profiter au maximum de l'instant présent, plutôt que de le gâcher en pensant à cet avenir qui va nous être volé. J'essaie de me tenir à cette ligne de conduite.

— Où va-t-on ? demande Cassandra à côté de moi, me sortant ainsi de mes pensées.

— Tu crois vraiment que je vais te le dire, alors que je ne l'ai pas fait les cinquante autres fois où tu as posé la question ? je la taquine.

— Pfff, t'es pas drôle. Papa, où va-t-on ?

— Désolé ma chérie, je ne sais pas.

— Tu te moques de moi ? Tu conduis et tu ne sais pas où l'on va ?

— Cole me transmet les indications par Bluetooth, se moque-t-il.

J'adore Karl. Il a un humour tordant.

— T'es pas drôle, bougonne-t-elle.

Après une pause, elle fait une nouvelle tentative auprès de sa mère, mais cette dernière ne crache pas non plus le morceau. Je suis content qu'ils aient accepté mon plan et jouent le jeu.

Cette fois, c'est moi qui emmène la famille Johnson en voyage. Même si techniquement, ce sont les parents de Cassandra qui nous emmènent puisque nous sommes dans leur voiture. Cependant, c'est moi qui ai eu l'idée et qui finance une partie du voyage.

Mon intention première était de tout prendre en charge. Des sponsors ont déjà commencé à aborder mes parents afin de me faire tourner dans des publicités. Mais mon père et ma mère sont très frileux à ce sujet. Ils pensent que je suis un peu trop jeune pour me lancer ainsi dans le showbiz et je partage leur opinion. J'ai déjà un emploi du temps bien chargé et je tiens à garder des moments de détente. Cependant, j'ai déjà accepté d'en faire quelques-unes, histoire de vivre l'expérience. J'ai donc mis un petit pécule de côté. Mes parents étaient entièrement d'accord pour que je tape dedans pour l'occasion – même si dans l'absolu, je n'ai pas besoin de leur permission pour le faire. Quand j'ai expliqué mon plan à Karl, il s'est offusqué :

— Tu ne vas pas payer l'hôtel à ma femme pour la Saint-Valentin !

Nous nous sommes donc mis d'accord : je paie pour Cassandra et moi, il paie pour Elizabeth et lui. Cela m'a semblé un bon compromis.

Comprenant qu'elle n'arrivera pas avoir gain de cause, Cassandra boude, mais je lui hôte rapidement cette moue de la bouche en l'embrassant.

— Patience, belle Cassandra, la surprise n'en sera que plus délicieuse.

J'espère vraiment que ce que j'ai prévu lui fera plaisir.

Connaissant son amour pour la nature, j'ai réservé un hôtel à Morro Bay, avec vue sur la plage. Ce détail est d'ailleurs primordial pour la suite de mon plan super romantique. Quand j'y pense, j'en ai des papillons dans le ventre. Pourvu que je ne passe pas pour un débile. Enfin, je m'en moque. Et puis, connaissant Cassandra, je sais déjà qu'elle va être touchée par mon geste.

Après deux heures et demi de route, nous arrivons enfin à destination. Quand elle voit que nous sommes au bord de la mer, elle devient limite hystérique et sa réaction m'amuse. Je chéris ces moments où elle rayonne comme une jeune fille de son âge. La vie est tellement injuste avec certains qui ne le méritent pas, mais je chasse cette pensée. Ce week-end est entièrement dédié à Cassandra, il n'y aura pas de place pour sa maladie. Je m'en fais la promesse !

Nous sortons les bagages du coffre et nous rendons dans nos chambres. Comme pour la sortie au Grand Canyon, nous faisons chambre commune avec Cassandra. D'ailleurs, ces dernières semaines, nous avons passé plusieurs nuits dans les bras l'un de l'autre, ce qui me ravit.

Au début, j'ignorais comment me comporter avec elle sur le plan physique. Et puis, lors de mes recherches, je suis tombé sur un article intéressant évoquant la SLA dans le couple. Il précisait que la maladie n'est médicalement pas un frein aux relations charnelles. Elle n'affecte en aucun cas les fonctions sensorielles. Le patient peut donc ressentir du plaisir. L'article précisait au contraire qu'il était important de réussir à trouver un équilibre dans le couple pour maintenir une activité sexuelle tant que c'était possible, afin que le malade ne soit justement pas réduit à sa maladie.

Je ne vais pas vous mentir ce n'est pas toujours facile. Il arrive que nos pensées dévient vers des contrés peu joyeuses et que nos tentatives se soldent par des crises de larmes. Mais globalement, je dirais que l'on ne s'en sort pas trop mal.

Une fois installés à notre hôtel, nous dînons et finissons la soirée par une balade sur le bord de la plage. Nous empruntons une piste cyclable pour que le fauteuil de Cassandra roule sans difficulté. Nous croisons quelques personnes qui nous fixent un peu plus longtemps que ne l'autorise la politesse et je ne me gêne pas pour leur lancer un regard noir en retour. Karl fait de même. Nous jouons tous les deux à merveille notre rôle de Cerbère.

Nous allons ensuite nous coucher et je ne manque pas de faire l'amour à ma petite amie, lui répétant sans cesse que je l'aime.

44
Serment sous une nuit étoilée

Cassie

Je ne sais pas ce que j'ai fait pour avoir Cole comme petit ami, mais je n'en reviens pas de ma chance. Quand je vois le week-end qu'il a organisé pour moi, j'ai envie de pleurer de bonheur – pour une fois.

J'ignore comment il a fait pour deviner que c'était exactement ce dont je rêvais. Avoir la chance de voir une dernière fois la mer est un cadeau inestimable. Quand j'ai compris où nous allions, j'en ai perdu mes mots. Jusqu'à présent, tout est simplement parfait. Pour un peu, je croirais qu'il sait ce que je prépare. Mais c'est impossible.

Je suis tellement soulagée que le médecin ait tenu parole. Grâce à lui, personne ne se doute de rien.

Ce soir, pour la Saint-Valentin, je suis en tête-à-tête avec Cole. Mes parents vont célébrer la fête de leur côté.

Heureusement, cela aurait vraiment été trop bizarre, sinon. Je ne sais pas ce que Cole m'a réservé, mais je suis certaine que je vais adorer. Il est parti en compagnie de mon père depuis presque une heure et je me demande ce qu'il manigance.

Ma mère est au courant de ce qui se trame, mais elle ne me dira rien. En même temps, je ne tiens pas à savoir. Je veux avoir la surprise. Il n'empêche que je suis dévorée par la curiosité.

J'ai décidé d'être à mon avantage ce soir, j'ai donc passé une jolie robe légère que j'ai achetée aujourd'hui en compagnie de ma mère, pendant que les hommes étaient partis faire une course mystère. Je l'aime beaucoup et j'espère qu'elle plaira à Cole. J'espère surtout qu'elle lui donnera envie de l'enlever.

Je rougis à cette idée. J'ignorais ce qu'allait devenir notre vie sexuelle naissante lorsque Cole apprendrait pour la SLA. Une fois au courant de ma maladie, je ne pensais pas que nous aurions l'occasion de revivre ces merveilleux moments passés au Grand Canyon. J'avais tort. Encore une fois.

Nous avons plus d'une fois fait l'amour ensemble et c'est toujours parfait. À chaque fois, mon cœur déborde de sentiments pour ce garçon. Je l'aime à un point inimaginable. Je n'ose même pas deviner combien il doit être difficile pour lui de se comporter ainsi. Pourtant il parvient à me faire sentir belle et désirée.

Un coup frappé à la porte m'empêche de poursuivre ma réflexion. Ma mère va ouvrir à Cole qui lui demande de façon très cérémonieuse :

— Mademoiselle Johnson est-elle prête ?

— Ça dépend qui la demande, je réponds en faisant rouler mon fauteuil jusqu'à lui.

— Le garçon qui l'aime à la folie et la trouve à cet instant présent ravissante dans cette robe.

Il me fait tellement craquer quand il clame ainsi ses sentiments, se moquant complètement que ma mère soit dans la même pièce que nous.

— Pour lui, je suis toujours prête.

Réalisant le sous-entendu implicite de ma réponse, je rougis. En retour, Cole arbore une expression purement coquine.

Après avoir souhaité une bonne soirée à ma mère, il fait rouler mon fauteuil en direction de la plage. Au début, j'étais gênée qu'il me pousse ainsi, comme une handicapée. Mais d'une part, j'en suis une, et d'autre part, il m'a répété tellement souvent qu'il s'en moquait que j'ai fini par le croire.

La piste cyclable que nous empruntons ne permet pas d'aller jusqu'au bord de l'eau, mais ça n'a pas l'air d'empêcher Cole de mettre son plan à exécution. Du moins, c'est ce que j'en déduis en apercevant mon père non loin de là, sur la plage. Je vois quelque chose à ses pieds, mais je suis trop loin pour distinguer ce que c'est.

Après avoir stoppé mon fauteuil et bloqué les roues, Cole se met face à moi.

— Alors belle Cassandra, prête pour faire un tour dans mes bras, en souvenir de cette première fois ?

Sous le coup de l'émotion, je me contente de hocher la tête.

Ces derniers temps, la forme bulbaire de la maladie s'invite dans ma vie. Je trouve que c'est la pire, car elle s'attaque aux muscles du visage et de la déglutition. Elle lance surtout le terrible compte à rebours que je me suis fixée.

Je chasse tout de suite cette idée de ma tête. Ce soir, je ne laisserai pas la SLA gâcher mon bonheur. Ce sera uniquement Cole et moi.

Ce dernier se penche et me prend délicatement dans ses bras. Comme quelques semaines plutôt, je m'accroche à son cou. Cette fois, je cède entièrement à la tentation. Je laisse glisser mes doigts dans sa nuque. Je dépose ensuite quelques baisers légers dans son cou, avant de pousser l'audace jusqu'à lui donner de petits coups de langue.

En réponse, il raffermit sa prise et lâche un grognement.

— Belle Cassandra, vous êtes une coquine.

Jouant le jeu, je réponds avant de lui donner un nouveau coup de langue :

— Mmmm, je pense qu'il faudrait me punir.

— Correction, vous êtes une coquine tentatrice qui va récolter ce qu'elle sème.

— Je l'espère.

— Je te rappelle que ton père n'est pas loin.

En effet, je l'avais presque oublié. Je ne comprends d'ailleurs toujours pas ce qu'il fait là. Puis, nous arrivons à son niveau et tout s'éclaire. Il faisait le pied de grue pour surveiller le pique-nique romantique disposé à ses pieds.

Une couverture a été déposée sur le sable, de fausses bougies électriques ont été placées un peu partout dessus et autour. Un panier est posé à côté. Il doit contenir notre repas. C'est tout simplement parfait.

Histoire d'alléger l'atmosphère, Cole me dit :

— Je t'explique pas la tête des gens quand ils nous ont vu installer ça. Ils ont cru qu'on se préparait un petit repas en amoureux.

Cette idée me fait exploser de rire et il me faut quelques instants pour me reprendre.

— T'es pas cool, tu vas faire couler mon maquillage à me faire pleurer ainsi de rire !

— C'est comme ça que tu es la plus belle, me répond-il.

— C'est vrai, ajoute mon père. Et je ne vois pas du tout ce qu'il y a de drôle.

— Oh si, tu le vois bien. Et je suis certaine que maman sera du même avis.

— Tu n'oseras pas le lui dire ? demande-t-il en jouant les choqués.

— Bien sûr que si !

— Sale gosse ! Bon les amoureux, je vous laisse, j'ai une épouse à aller contenter.

— Papa ! je m'exclame choquée.

Il me lance un clin d'œil avant de partir. Je sais que c'est sa vengeance pour m'être moquée de lui.

— Alors, prête pour un dîner en tête-à-tête ? me lance Cole.

— Plus que prête !

Il me dépose alors sur la couverture et me fait vivre une soirée inoubliable. Il a pensé à tout. Une enceinte portable diffuse de la musique douce pendant qu'on se donne la béquée. Il a choisi tous les mets que je préfère et je m'en gave au point d'avoir mal au ventre, mais je m'en moque.

Histoire de digérer et de faire de la place pour le dessert, il me porte ensuite jusqu'à la lisière de l'eau. Il a posé une serviette au sol au préalable, afin que l'on ne soit pas assis directement dans le sable. Une autre est posée à côté de nous pour essuyer nos pieds qui flottent dans l'eau.

Contrairement à une tétraplégique, les sensations n'ont pas quitté mes membres. C'est simplement que je n'ai plus assez de muscles pour me soutenir. Je sens donc l'eau glisser le long de ma peau et c'est tout simplement divin.

Avec une boule dans la gorge, je regarde Cole et lui dis :

— Merci Cole. C'était parfait. Je n'aurais jamais pu rêver d'une aussi belle soirée de Saint-Valentin.

— C'est normal ma puce, tu le mérites.

— Je t'aime tellement.

— Moi aussi belle Cassandra. Je suis tellement heureux que tu sois tombée dans mes bras ce jour-là.

Il m'embrasse ensuite pour ponctuer sa déclaration et je fonds dans ses bras. Le moment est absolument parfait. Cole ne pouvait pas le rendre plus magique ni plus romantique.

Enfin, c'est ce que je crois.

Nous sommes remontés sur la plage pour prendre notre dessert. Cela fait plusieurs minutes que nous sommes lovés l'un contre l'autre à regarder les étoiles. Les bougies diffusent une lumière douce qui ne nous empêche pas d'observer le scintillement des astres. Mon dos est collé au buste de Cole, ses mains caressent doucement mes bras et mes mains parcourent ses cuisses puissamment musclées. Nous ne parlons pas, mais c'est inutile, nos corps tiennent un discours amplement suffisant, laissant transparaître tout l'amour que l'on se porte.

Soudain, sa poitrine se met à vibrer et il récite :

— « Deux flammes pour une braise brûlent d'un même désir. Où tu iras, qu'il plaise aux dieux que j'aille aussi. Fasse que le temps n'apaise ni flammes ni souvenirs[1]. »

Je reconnais immédiatement ces mots. C'est le serment des âmes, les paroles que s'échangent les héros de ma série préférée lorsqu'ils célèbrent le mariage druidique.

Ces dernières semaines, nous avons lu tous les tomes ensemble. J'ai adoré cette lecture à quatre yeux – surtout lorsque Cole décidait de reproduire les scènes coquines.

Je lui ai dit que je trouvais ce serment trop romantique. L'idée que des âmes sœurs se retrouvent à travers les âges me semble tellement puissante. Mon cas personnel n'est certainement pas étranger à ma réaction. Quoi qu'il en soit, je n'en reviens pas qu'il se soit donné la peine d'apprendre par cœur ces mots.

Je me retourne vers lui, les larmes déjà au bord des yeux. Il achève de les libérer lorsqu'il déclare :

---

1. Extrait de la série « Les Highlanders » de Karen Marie Moning.

— J'ignore s'il y a un fond de vérité dans ce serment. En revanche, je sais que je le souhaite de tout mon cœur. Belle Cassandra, tu es plus que ma petite amie, tu es plus que la fille que j'aime.

Il attrape ma main et la pose sur son cœur.

— Tu es mon âme sœur. Je le sens au plus profond de moi. Et je prie pour que dans une autre vie, nos chemins se croisent à nouveau et que nous ayons plus de temps ensemble. Mais sache que je ne regrette pas un seul instant d'avoir fait ta rencontre.

Dès qu'il finit sa phrase, je lui saute au cou maladroitement pour l'embrasser à en perdre haleine. Les larmes coulent à flot pour l'un comme pour l'autre, mais on s'en moque complètement.

Quand je m'éloigne enfin de sa bouche, je lui retourne sa déclaration, scellant ainsi cette cérémonie mystique. Je lui demande ensuite :

— Promets-moi de te souvenir toujours de cet instant et de nous ainsi.

— Je te le promets, belle Cassandra.

Il m'embrasse à nouveau pour conclure sa promesse.

Nous ne tardons pas ensuite à tout ranger et à retourner à l'hôtel où nous passons de longs moments à nous aimer.

Je n'aurais pas pu rêver plus belle conclusion à notre histoire.

45
Fin du compte à rebours

Cassie

— Tu es certaine de vouloir faire ça ? me demande le médecin d'un air torturé.

Je me doute que ce que je lui demande est l'une des choses les plus difficiles qu'il aura à faire de sa carrière. Pourtant, je suis certaine de mon choix et de l'instant. Je veux que mes proches se souviennent de moi telle que je suis maintenant. Je refuse de finir comme une coquille vide, tout juste bonne à comprendre le malheur qui la frappe.

J'ai vu des photos et lu des dizaines de témoignages de personnes atteintes de la maladie de Charcot et qui évoquent le calvaire qu'elles endurent sur les derniers mois.

Le fauteuil, c'est acceptable, même si c'est déjà dur. Mais le synthétiseur vocal pour parler, la sonde pour me nourrir ou la trachéotomie pour respirer, c'est hors de question. C'est au-dessus de mes forces. Je refuse de subir ça. Je refuse de m'infliger cette torture.

Je préfère partir dans la dignité.

— Vous avez encore du temps devant vous, tente d'argumenter le médecin.

Je ris jaune. Du temps ? S'il y a bien une chose dont je ne dispose pas, c'est du temps, justement !

— Docteur, vous m'avez dit que vous acceptiez.

Il y a trois semaines environ, lorsque mes examens ont révélé que la forme bulbaire était en train de se développer à son tour, j'ai su que le moment d'avoir une discussion sérieuse avec mon médecin était arrivé et que mon plan allait se mettre en branle.

La première étape consistait à pouvoir lui parler sans que personne ne le sache. Je ne voulais surtout pas que mes parents aient vent de mon projet. Je savais très bien comment ils réagiraient. De même que Cole. Alors j'ai lâchement attendu qu'ils soient au travail et mon petit ami en cours pour appeler le médecin sur sa ligne directe.

Quand il a su que c'était moi, sa voix s'est légèrement adoucie :

— Que puis-je faire pour toi, Cassie ?

— Est-ce que vous diriez qu'il me reste moins de six mois à vivre ? lui ai-je demandé tout de go.

— Pardon ?

— Docteur, répondez-moi, s'il vous plaît.

Après un interminable silence, il a soufflé dans le téléphone, avant de lâcher :

— C'est difficile à dire. On ne peut avoir qu'une idée approximative, il arrive…

Le sentant parti pour me baratiner, je l'ai coupé en pleine phrase :

— Docteur, la vérité. Je veux la vérité.

Nouveau soupir.

— Je dirais en effet que c'est ce qu'il te reste, à quelques semaines près.

Et voilà, la dernière pièce du puzzle venait enfin de m'être donnée. On aurait pu croire que cette annonce allait m'anéantir, mais elle m'a surtout soulagée.

J'ai alors abattu ma carte maîtresse :

— Docteur, j'invoque la loi sur la fin de vie adoptée le 5 octobre 2015 et entrée en vigueur le 9 juin 2016 dans l'État de Californie.

J'ai volontairement précisé les dates pour lui montrer que je connaissais mon sujet et que je m'étais documentée.

Depuis que je suis tombée sur cette info, j'ai su ce que j'allais faire. D'ailleurs, l'idée date de bien avant.

Elle est née quand j'ai lu ce que me réservait la SLA pour mes dernières semaines. J'ai alors pensé : « Plutôt me suicider que de finir ainsi ! »

De fil en aiguille, je suis tombée sur cette fameuse loi.

La Californie a été le cinquième État américain à autoriser l'euthanasie après le Montana, l'Oregon, le Vermont et Washington. Si j'ai sauté sur l'occasion de venir vivre en Californie, ce n'est pas seulement pour finir mes jours sous le soleil, comme je l'ai dit à mes parents. C'était avant tout parce que je savais que l'heure venue, on pourrait m'apporter la délivrance que je souhaite.

À l'origine de ce projet de loi, il y a une jeune femme : Brittany Maynard[1]. Cette Californienne de 29 ans a touché le cœur de nombreux Californiens. On lui a diagnostiqué un cancer au cerveau avec une espérance de vie inférieure à six mois. Elle a réalisé une vidéo expliquant son choix de mettre fin à son calvaire via le suicide médicalement assisté.

« *C'est un soulagement de savoir que je ne vais pas mourir de la manière dont me ferait agoniser mon cancer. Mes médicaments sont en lieu sûr, je ne ressens pas le besoin de les regarder tous les jours. Je veux partir en paix dans ma chambre, au son de mes morceaux favoris* » a-t-elle déclaré.

Pensant que c'était la meilleure option pour elle et sa famille, elle a donc été obligée de déménager dans

1. https://fr.wikipedia.org/wiki/Brittany_Maynard

l'Oregon pour pouvoir bénéficier du traitement permettant de respecter son choix.

Grâce à cette femme courageuse, je vais pouvoir aujourd'hui en bénéficier en Californie et je ne pourrai jamais la remercier assez pour ça.

Comme vous vous en doutez, cette loi qui a fait beaucoup de remous est très stricte dans ses applications. Ne peuvent en bénéficier que les personnes majeures, dans un état mental leur permettant de prendre cette décision définitive. Leur espérance de vie doit être inférieure à six mois et elles doivent être capables de s'injecter elle-même le mélange médicamenteux.

Je réponds désormais à tous les critères. Je suis donc légalement autorisée à en bénéficier. Malheureusement, on ne peut pas obliger un médecin à prescrire ce mélange mortel. D'ailleurs, beaucoup s'y refusent.

Le silence à l'autre bout du fil s'est éternisé. Une fois remis de son choc, le docteur a joué son rôle en essayant de me dissuader, tentant d'évaluer si j'étais apte à prendre cette lourde décision.

À mon grand soulagement, et même s'il désapprouvait mon choix, il a admis :

— Comme tu l'as si justement fait remarquer, tu es maintenant une adulte capable de prendre ses propres décisions. Je peux comprendre celle-ci, même si elle est dramatique.

En l'entendant, un poids immense a quitté mes épaules. Savoir que je n'allais pas finir comme un pauvre légume conscient de sa misère a été un tel soulagement.

Quand il m'a ensuite demandé pourquoi je n'avais pas abordé le sujet dans son cabinet, j'ai été obligée de lui avouer la dernière partie de mon plan, la plus difficile. Je ne voulais pas que mes proches soient au courant de ma décision. Savoir que la personne qu'on aime va mourir bientôt est terrible, mais connaître la date exacte est insoutenable.

Il a longuement bataillé sur ce point pour essayer de me faire changer d'avis, mais je suis restée inflexible. Je n'ai pas hésité à invoquer l'argument du secret médical pour m'assurer de son silence.

Jusqu'à ce jour, je n'étais pas totalement assurée qu'il allait respecter le serment d'Hippocrate. Au demeurant, je comprends tout à fait son dilemme. Mais il l'a fait. Ni Cole ni mes parents ne se doutent de ce que je suis en train de préparer.

— Cassie, vous êtes certaine de vouloir l'injection maintenant ? insiste-t-il.

— Oui, Docteur.

Cela a été un véritable supplice de devoir choisir la date exacte de ma mort. On se dit « Un jour de plus, cela ne change pas grand-chose, si ? » Mais un jour passe et puis un autre et encore un autre. Et dans mon cas, on se retrouve prisonnier avant d'avoir pu agir.

J'ai choisi de partir en pensant à ce merveilleux week-end, moi entourée de mes parents et de mon petit ami, tout le monde souriant. Sans oublier cette soirée sur la plage. Un sentiment de plénitude m'a envahie au retour de ce week-end. J'ai alors su que j'étais prête et que c'était le moment.

— Allons-y, docteur.

L'âme en peine, il fait une dernière tentative :

— Vous ne voulez toujours pas prévenir vos proches ?

— Non, je ne veux pas qu'ils soient là.

Je ne veux pas qu'ils me voient partir ainsi. Ce serait trop dur pour eux comme pour moi.

Je ne vais pas vous mentir, depuis ce matin, j'ai les larmes aux yeux. Il ne s'est pas passé un seul instant depuis que je suis entrée dans cet hôpital sans que mes larmes jaillissent. Je suis sereine vis-à-vis de ma mort, mais je suis dévastée à l'idée de quitter les miens. Mais la vie est ainsi faite, nous sommes tous amenés un jour à rejoindre notre Créateur ou à recommencer une autre vie ou à toute autre chose selon nos croyances. Une seule chose reste universelle : la vie que nous sommes en train de vivre est forcément amenée à s'achever un jour. Pour certains, ce moment arrive simplement plus vite que pour d'autres.

46
Adieux déchirants

Cole

J'ignore pourquoi, mais en arrivant chez Cassandra, un étrange sentiment d'oppression s'empare de moi. Il faut dire que mon pauvre petit cœur est malmené ces dernières semaines. Il passe par tous les extrêmes, alternant entre moments de joie intense, comme ce fameux soir sur la plage le week-end dernier, et moments de tristesse incommensurable.

Les voitures de Karl et Elizabeth sont dans l'allée. J'en déduis donc qu'ils sont revenus de leur promenade. Ce matin, après l'avoir quittée d'un baiser passionné, Cassandra m'a écrit pour me prévenir que ses parents avaient pris une journée de congé pour l'emmener à la forêt de Los Padres. Je me suis réjoui pour elle, sachant à quel point elle aime les balades en pleine nature. J'ai dû me mordre la langue pour ne pas m'incruster, mais je comprends qu'ils aient besoin d'avoir des moments à eux.

Comme je commence à être un habitué de la maison, je frappe et entre sans attendre que l'on m'ouvre. Les parents de Cassandra sont tous les deux dans la cuisine. Je vais les rejoindre. J'ai l'impression qu'ils cherchent quelque chose derrière moi. Nous parlons alors en même temps :

— Votre balade s'est bien passée ?

— Où est Cassandra ?

En entendant la question inquiète de sa mère, je lui réponds surpris :

— Elle est avec vous. Elle m'a dit que vous l'emmeniez à Los Padres.

— Non, nous travaillions. Elle nous a écrit pour nous prévenir qu'elle allait rentrer tard car *tu* l'emmenais à Los Padres.

— Putain, c'est quoi ce bordel ?!

Je me moque bien de jurer devant ses parents. Pour l'heure, je suis trop inquiet pour m'encombrer de ce genre de détails.

— Si elle n'est ni avec vous ni avec moi, où est-elle ?

Et surtout, pourquoi nous avoir menti à tous les trois ?

— Je ne sais pas, avoue son père aussi inquiet que moi.

J'attrape mon téléphone et l'appelle aussitôt. J'attends d'interminables secondes que la sonnerie retentisse. Quand le bip sonne enfin dans mes oreilles, Elizabeth fronce les sourcils :

— On dirait la sonnerie du portable de Cassie.

Les mains tremblantes et la gorge nouée, je suis ses parents, nous laissant guider par la mélodie. Aucun doute, il vient de sa chambre.

Nous ouvrons la porte et nous les voyons : sur le lit, deux enveloppes et le téléphone posé au milieu, toujours en train de sonner. Sur l'une d'elle, il est inscrit « Papa et Maman », sur l'autre « Cole ».

Comme un automate, je laisse tomber mon téléphone. Je me fous qu'il se casse. Dans un état second, j'attrape la lettre, l'ouvre, la lis et là, mon cœur se brise.

Cole, mon cœur, mon amour

Je me doutais que cette lettre allait être difficile à écrire, mais j'étais loin d'imaginer que chaque coup de crayon serait comme une lacération dans mon cœur déjà tellement meurtri.

Je m'en veux au plus haut point de t'infliger une telle souffrance en te faisant lire cette lettre. Malheureusement, il n'y a jamais de bonnes façons de faire ses adieux. Cela se fait toujours dans les larmes et la douleur. Je suis intimement convaincue d'avoir choisi la meilleure des solutions, même si tu ne partageras certainement pas mon avis.

Je ne m'attends pas à ce que tu comprennes mon choix. Je sais que tu penses en lisant ces quelques mots que je suis une garce égoïste. Je le suis un peu en effet. Tu peux aussi ajouter lâche si tu veux.

Depuis que l'on m'a diagnostiqué ma maladie, je me suis jurée de ne pas la laisser gagner. Je ne voulais pas que ce soit elle qui décide de la fin, mais moi. Ce choix, je viens de le faire.

Tu m'en veux sûrement de ne pas t'avoir parlé de ce projet. Au cas où tu te poses la question, tout le monde l'ignorait. D'ailleurs, je te demande d'être présent aux côtés de mes parents dans cette épreuve, si tu le veux bien.

Tu te dis sûrement que si je l'avais partagé avec toi, tu aurais pu me convaincre de renoncer à ce projet fou. Et tu as certainement raison, c'est en partie pour cela que je n'ai rien dit. La perspective de passer une journée de plus à tes côtés est la chose que je veux le plus au monde. Mais je me suis fait une promesse, je voulais partir avant d'être devenue esclave de mon corps. Tu as déjà réussi, sans le savoir, à faire flancher mes résolutions. Je m'étais fixée comme limite la perte de l'usage de mes jambes, et pourtant j'ai vécu toutes ces semaines dans un fauteuil pour avoir la chance de les passer avec toi.

Mais aujourd'hui je le sais, il est temps pour moi de partir. Je ne veux plus retarder l'inévitable.

Ne t'en veux pas, tu n'aurais rien pu faire de plus ou de mieux. Tu as tout simplement été parfait. Le plus parfait des petits amis dont j'aurais pu rêver. Je chéris tous les instants que nous avons passés ensemble. Tu as su les rendre uniques et magiques. Je ne saurai jamais assez te remercier pour ça.

Grâce à toi, je pars sereine, le cœur débordant d'amour et des souvenirs merveilleux plein la tête.

Même dire adieu par écrit est difficile. Je pourrais noircir des feuilles et des feuilles que cela ne suffirait pas. Pourtant, comme pour la vie, il arrive un moment où cela s'arrête.

Je ne suis pas une poète, mais l'autre jour j'ai entendu à la radio une chanson qui m'a prise aux tripes. Ses paroles ont résonné en moi avec une clarté aveuglante. Il s'agit de Wherever You Will Go et je les partage avec toi :

Je sais maintenant comment

Ma vie et mon amour pourraient continuer d'exister

Dans ton cœur, dans ton esprit, je resterai avec toi à jamais

Si je pouvais, je le ferais

Oui, si je le pouvais, je resterais avec toi pour l'éternité, mais l'éternité ne m'est pas offerte, si ce n'est dans ton cœur. Je resterai à tes côtés tant que tu le voudras.

Je refuse qu'un amour comme le nôtre puisse mourir. Je veux croire que ces paroles échangées sur la plage, sous un ciel étoilé, se réaliseront un jour. Je veux croire que, quelle que soit l'époque, nos cœurs se trouveront à nouveau et que cette fois, ils auront plus qu'une poignée de mois pour s'aimer.

J'espère que tu trouveras la force en toi et dans l'amour que tu me portes de me pardonner le geste que je viens de commettre.

Nos routes n'auraient peut-être pas dû se croiser. Je ne serais pas en train d'écrire cette lettre qui me déchire la poitrine. Tu ne serais pas en train de la lire le cœur également lourd. Malgré tout, je n'arrive pas à regretter.

Je te souhaite la meilleure des vies, Cole. Profite de chaque instant pour nous deux et réjouis-toi pour moi car je les vivrai à travers toi.

Tu restes mon bien-aimé à tout jamais.

Ta Belle Cassandra

Épilogue

J1

Je te hais.

J30

Belle Cassandra

Déjà un mois que tu es partie et je n'arrive toujours pas à m'y faire. J'ai tellement de choses à te dire mais je n'y arrive pas.

J'aimerais…

J60

Belle Cassandra

J'ai peur que toutes ces conneries sur ce qu'il y a après la mort soient fausses et que tu ne puisses pas vraiment être là avec moi, comme tu me l'as promis.

En même temps, j'ai honte de ma faiblesse. Si tu peux me voir, je me dis que tu dois être bien déçue, mais je n'y arrive tout simplement pas. La vie sans toi est trop dure.

L'idée que tu ne sois plus du tout là m'est tellement insupportable que je préfère encore que tu voies à quel point je suis minable plutôt que de te perdre définitivement.

Tu me manques tellement. Chaque jour sans toi est un calvaire. Tu étais mon cœur, ma vie, mon oxygène. Comment pourrais-je m'en sortir ? J'ai simplement l'impression de vivre une lente agonie, n'attendant que le moment où je pourrais te rejoindre et où nos âmes seront à nouveau réunies. J'en rêve tellement souvent. Ce sont les rares moments où je me sens en paix.

J'aimerais t'écrire plus, mais c'est trop douloureux.

J'ignorais que l'on pouvait simultanément haïr et aimer aussi fort une personne.

Cole

J180

Belle Cassandra

Déjà six mois que tu nous as quittés et pas un jour ne passe sans que je ne pense à toi. J'ignore si les mots que je t'écris te parviennent. J'aime à penser que oui, mais je peine à y croire. En tout cas, cela me fait du bien de te parler ainsi. Les autres tentent de reprendre le cours normal de leur vie, mais moi je n'y parviens pas.

Avant de te rencontrer, j'ignorais qu'un amour pouvait être si fort. Comme toi, j'aimerais dire que je regrette que nos routes se soient croisées mais, comme toi, je n'y parviens pas, car les moments passés à tes côtés ont été les plus beaux de ma vie. Je les chérirai à jamais.

Dans quelques jours, je rentre à l'université. J'aimerais tellement que tu sois à mes côtés pour vivre ce grand moment.

M'éloigner de Bakersfield me fera le plus grand bien. Ton fantôme est omniprésent. Je te vois à tous les coins de rue. Je repense à tous ces moments que l'on a vécus ensemble. Et je saigne à chaque fois en me disant qu'ils n'y en aura plus jamais d'autres.

Si tu n'avais pas décidé de mettre toi même un terme à ta vie, tu serais certainement morte aujourd'hui. Mais cette idée ne me réconforte pas. Au contraire, elle me donne simplement envie de pleurer.

Crois-tu que cette douleur me quittera un jour ?

Cole

Année 1

Belle Cassandra

Aujourd'hui, c'est un bien triste anniversaire que nous fêtons avec tes parents, celui du jour où tu as décidé de nous quitter et de nous dire adieu avec ces lettres.

As-tu vu que j'avais plastifié la mienne ? Elle commençait à s'abîmer et j'avais trop peur que ce dernier bout de toi ne me soit arraché, alors j'ai fait en sorte de la protéger du temps. Comme mon amour pour toi, je veux qu'elle reste intacte.

Je t'en veux toujours autant de nous avoir mis devant le fait accompli, tes parents et moi. Nous aurions tellement aimé être à tes côtés ce jour-là. J'aurais aimé te tenir la main, t'embrasser une dernière fois pour garder un peu plus longtemps le goût de tes lèvres sur les miennes, te répéter sans cesse que je t'aime plus que tout pendant que tes yeux se fermaient.

Tu me manques tellement.

J'espère que tu n'as pas vu la façon dont je me comporte ces derniers temps. Je ne suis vraiment pas fière de multiplier ainsi les conquêtes mais je n'arrive pas à faire autrement. Je me pensais fort, mais sans toi je suis plus faible qu'un nouveau-né.

Tu me hantes. Ta voix me hante. Ton regard me hante. Alors, dans ma faiblesse, je me dis qu'en me noyant en elles, je finirais par t'oublier, mais je retrouve toujours un peu de toi en elles, alors j'en redemande. Je devrais arrêter, c'est malsain mais c'est plus fort que moi. Je me dis que ces heures passées en elles sont toutes celles que j'aurais aimé avoir en plus avec toi.

Quand je suis avec elles, je pense à toi. Quand elles me caressent, je m'imagine que c'est toi. Et je me sens mieux. Alors je continue. Même si c'est mal.

Pardonne-moi.

Cole

Année 3

Belle Cassandra

Je te souhaite un bon anniversaire, belle Cassandra. Calvin et Derek se sont gentiment moqués de moi quand ils ont appris que je t'écrivais toujours et de manière régulière. Il n'empêche qu'eux aussi avaient l'air minables aujourd'hui.

Tu nous manques énormément à tous, ma puce.

Ce soir, je comptais boire tranquillement avant d'aller me coucher pour te rejoindre dans mes songes, mais les gars en ont décidé autrement. Ils ne devraient pas tarder à venir me chercher. Je sais déjà que je vais me mettre minable, mais tu as un grand cœur, tu me pardonneras.

Un peu plus tôt dans la journée, je suis passé voir tes parents. Nous sommes allés ensemble au cimetière pour te voir. As-tu entendu nos paroles ? Si ce n'est pas le cas, je te le redis : Je t'aime belle Cassandra, autant qu'hier et autant que demain.

Cole

Année 5

Belle Cassandra

Voilà déjà cinq ans que tu es partie et j'ai l'impression que c'était hier. Si je ferme les yeux, je peux encore entendre ton rire. Je vois ton sourire et l'amour dans ton regard. Notre soirée en amoureux sur cette plage reste le meilleur moment que nous ayons eu à mes yeux. Je regrette seulement qu'il fasse parti des derniers. Je me rappelle le serment que nous avons échangé là-bas. Comment l'oublier, il est gravé dans ma peau.

Je me plais à croire que tes paroles étaient vraies, que tu vis toujours à travers moi et que nous serons un jour réunis. Si c'est le cas, tu sais que je pense souvent à toi. En réalité, tu ne quittes jamais vraiment mes pensées.

J'ai tenu la promesse que je t'ai faite. J'ai gardé cette image de toi, telle que tu étais sur cette plage. J'aurais tellement aimé t'avoir prise en photo à cet instant. J'aurais voulu immortaliser ton image ailleurs que dans mon esprit. Tu étais magnifique. Je suis terrifié à l'idée qu'elle s'efface.

Parfois, j'ai l'impression qu'il me faut un peu plus de temps pour me souvenir de petits détails te concernant et cela m'emplit d'effroi. J'ai tellement peur que tu me quittes à jamais. Je t'ai perdue une fois, je ne pourrais pas te perdre à nouveau, je m'y refuse, je n'y survivrais pas.

J'aime à croire que tu as tenu ta promesse de ton côté et que tu es restée avec moi. Quand la brise vient souffler sur mon visage, je me dis que c'est toi qui me caresses. Je suis certainement un fou qui refuse de faire son deuil, mais l'idée de te savoir avec moi me réconforte. Elle m'aide à tenir le coup, quand je me sens au plus bas. Depuis ton départ, j'ai souvent l'impression que tu me réconfortes quand je vais mal. C'est peut-être le fruit de mon imagination, mais je m'en moque.

J'ignore si tu peux voir la vie que je mène depuis ton départ. En tout cas, je m'excuse pour toutes les fois où je me suis mal comporté. Comme tu l'as écrit il y a cinq ans, j'espère que tu trouveras la force dans ton amour pour me pardonner. Je sais que j'ai agi comme un salaud plus souvent qu'à mon tour, surtout ces derniers temps avec Madison. J'aimerais que vous ayez la possibilité de vous rencontrer, je suis certain qu'elle te plairait. Elle me fait tellement penser à toi. C'est terrible et merveilleux à la fois.

Il y a cinq ans, tu m'as dit que je devais avoir une belle vie et j'ai décidé de t'écouter car si tu es avec moi, alors toi aussi tu auras une belle vie.

Belle Cassandra, tu es et resteras mon éternel amour.

Cole

FIN

Remerciements

Comme toujours, c'est avec une certaine émotion que je mets le point final à ce livre, mais cette fois est légèrement différente. Je n'ai jamais été aussi touchée et bouleversée par mes personnages. Leur amour m'a pris aux tripes. J'espère qu'il en aura été de même pour vous. Cassie et Cole ont pris mon cœur en otage durant l'écriture de leur histoire et ne veulent pas vraiment me le rendre. D'ailleurs, si leur histoire ne s'arrêtait pas tout à fait là…

Maintenant, place aux remerciements qui me tiennent à cœur :

À vous, mes très chères lectrices et lecteurs : merci d'avoir répondu une nouvelle fois présents et de me suivre dans chaque nouveau projet même s'il est dans un style différent du précédent.

À vous, nouvelles lectrices et nouveaux lecteurs : bienvenus dans mon aventure livresque.

À vous, mes bêtas : merci pour vos retours constructifs et la confiance que vous témoignez en mes textes.

À toi, Aurélie, mon éditrice : merci pour cette première collaboration, j'ai beaucoup apprécié travailler avec toi.

À toi, mon cher et tendre : merci de me soutenir dans mes projets d'écriture et de trouver les mots qu'il faut quand je suis dans le creux de la vague.

Julie

Table des matières

@nishaEtcaetera est sur les réseaux sociaux :

RdV sur nos pages pour du fun, des cadeaux, des promos et pour découvrir tes auteures en off !

On a hâte de papoter avec toi :)

Dépôt légal : juillet 2020

ISBN : 978-2-38015-052-0

Achevé d'imprimer en octobre 2021
sur les presses de la Nouvelle Imprimerie Laballery
58500 Clamecy

Numéro d'impression : 110301

Imprimé en France

La Nouvelle Imprimerie Laballery est titulaire de la marque Imprim'Vert®